AF197017

grafit

Bibliografische Information der Deutschen Nationalbibliothek
Die Deutsche Nationalbibliothek verzeichnet diese Publikation
in der Deutschen Nationalbibliografie; detaillierte bibliografische Daten
sind im Internet über http://dnb.d-nb.de abrufbar.

MIX
Papier aus verantwor-
tungsvollen Quellen
FSC® C083411

© 2020 by GRAFIT in der Emons Verlag GmbH
Cäcilienstraße 48, D-50667 Köln
Internet: http://www.grafit.de
E-Mail: info@grafit.de
Alle Rechte vorbehalten.
Umschlaggestaltung: Franziska Emons-Hausen
unter Verwendung von owik2/photocase.de
Gestaltung Innenteil: César Satz & Grafik GmbH, Köln
Lektorat: Ulrike Rodi
Druck und Bindearbeiten: CPI – Clausen & Bosse, Leck
ISBN 978-3-89425-638-8
1. Auflage 2020

Gabriella Wollenhaupt

Ein letzter Grappa

Kriminalroman

|g|r|a|f|i|t|

Gabriella Wollenhaupt arbeitete viele Jahre als Fernseh-redakteurin in Dortmund. Ihre freche Polizeireporterin Maria Grappa hatte 1993 ihren ersten Auftritt. Mit *Ein letzter Grappa* stellt sie zum dreißigsten Mal ihre Schlagfertigkeit unter Beweis. Zudem hat sich die Autorin gemeinsam mit ihrem Ehemann Friedemann Grenz mit *Blutiger Sommer* auf einen Ausflug in den Vormärz und mit *Schöner Schlaf* in die Kunstszene begeben.

www.gabriella-wollenhaupt.de

Die Personen

Maxim Becker .... wird wieder glücklich
Carsten ›Bärchen‹ Biber .... startet ins Geldgeschäft
Hans Damm .... zieht sich zurück
Farid, Issam, Kamal .... lieben schnelle Luxuskarren
Maria Grappa .... hat Zweifel
Simon Harras .... kriegt endlich die Kurve
Ludwig Kahl .... bekommt heiße Ohren
Oberstaatsanwalt Kämper .... macht seinen Job
Dr. Friedemann Kleist .... hat eine tote Tante
Mareike .... geht ihren Weg
Dr. Ali Mawardi .... überschätzt sich
Hannah Mawardi .... kommt nicht weit
Mustafa Mawardi .... bereitet seinen Abgang vor
Wayne Pöppelbaum .... bleibt im Bild
Wigald Rauh .... hat keine Skrupel
Frank Reimer .... tanzt auf zu vielen Hochzeiten
Sarah .... schult um
Anneliese Schmitz .... backt nicht mehr
SS-Eddi .... genießt den Krieg in der Stadt
SS-Mami .... schützt ihren Jungen
Stella .... biegt falsch ab
Susi .... folgt Sarah
Dr. Margarete Wurbel-Simonis .... macht Theater

Eine Geschichte ist dann zu Ende gedacht, wenn sie ihre schlimmstmögliche Wendung genommen hat.

Friedrich Dürrenmatt

Hau ab, du Opfer!

Im Radio lief ein Beitrag über das schwedische Mädchen mit den langen Zöpfen, das unser Klima retten will. »Kannst du nicht mal einen anderen Sender einstellen?«, fragte ich leicht genervt.

»Magst du immer noch keine Kinder, Grappa?«

»Doch, eigentlich liebe ich Kinder. Aber was zu viel ist, ist zu viel«, antwortete ich.

»Du warst als Kind bestimmt noch viel nerviger als die«, grinste Wayne.

»Nein, ich habe meinen Eltern nur Freude gemacht.«

»Haha.«

»Dahinten fährt einer weg.« Ich deutete auf einen gerade frei werdenden Platz vor dem Portal des Landgerichts.

Wayne setzte den Blinker, fuhr nach links und blockierte einen entgegenkommenden schwarzen Porsche, der in unsere Parklücke wollte.

»Nix da«, zischte der Fotograf.

Der Porschefahrer hupte zornig.

»Du kannst mich mal!« Wayne zeigte den Stinkefinger Richtung Luxuskarre.

Ich griff nach dem Presseschild, öffnete das Fenster und präsentierte es dem gegnerischen Fahrer. Erkennen konnte ich ihn nicht, denn die Seitenscheiben waren getönt.

»Dickes Auto, kleiner Schwanz«, schimpfte Wayne.

»Da liegst du daneben«, widersprach ich, denn aus dem Porsche kletterte eine Frau und kam auf uns zu. Jung, attraktiv, teures Kostüm. Ihr Gang war wütend, das schwarze Haar wippte bei jedem Schritt.

»Jetzt zieh dich warm an«, riet ich Wayne. »Die will nicht nur spielen.«

»Alle Frauen wollen spielen«, behauptete er.

Klopfen am Fahrerfenster. Die Scheibe senkte sich.

»Hauen Sie ab!«, forderte die Frau. »Ich war zuerst da und hab es eilig.«

»Falsch. Wir waren zuerst da und haben es auch eilig«, entgegnete Wayne.

Hinter der Frau tauchte ein Mann auf. »Gib her, ich parke die Karre für dich.«

Sie reichte dem Mann den Schlüssel, ohne ihn anzusehen, warf uns einen giftigen Blick zu und drehte ab. An ihrem eigenen Wagen angekommen, zog sie eine schwarze Robe vom Rücksitz, legte sie über den Arm und verschwand im Gerichtsgebäude. Der Porsche setzte mit aufheulendem Motor zurück und bretterte mit zu viel Gas davon.

Wayne lenkte sein Auto in die Lücke. Wir passierten die Sicherheitsschleuse und gelangten in das Gebäude.

Das Landgericht befand sich im Kaiserviertel: ein Bau aus wilhelminischer Zeit mit Portal, großer Eingangshalle, verschiedenen Treppenaufgängen und Fluren, in denen jedes Wort hallte, als befinde man sich in einer Kathedrale. Vor die großen Verhandlungssäle hatte man harte Holzbänke geschoben, auf denen die Sünder, ihre Opfer und Anhänger und das juristische Personal auf den Aufruf ihres Prozesses warteten.

Unser Ziel war der Schwurgerichtssaal. Neben der zweiflügeligen Tür hing der Terminzettel. Anklage gegen drei Männer wegen Mordes, Fahrerflucht, Nötigung, gefährlichen Eingriffs in den Straßenverkehr und anderem.

»Hier sind wir richtig«, stellte Wayne fest. »Und die Jungs haben die ganze Großfamilie mitgebracht. Ich mach mal ein paar Fotos, bevor gleich die Post abgeht.«

Keine gewagte Prophezeiung. Der Fall erregte Aufsehen und die Emotionen kochten hoch. Die Angeklagten gehörten zu einer arabischen Großfamilie, dem berüchtigten Mawardi-Clan. Entsprechend streng waren die Sicherheitsmaßnahmen. Bewaffnete Polizisten behielten die Entourage der Angeklagten im Auge, Justizangestellte überprüften die Personalien mit auffallender Gründlichkeit, jede Menge Journalisten warteten auf Einlass. Die übliche Öffentlichkeit, meist ältere Menschen mit viel Zeit, hatte sich in der Nähe des Saaleingangs postiert, um später einen Sitzplatz im Zuschauerraum zu ergattern.

Wayne machte seinen Job. Das war nicht einfach, denn die Mawardi-Anhänger drehten sich von der Kamera weg. Würde ich auch so machen als Mitglied einer Familie, die mit Schutzgelderpressung, Menschenhandel, Rauschgiftdeals und Geldwäsche Millionen macht. Sogar von Auftragsmorden war die Rede, und dann dieser Prozess heute.

»Hau ab, du Opfer, oder isch mach disch kaputt!« Damit war Wayne gemeint.

Der hielt die Kamera in Richtung des Mannes, der sich drohend vor ihm aufbaute. Der Kerl hatte eine Figur wie Hulk: Muskelberge, die das T-Shirt dehnten. Dazu tätowierte Unterarme, schwarzer langer Bart und eine *High and Tight*-Frisur, also an den Seiten fast kahl mit Flokati auf dem Oberkopf.

Die Polizeibeamten waren aufmerksam geworden und näherten sich dem Riesen. Ich holte mein Handy aus der Tasche, aktivierte die Kamera und richtete sie auf Wayne und den Mann. Plötzlich war da eine Frau in schwarzer Robe im Bild. Sie stellte sich vor den Kerl und sprach auf ihn ein. Es klang befehlend. Ich machte ein Foto, ließ das Handy in die Tasche gleiten und ging auf die beiden zu.

Die Porsche-Frau! Sie hatte ihre Haare zu einem Knoten gebunden, eine Brille aufgesetzt und wirkte nun sehr seriös.

»Haben Sie was mit diesen Typen zu tun?«, fragte ich.

»Ach, die Dame von der Lügenpresse.« Sie rauschte ab.

Eine Lautsprecherstimme rief zur Verhandlung gegen die Brüder Farid, Issam und Kamal Mawardi.

»Die Porsche-Trulla hat mit der Sache zu tun«, teilte Wayne mir mit.

»Ich hab's bemerkt. Und ein schönes Foto von euch beiden gemacht mit dem Tattoo-Kerl.«

Die Presseplätze waren voll belegt. Wayne blieb stehen, denn er musste eh raus, sobald die drei Richter sich gesetzt hatten. So war es in Deutschland üblich. Filmaufnahmen wie in den USA waren nicht erlaubt. Ob das bedauerlich war oder nicht, darauf hatte ich noch keine abschließende Antwort.

Die Mawardi-Anhängerschaft drängte sich eng auf den Zuschauerplätzen. Manche packten Getränke und Snacks aus und schubsten die Besucher, die ihnen nicht passten, einfach weg. Das gab prompt Ärger und lautstarke Proteste.

Eine Tür hinter dem Richtertisch öffnete sich und die drei Angeklagten erschienen in Begleitung von Justizbeamten. Applaus und Jubel. Die Männer lachten und winkten ihren Leuten zu. Jetzt fehlte nur noch Popcorn.

Alle drei waren jung und wirkten selbstbewusst und frech. Einer verbeugte sich Richtung Publikum, als stünde er auf einer Bühne. Zwei seiner Anhänger rappten einen Song aus der Sido-Ecke, in dem es um Gleitcreme und Lutschen ging.

Faxen vor den Kameras der Bluthunde und Blaulicht-Fotografen. Erneut Gejohle, Jubelrufe und Applaus. Auch ich konnte nicht widerstehen und startete die Videotaste an meinem Handy. Der Anführer der Beamten forderte Ruhe, kassierte dafür Pfiffe und Beleidigungen. Der Rechtsstaat ging vor einer Horde Wildgewordener in die Knie.

Oberstaatsanwalt Kämper erschien und die Situation verschlimmerte sich. »Nazischwein, Rassist, Schwanzlutscher.« Der Ankläger beobachtete die Show unbeeindruckt. Er war schon lange im Job und galt als scharfer Hund.

»Guck mal.« Wayne war hinter mich getreten und deutete auf die Tür: Die Porsche-Frau gesellte sich zu den Angeklagten. »Muss wohl deren Anwältin sein.«

»Ich weiß«, entgegnete ich. »Sie heißt Hannah Mawardi und ist die Schwiegertochter des Clan-Bosses Mustafa Mawardi.«

»Und warum sagst du das erst jetzt?«

»Weil ich sie vorher nie leibhaftig gesehen hatte. Ihr Name steht im Gerichtsplan«, antwortete ich. »Und danach hat Google geholfen.«

»Die Spannung steigt«, meinte Wayne. »Ich geh mal nach draußen und schau mir die Zeugen an. Kannst du die Richter ablichten, wenn sie reinkommen?«

»Geht klar.«

Wieder öffnete sich die Nebentür. Ein Sanitäter schob einen Rollstuhl in den Saal. Für einen Moment wurde es ruhig auf den Zuschauerbänken. Maxim Becker, der Nebenkläger. Ein schmaler, bleicher Mann mit tief liegenden dunklen Augen und grau melierten Haaren, die im Nacken zu einem Knoten zusammengebunden waren.

Staatsanwalt Kämper gab Becker die Hand, sprach ein paar Worte mit ihm und rückte zur Seite. So diskret wie möglich lichtete ich die beiden ab. Die Richter der Großen Strafkammer erschienen und der Vorsitzende verbot sofort weitere Fotos und Filmaufnahmen.

Posen und protzen

Oberstaatsanwalt Kämper verlas die Anklageschrift: »Man könnte sagen, dass sich Maxim Becker, seine Frau Simone und die sechs Jahre alte Tochter Franziska am falschen Tag am falschen Ort befunden haben. Doch weder der Tag noch der Ort waren falsch. Falsch und überaus kriminell war das, was die Angeklagten an diesem Tag veranstalteten. Sie verursachten einen schweren Unfall, bei dem zwei Menschen starben und ein Mensch schwer verletzt wurde, und sie begingen Unfallflucht. Und das Schlimme ist: Sie nahmen den Tod von Unschuldigen billigend in Kauf, um ihren Spaß zu haben. Doch das war kein Spaß, sondern feiger Mord.«

Buh-Rufe der Mawardi-Leute. Wortfetzen, die arabisch klangen, Gezische, Beleidigungen. »Kauf dir 'ne neue Alte, du Spacko!« Das war an Maxim Becker gerichtet. Mit »Nazischwein!« und »Ich ficke deine Mutter« wurden Staatsanwalt und Nebenklageanwalt bedacht.

Der Richter kündigte an, bei weiteren Störungen den Saal räumen zu lassen. Die Geräuschkulisse ebbte ab.

Der Ankläger schilderte den Ablauf des Geschehens.

»Der Tag, an dem die Angeklagten ihren Spaß haben wollten, war ein Sonntag, der Ort die Autobahn 1 Richtung Köln. Das Ziel der Geschädigten war *Phantasialand*. Der Nebenkläger Maxim Becker saß am Steuer. Die Autobahn war an diesem Tag staufrei. Einige Kilometer hinter dem Kreuz Wuppertal-Nord blickte Becker in den Rückspiegel und bemerkte, dass sich Autos näherten, die alle drei Spuren gleichzeitig und nebeneinander besetzten. Lichthupen und Warnblinker kamen näher. Becker fuhr so weit rechts, wie er konnte, und drosselte die Geschwindigkeit. Trotzdem rammte eine schwere Limousine Beckers Auto von der Seite und drängte es über die Leitplanke. Der Wagen schleuderte in einen Wald, prallte gegen einen Baum und blieb liegen. Die Unfallverursacher, also die Angeklagten, entfernten sich, ohne sich um die Geschädigten zu kümmern. Erst zwei Stunden später wurde der verunfallte Wagen entdeckt. Simone Becker und das kleine Mädchen hatten den Unfall nicht überlebt, Maxim Becker wurde schwer verletzt ins Krankenhaus geflogen.«

»Feige Schweine!«, schrie ein älterer Mann, der nicht in der Mawardi-Gruppe saß, und klopfte mit seinem Stock gegen die Sitzbank.

»Ruhe!«, blaffte der Richter. »Noch so ein Zwischenfall und der Saal wird geräumt!«

Kämper griff wieder zu seinen Papieren. »Gleichzeitig mit dem Unfall war im Zusammenhang mit einer Hochzeit ein Autokorso unterwegs. Zunächst brachte niemand den Unfall mit dieser Autoparade in Verbindung. Erst als Maxim Becker vernehmungsfähig war, zogen die Ermittlungsbehörden ihre Schlüsse. Der Autokorso war nämlich kurze Zeit nach dem Unfall von der Autobahnpolizei gestoppt worden, die Personalien wurden festgestellt und es gab Festnahmen aufgrund bestehender Haftbefehle wegen anderer Delikte wie Betrug,

Schutzgelderpressung und Verstößen gegen das Betäubungsmittelgesetz. Die Fahrzeuge, alles teure Wagen mit Sonderaus-
stattungen, wurden sichergestellt und abtransportiert. Keiner
der beteiligten Menschen, die ja nur ihren Spaß haben wollten,
gab einen Hinweis auf den Unfall.«

Kämper griff nach zwei Fotos und hielt sie Richtung An-
klagebank. »Das waren Simone und Franziska Becker. Dreißig
und sechs Jahre alt.«

Ich beobachtete Maxim Becker. Er fixierte die Angeklagten
ohne erkennbare Emotionen. Der merkt sich die Gesichter,
dachte ich, aber vielleicht sucht er auch nach Spuren der Reue.

Einer der Beschuldigten zuckte mit den Schultern, ein anderer grinste, krabbelte in seinem Bart und der dritte schlug
nach einer Fliege.

»Danke für Ihr überbordendes Mitgefühl.« Kämper legte
die Fotos auf den Tisch zurück.

»Es geht hier nicht um Gefühle, sondern um Fakten.« Das
war Hannah Mawardi, die Verteidigerin. »Wenn Sie beweisen
können, welcher meiner Mandanten den Unfallwagen gefahren
hat, können wir über Gefühle und kulturelle Unterschiede
reden.«

»Lassen Sie den Staatsanwalt fortfahren«, befahl der Vorsitzende. »Ihr Auftritt kommt später.«

»Fahrer mit Migrationshintergrund können sich in einem
Fall wie diesem nicht auf kulturelle Unterschiede berufen«, widersprach Kämper der Anwältin. »Es geht um einen Hormon-
überschuss und eine Missachtung von Gesetzen und Regeln.
Es geht ums Posen und Protzen, ums Hupen und sinnloses
Im-Kreis-Fahren, also um pubertäres Machogehabe der übels-
ten Art. Die Angeklagten sind Menschen, die Verbotsschilder
für Landschaftsverschönerung und Tempokontrollen für Ab-
zocke halten und keinerlei Empathie für andere Menschen
empfinden.«

»Ich wusste gar nicht, dass Sie auch Psychologe sind, Herr
Kollege!«, krähte Hannah Mawardi.

Applaus. Gelächter. Buh-Rufe.

Der Richter: »Die Verhandlung wird für zwanzig Minuten unterbrochen. Die Anwälte bitte sofort in mein Zimmer.«

Schwarzer Kaffee

Die Juristen verbrachten ihre freien Stunden zwischen den Prozessen in der Gerichtskantine. Der Kaffee war schwarz, heiß und bitter – das Beste in diesem Etablissement. Ich stellte mich in die Reihe, die sich vor dem Automaten gebildet hatte.

»Die kommen ungeschoren davon, wetten?«, meinte Wayne, als ich mich mit zwei Pötten Kaffee wieder zu ihm gesellte.

»Woher willst du das wissen? Wir sind doch noch nicht einmal bei der Beweisaufnahme«, sagte ich.

»Das wird hier auf den Fluren geredet«, erklärte er. »Wenn Kämper nicht nachweisen kann, welcher von den drei Mawardis am Steuer des Unfallwagens gesessen hat, ist zumindest die Anklage wegen Mordes hinfällig. Daraus folgt höchstens eine Strafe wegen gefährlichen Eingriffs in den Straßenverkehr, vielleicht sogar auf Bewährung.«

»Dann ist aber der Teufel los«, mutmaßte ich. »Das treibt den Biodeutschen auf die Barrikaden.«

»Die Verteidigerin hat übrigens einen guten Ruf unter ihren Kollegen.« Wayne nahm einen Schluck Kaffee. »Sie gilt als harter Brocken.«

»Merkwürdig, dass sich eine Horde Muslime von einer Frau verteidigen lässt«, überlegte ich.

Ich schaute auf die Uhr. Die zwanzig Minuten waren gleich um.

Die Polizei hatte für Ruhe gesorgt. Zwei Drittel der Mawardi-Fans mussten auf dem Flur warten, die Beamten ließen nur jeden dritten Prozessbeobachter in den Schwurgerichtssaal.

»Ich bleib draußen und mache ein paar Milieustudien«, sagte Wayne. »Die Jungs haben bestimmt viel zu erzählen.«

»Pass auf, dass du keine geschallert bekommst.«

»Keine Sorge. Die Exekutive passt ja auf.« Sein Blick ging zu den bewaffneten Polizisten, die in der Tür standen.

Oberstaatsanwalt Kämper las den Rest der Anklageschrift vor. Störungen gab es keine mehr. Der Vorsitzende Richter belehrte die Angeklagten über ihr Recht zu schweigen. Die Verteidigerin erklärte, dass ihre Mandanten zur Sache nicht aussagen würden. Das war es dann auch. Der Prozess wurde vertagt, die Angeklagten abgeführt. Kämper packte seine Papiere zusammen und Maxim Becker wurde aus dem Saal geschoben.

Auf dem Gerichtsflur wartete Wayne. »Ich hab alles im Kasten.«

Plötzlich ertönten Martinshörner und Blaulicht flackerte hinter den Fenstern, die zur Straße zeigten.

Schwarze Vermummung

Sie kamen von allen Seiten: vermummte Gestalten in Schwarz. Plakate mit der Aufschrift *Sturmbund 18*.

»Unsere Neonazi-Spacken«, sagte Wayne, als wir vor dem Gerichtsgebäude standen. »Weg mit dir, Grappa!«

Er schubste mich zur Seite und stürzte sich ins Getümmel.

Die Nazis kesselten die heftig gestikulierenden Mawardi-Leute ein und prügelten mit Baseballschlägern auf sie drauf. Die Polizisten bildeten eine Reihe und versuchten, die Angreifer zurückzudrängen, was nur teilweise gelang. Die braune Wut richtete sich jetzt gegen die Beamten: »Ich knall euch ab, ihr Scheißbullen«, »Verpisst euch, sonst klatscht es!«, »Halt dein Maul! Du hast mir gar nichts zu sagen«, »Hurensöhne! Fickt euch!«, »Du bist Müll, Schwuchtel.«

Weitere Einsatzfahrzeuge hielten mit quietschenden Reifen.

Ein Spezialkommando mit Schilden und Maschinenpistolen postierte sich. Eine Megafonstimme forderte die Parteien auf, sich zu trennen.

Doch die Gewalt auf beiden Seiten ließ sich nicht so einfach eindämmen. Die Araber hatten inzwischen einige Baseball-schläger erbeutet und wehrten sich. Messer blitzten auf und ich sah blutige Nasen und Kopfwunden. Am schlimmsten jedoch war die Geräuschkulisse. Entmenschte Gestalten auf beiden Seiten.

Mir wurde eiskalt. Wo war Wayne? Hoffentlich geriet er nicht in das Getümmel.

Ein Wasserwerfer näherte sich. Er hatte den liebevollen Namen *WaWe10* bekommen und war ein guter alter Bekann-ter.

Ich hatte schon mal eine Ladung aus dem Rohr genau dieser Wasserkanone abbekommen und das reichte mir fürs Leben. Hektisch ging ich zurück Richtung Eingang und versuchte, die Tür aufzudrücken. Leider vergebens. Aber die Position war nicht schlecht, weil sie etwas erhöht lag und ich so einen guten Blick auf die Schlägerei hatte.

Ich entdeckte Hannah Mawardi. Sie versuchte, sich durch die aufgebrachte Menge zu drängeln – mit wenig Erfolg. Ich verlor sie aus den Augen.

Der *WaWe10* richtete eins seiner drei Werferrohre auf die Gruppe, die Polizisten wichen zurück. Die Megafonstimme warnte. Ohne Wirkung. Und dann setzten zehntausend Liter Wasser die Mawardis und den *Sturmbund 18* unter Wasser.

Nach einer halben Stunde waren die Straße und die Fahr-zeuge in den Parkbuchten gesäubert und die Bäume gründ-lich gewässert. Ich war trocken geblieben. Inzwischen waren Notarztwagen eingetroffen, die Verletzten wurden versorgt. Prellungen waren die häufigsten Blessuren, die *WaWe10* ver-ursacht hatte. Auch Hannah Mawardi hatte wohl etwas ab-bekommen, sie wurde auf einer Trage abtransportiert. Ich versuchte, die Szene mit meinem Handy zu fotografieren, entdeckte aber, dass Wayne näher dran war. Wieder einmal fiel mir auf, dass dieser Fotograf, mit dem ich schon so viele Jahre zusammenarbeitete, ein gutes Gespür für relevante Fotos hatte.

Diese Szene schien besonders relevant zu sein. Er winkte mir zu und schien mir etwas mitteilen zu wollen. Irgendetwas stimmte nicht. Wieder hektisches Winken.

Ich schlüpfte durch das Chaos, das der Wasserwerfer verursacht hatte: umgekippte Blumenkübel, aufgeweichte Papiere, kaputte Brillen und einzelne Schuhe.

Endlich war ich bei Wayne. »Was ist los?«

»Die Anwältin ist tot.«

»Wie bitte?«

»Der Notarzt hat ihr Gesicht zugedeckt und mit dem Kopf geschüttelt.«

Sturmbund 18 rüstet auf

War Hannah Mawardi ein Zufallsopfer oder war sie gezielt ausgesucht worden? Oder war alles nur ein Missverständnis und Wayne hatte sich getäuscht oder täuschen lassen?

Im Auto rief ich die Polizeipressestelle an, die von einem Todesfall nichts wusste. Man bestätigte lediglich den Einsatz des Wasserwerfers und kündigte für den späten Nachmittag eine Pressemitteilung an.

Ziemlich derangiert und fertig kamen wir im Verlagshaus an. Im Großraumbüro liefen die Regionalnachrichten. Ein Livereporter wurde zugeschaltet und beschrieb das Chaos vor dem Landgericht. »Mehrere Menschen wurden verletzt ins Krankenhaus gebracht. Die Polizei hatte die Lage schnell im Griff.« Kein Wort von einer Leiche.

»Na, wie war's?«, fragte Kollege Bärchen Biber.

»Anstrengend. Und bei euch so?«

»Wir hatten auch eine Menge Stress«, behauptete er. »In der

Kantine ist die Kühlung des Getränkeautomaten ausgefallen. Warme Cola schmeckt zum Kotzen.«

»Heul doch.«

Ich hatte keine Lust, mich um sein Gejammer zu kümmern. Carsten Biber, liebevoll ›Bärchen‹ genannt, schien unbeschäftigt zu sein, denn auf seinem Rechner prangten die Fotos von geblümten Hemden eines exquisiten Herrenausstatters.

»Sag mal, kennst du einen Neonazi-Klub namens *Sturmbund 18*?«, fragte ich.

Er sah überrascht auf. »Die Nazi-Terrorzelle? Das waren mal ganz harte Faschos. Aber zurzeit sind die nicht besonders aktiv.«

»Falsch. Das hat sich heute Morgen geändert.« Ich schilderte die Prügelei vor dem Gericht.

»Im Radio hörte sich das fast harmlos an«, wunderte er sich. »Wenn der Sturmbund wiederauferstanden sein sollte, dann gibt es Krieg, Grappa!«

»Ich muss für unsere Onlineausgabe ein paar Zeilen schreiben. Kannst du mir Infos zum *Sturmbund 18* zusammenstellen?«

Bärchen grinste. »Ich bin zwar gerade in der entscheidenden Phase bei meinem Hemdeneinkauf, aber das verschiebe ich dir zuliebe.«

»Du bist so gut zu mir«, lächelte ich. »Ich revanchiere mich, indem ich das Blumenmuster für dein Hemd aussuche, okay?«

»Lieber nicht«, meinte er. »Du hast einen Hang zu schwuchteligem Design.«

»Passt doch«, frotzelte ich.

Wir gingen zu Wayne, der gerade seine Fotos auf den Rechner überspielte. »Hast du ein Foto, auf dem die Aufschrift *Sturmbund 18* zu sehen ist?«

»Klar. Mehrere. Hier!« Er präsentierte eine Auswahl.

»Wir nehmen das«, entschied ich.

Im Vordergrund die Rückseiten von SEK-Beamten, in den Lücken dazwischen die Nazis – die meisten mit schwarzen

Skimasken unkenntlich vermummt. Baseballschläger, Stöcke und Plakate mit dem Sturmbundzeichen.

»Auf einer Demonstration dürfen weder Waffen noch sonstige Gegenstände mitgebracht werden, die Menschen verletzen«, dozierte Bärchen. »Allein dafür kriegt man die Typen dran. Die müssen dann ein kleines Bußgeld latzen oder bekommen, wenn sie schon mal unangenehm aufgefallen sind, eine Bewährungsstrafe.«

»Die werden argumentieren, dass sie sich nur schützen und verteidigen wollten.«

»Auch Schutzwaffen sind verboten. Helme, Schilde, gepolsterte Kleidung, Lederkombis und so ein Zeugs«, erklärte Biber.

»Was bedeutet die Ziffer 18 in dem Namen?«, fragte Wayne.

»Deutet auf Adolf Hitler hin. Der erste und der achte Buchstabe des Alphabets sind A und H, also A-dolf H-itler.«

»Guck mal, wer da im Bild ist – und zwar unvermummt.« Wayne vergrößerte ein Foto.

Jetzt erkannte ich ihn auch: Ludwig Kahl, der frühere Feuerwehrchef der Stadt, inzwischen vorbestraft wegen Volksverhetzung.

»Interessant. Der lässt ja seit Jahren keine braune Demo aus.«

»Hat ihn seinen Job gekostet«, sagte ich. »Den Ausschnitt brauche ich auch. Und jetzt verziehe ich mich an meinen Rechner.«

»Klärst du das mit der Leiche?«, rief mir Wayne hinterher.

»Leiche?«, fragte Biber.

»Wayne hat eine Tote gesehen«, sagte ich. »Es soll sich um die Anwältin der Araber handeln. Doch noch haben wir nichts Offizielles.«

»Ich weiß, was ich gesehen habe, Grappa!« Es klang etwas beleidigt.

Mit der Luxuskarre Stütze kassieren

Tatsächlich bestätigten Polizei und Staatsanwaltschaft eine halbe Stunde später, dass es während der Straßenschlacht ein Tötungsdelikt gegeben hatte.

Bei dem Opfer handelt es sich um die 35-jährige deutsche Staatsangehörige Hannah M. Die Ermittlungen laufen auf Hochtouren, die Obduktion ist eingeleitet.

Kein Hinweis auf die Zusammenhänge mit dem Mordprozess gegen die Mawardi-Jungs. Es war aber nur eine Frage der Zeit, bis die Medienkollegen die Identität der Frau recherchiert hatten. Noch konnte ich fixer sein als die Konkurrenz. Schnell Kaffee aus der Kantine holen und los.

Clan-Anwältin stirbt bei Straßenschlacht vor dem Landgericht

– titelte ich.

War es eine geplante Tat oder wurde die 35-jährige Hannah M. ein Zufallsopfer? Die Anwältin hatte drei Angeklagte, die dem berüchtigten arabischen Mawardi-Clan angehören, vor dem Schwurgericht vertreten und den ersten Prozesstag hinter sich gebracht. Als die zahlreich erschienenen Clan-Anhänger das Gerichtsgebäude verließen, wurden sie von Mitgliedern der Neonazi-Gruppe *Sturmbund 18* angegriffen. Die Polizei konnte die gewalttätige Auseinandersetzung zunächst nicht stoppen und forderte Verstärkung an. Mithilfe eines Wasserwerfers wurde die Schlägerei dann beendet. Anschließend wurde die Frau gefunden, der Notarzt konnte nur noch ihren Tod feststellen. Ob der Tod der Anwältin in Zusammenhang mit ihrem Mandat bei dem Landgerichtsprozess steht, muss jetzt ermittelt werden. In dem Verfahren geht es darum, dass eine Frau und ihre sechsjährige Tochter durch Teilnehmer eines sogenannten Hochzeitskorsos auf der Autobahn zu Tode gekommen sind. Die Staatsanwalt- schaft hat Anklage wegen Mordes, schwerer Körperverlet- zung und anderer Delikte erhoben. Die drei Beschuldigten hatten durch ihre Anwältin mitgeteilt, im Prozess schweigen zu wollen. Weitere Verfahren gegen andere Beteiligte des Korsos stehen noch aus. Es geht um gefährlichen Eingriff in den Straßenverkehr, Widerstand und Beamtenbeleidigung. Wir berichten weiter.

Das sollte für die Onlinezeitung zunächst reichen. Ich lud den Text hoch und machte mich an den Artikel für die Printaus- gabe. Dazu musste ich mehr über den Mawardi-Clan erfahren.

Nach einer Stunde und drei Litern Kaffee hatte ich genug Fakten zusammen.

Mit der Luxuskarre Stütze kassieren

Der Mawardi-Clan hat etwa dreitausend Mitglieder, die über ganz Deutschland verteilt sind. Fast zweitausend von ihnen sind bei den Behörden aktenkundig, viele von ihnen mehr- fach vorbestraft. Clan-Chef ist der 67-jährige Mustafa Ma- wardi, der vor über dreißig Jahren aus dem Libanon nach Deutschland eingewandert ist. Dem Clan werden enge Ver- bindungen mit der organisierten Kriminalität nachgesagt. Familienmitglieder betreiben Schutzgelderpressungen, Drogen- und illegalen Medikamentenhandel, Waffenhandel, Geldwäsche in großem Stil und sind im Rotlichtmilieu aktiv. Allein mit Drogenhandel sollen die Mawardis in den letzten Jahren fünfzig Millionen Euro verdient haben. Dennoch leben viele von ihnen von Hartz IV, also vom Staat. Der Rechts- staat wird von den Mitgliedern des Mawardi-Clans nicht ak- zeptiert, sie finden unsere Gesetze lächerlich, unsere Polizei feige und amüsieren sich über die Justiz, die sie allzu oft mit Bewährungsstrafen davonkommen lässt, falls es überhaupt zu Prozessen kommt. Umfragen beweisen: Die Bürger haben Angst und verstehen die Hilflosigkeit der Polizei nicht. Warum wird nichts unternommen? Warum fahren die Mawardis mit Luxusautos bei der Agentur für Arbeit vor, um Stütze zu kassieren? Um zu zeigen, dass Menschen, die sich an Gesetze halten, dumm sind? Weil sie die Errungenschaften unserer Gesellschaft als Beute ansehen? Das alles treibt Menschen ins rechtsradikale Lager. Sie gehen denjenigen ins Netz, die sich in rassistischen Gruppen und rechtsterroristischen Zellen organisieren – wie im *Sturmbund 18*.

Ein Beamter biegt rechts ab

Ich ging zu Wayne, um die Fotos zu sichten, die er von den Mawardi-Fans auf dem Gerichtsflur gemacht hatte. Die waren wenig schmeichelhaft. Mir war klar, dass die Bilder den deutschen Wutbürger zur Weißglut treiben würden. Aber sie entsprachen nun mal der Wirklichkeit.

Wayne hatte mein Zögern bemerkt. »Ich weiß, was du denkst. Aber netter ging es nicht, diese Typen stellen sich nicht weniger krass dar als die Nazis. Und diese drei da haben mindestens zwei Menschenleben auf dem Gewissen und es tut ihnen kein bisschen leid.«

Bärchen Biber stieß zu uns. Inzwischen war auch Sportreporter Simon Harras an Bord, der Kollege, der für seine Ansichten zu Politik, Moral und Frauen schon oft verbale Prügel bezogen hatte. Zuwanderer waren für ihn listige Schmarotzer, Kirchen verlogene Abzocker und Frauen sexgeile Schlampen.

»Eigentlich könnte man das Zuwanderungsproblem einfach lösen«, machte er sich jetzt bemerkbar. »Araber und Nazis auf eine Insel schaffen und den Schlüssel wegwerfen. Wetten, dass nach einer Woche keiner mehr von denen lebt?«

»Verschon uns mit deinen menschenverachtenden Fascho-Rezepten«, blaffte ich.

»Oh, die Frau Gutmenschin Grappa ist ja mal wieder empfindlich«, unkte er.

»Lass uns unsere Arbeit machen und mach du deine«, riet ich. »Wäre es nicht mal wieder Zeit, einem BVB-Spieler bis zum Anschlag in den Arsch zu kriechen? Oder einem Sponsor?«

Sekretärin Stella grinste fett und nickte mir zu. Sie stand mit Simon seit Monaten auf Kriegsfuß.

»Stella, du kannst mir schon mal die Kommentare zu meinem Onlineartikel zusammenstellen, die Mails der Agenturen ausdrucken und einen Kaffee besorgen.«

Sie zog einen Flunsch, protestierte aber nicht und trollte sich.

Bärchen sah ihr nach. »Warum werden Frauen im Alter immer so zickig?«

»Weil manche Kerle es nicht anders verdienen«, antwortete ich. »Kommst du mit deinem Artikel über den *Sturmbund 18* weiter?«

»Ich hab ihn fertig«, erklärte Biber. »Er ist in deiner E-Mail-Box. Sechzig Zeilen ohne Fotos.«

Das lief gut.

»Ich hab auch etwas über Ludwig Kahl geschrieben«, ergänzte er. »Das Landgericht hat ihn im letzten Jahr zu einer Gefängnisstrafe von neun Monaten auf Bewährung und zu einer Geldstrafe verknackt. Die Sache hat damals viel Aufsehen erregt. Vom SPD-Mitglied zum Neonazi – das muss man erst mal hinkriegen.«

»Schlaues Kerlchen«, tönte Harras. »Zehn Jahre lang musste ihm die Stadt jeden Monat über sechstausend Euro Beamtengehalt zahlen, weil sie ihn nicht rauswerfen, sondern nur beurlauben konnte. Und jetzt kriegt er eine fette Pension. Warum passiert mir so was nicht?«

»Das schaffst du schon, wenn du dich weiter so benimmst«, attestierte ich.

»Jedenfalls gilt Kahl als einer der Köpfe des *Sturmbundes*«, erklärte Biber. »Hört euch mal an, was er erst neulich von sich gab: ›Es gibt den Kampf auf der Straße und es gibt darüber hinausgehende Untergrundaktivitäten, die sich jederzeit entfalten können. Das sollte sich dieser Staat immer vor Augen halten. Wenn er das möchte, kann er das haben.‹ Klingt nach Nazi-Terrorismus, oder?«

»Allerdings. Wie konnte der Kerl jemals in die SPD geraten?«, wunderte ich mich.

»Alles nur Kalkül. Das Parteibuch hat ihm den Job als städtischer Feuerwehrchef beschert«, wusste Biber. »Da hat er seine rechte Gesinnung mal hintangestellt. Ich kenne jemanden, der ihn näher kennt. Es ranken sich die merkwürdigsten Gerüchte um diesen Mann.«

»Erzähl!«, forderte ich.

»Seine Frau hat sich scheiden lassen und weißt du, warum?«

»Wegen seines Gesinnungswechsels?«

Bärchen grinste. »So in etwa. Er hat von ihr verlangt, dass sie an rechtsradikalen Veranstaltungen teilnimmt. Das ging ihr dann doch zu weit.«

Ich prustete los, nur Harras schien enttäuscht.

»Armer Simon, du hast wohl mit einer sexuellen Besonderheit gerechnet, oder? Geschlechtsverkehr in SS-Uniform oder Hitlergruß beim Orgasmus?«, spottete ich.

»Du spinnst, Grappa«, wehrte er sich. »Was schert mich der Sex der anderen? Jedenfalls ist der Typ clever. Zehn Jahre nicht arbeiten zu müssen und Geld zu kassieren. Ich hab in meinem Leben allerhand falsch gemacht.«

»Wer hat was falsch gemacht?« Kulturredakteurin Dr. Margarete Wurbel-Simonis hatte das Büro betreten.

»Na, wer wohl? Kollege Harras.«

»Ach so.« Sie machte eine wegwerfende Handbewegung. »Auf wen bist du denn jetzt wieder neidisch, Simon?«

»Ihr könnt mich mal«, polterte er und versteckte sich hinter seinem Monitor.

»Irgendwie macht es keinen Spaß mehr, mit ihm zu streiten«, seufzte Mäggi.

»Wo kommst du her?«, fragte ich.

»Programm des Konzerthauses. Die Pressekonferenz des Kulturdezernenten hat ewig gedauert. Gibt es was Neues in der Stadt?«

»Nichts Besonderes«, antwortete ich. »Eine Tote und mehrere Verletzte bei einer Straßenschlacht zwischen Arabern und Neonazis.«

»Das hab ich geahnt!«, rief sie. »Während der Vorstellung des Konzertprogramms gab's jede Menge Tatütata.«

Zeitungssorgen

Biber hatte zu seinem Artikel das Foto des Ex-Feuerwehrchefs gestellt, umringt von Sturmbundmännern. Die Bildunterzeile lautete: *Ex-Feuerwehrchef Ludwig Kahl und seine braunen Freunde ziehen in die tödliche Straßenschlacht.*

»Schön provokativ«, meinte ich. »Gefällt mir.«

Mein Handy meldete sich. Verleger Hans Damm war auf einer Tagung des Verlegerverbandes zur Zukunft der Zeitungen und verfolgte unsere Berichterstattung über sein Smartphone. Während seiner Abwesenheit war Bärchen Biber für das Layout des Blattes und ich für die Inhalte verantwortlich. Ich stellte das Telefon laut, damit die Kollegen mithören konnten.

»Muss ich die Tagung abbrechen«, fragte er, »oder kommt ihr allein klar?«

»Wir halten durch«, versprach ich. »Wie läuft es denn bei Ihnen? Hat die Zeitung noch eine Zukunft?«

»Als Printausgabe nicht mehr. Wir müssen online aufrüsten und in die sozialen Medien investieren. Das gilt auch fürs *Tageblatt*. In Deutschland wurden vor einem Jahr nur noch rund vierzehn Millionen Printausgaben verkauft, das sind sechshunderttausend weniger als im Jahr davor. 1990 waren es noch doppelt so viele, nämlich fast dreißig Millionen. Die

25

Zeitungen sterben. Wir werden das besprechen müssen, wenn ich wieder zurück bin.«

Das klang dramatisch.

»Die Zeitungen sind genauso oft totgesagt worden wie das Buch«, entgegnete ich. »Wird schon nicht so schlimm werden.«

»Hoffentlich. Wenn Sie aktuell meine Hilfe brauchen, melden Sie sich.«

»Mach ich glatt.« Ich beendete das Gespräch.

Bärchen grinste. »Besser, er stört nicht. Glaubst du, dass Damm sich wirklich Sorgen um seine Zeitung macht und um unsere Zukunft?«

»Ich denke schon.«

»Der macht sich keinerlei Sorgen um uns«, lästerte Simon. »Damm denkt doch nur an seinen Profit – wie alle diese spätkapitalistischen Millionäre.«

»Dann kündige doch am besten ganz schnell«, empfahl Stella. »Der BVB hat bestimmt einen Job frei. In der Pressestelle suchen die immer solche Top-Journalisten wie dich.«

»Nur wenn du als meine Sekretärin mitkommst, Stella-Maus.«

Wurbelchen drehte die Augen nach oben. »Ihr solltet endlich mit eurer Paartherapie beginnen. Und jetzt bitte ich um Ruhe, sonst wird mein Artikel zum Konzerthaus nie fertig.«

»Ich bin eh weg.« Harras fuhr seinen PC runter. »Schönen Feierabend für alle.«

Auch Bärchen wollte nach Hause. Ich las seinen Text über den *Sturmbund*.

Terrorgefahr und Gewaltbereitschaft:
Bedrohte *Sturmbund 18* Journalisten?

Ein züngelnder Drachen ist das Logo des *Sturmbund 18*. Die Gruppe ist eine rechtsradikale Terrorzelle und gilt als Nachfolgeorganisation des Netzwerks *Blood & Honour,* das dem Nationalsozialistischen Untergrund zugearbeitet hat. Erst vor wenigen Wochen umriss das nordrhein-westfälische Innenministerium auf eine Anfrage der Grünen die Gefährlichkeit der Gruppe so: »Bei den *Sturmbund*-Anhängern ist von einer Waffenaffinität und individuellen Gewaltbereitschaft auszugehen. Ob es sich um eine terroristische Vereinigung im Sinn des § 129 a Strafgesetzbuch handelt, muss ein Gericht entscheiden.« Das ist noch nicht geschehen, deshalb ist der *Sturmbund 18* auch nicht verboten. Seine Anhänger handeln mit Waffen, verbreiten rechte Hetze und verfassen Anleitungen zum Bombenbau. Die Mitglieder schließen sich in kleinen Zellen zusammen, legen Waffendepots an und verüben Terroranschläge. Der Verdächtige im Mordfall des Kasseler Regierungspräsidenten Lübcke soll mit der Organisation in Kontakt gestanden haben.

Weiterhin soll der *Sturmbund 18* für mehrere Drohungen gegen Journalisten verantwortlich sein. Auch in unserer Stadt. Einem Reporter des WDR-Studios wurde ein Briefumschlag mit weißem Pulver zugeschickt und einem Foto, das ein Unbekannter von dem Journalisten gemacht hatte. Dieser befasst sich seit Jahren mit der rechten Szene. Eine Sprecherin der örtlichen Polizei erklärte, dass der Fall von der *Soko Rechts* bearbeitet wird, die beim Staatsschutz angesiedelt ist.

Daran war nichts auszusetzen. Ich bereitete alles für den Druck auf und schaute, ob es noch eine neue Pressemitteilung der Staatsanwaltschaft gab oder irgendwelche neuen Agenturmeldungen. Nichts.

Schließlich packte ich meine Sachen, gab den Schlüssel beim Pförtner ab und nahm den Weg zum Parkplatz. Damms Ankündigung über Änderungen beim *Tageblatt* machte mir mehr Sorgen, als ich mir eingestehen wollte. Schon einmal hatte es in Deutschland ein großes Zeitungssterben gegeben – als große Pressehäuser die kleinen Lokalzeitungen schluckten. Viele Kolleginnen und Kollegen hatten damals ihren Arbeitsplatz verloren. Zu dieser Zeit war ich gewerkschaftlich aktiv und verteilte Flyer, die damals noch *Flugblätter* hießen, bewachte als Streikposten die Eingangstüren der Druckereien und organisierte Protestmärsche und Diskussionen. Genutzt hatte es nichts, die Pressekonzentration war nicht mehr aufzuhalten gewesen.

Auch die Redaktion des *Tageblattes* war damals stark verkleinert worden. Die Beiträge zum Politik- und Wirtschaftsteil wurden seither dazugekauft, alles andere Überregionale von den Agenturen übernommen. Nur das Lokale wurde selbst hergestellt.

Mit eiserner Hand

Ein Abend mit Kleist. In der Küche duftete es nach Käse, Zwiebeln und Kartoffeln. Irgendwas brutzelte im Backofen. Im Radio lief Jazzmusik.

Ich hatte ihn ein paar Wochen nicht gesehen. Seine ehemals dunkelbraunen Haare waren noch etwas grauer geworden, die attraktiven Falten um Mund und Augen tiefer. Das Alter stand ihm gut.

Ich stellte meine Tasche ab und schlang meine Arme um ihn. »Das ist Glück!«, rief ich. »Die Frau kommt von der Arbeit nach Hause und der Mann bereitet das Abendessen!«

»Leider waren nur gekeimte Kartoffeln, eine Dose Bockwürstchen, Zwiebeln und Grana Padano im Haus. Ach ja, und ein einsames Ei.«

»Ich hab vergessen einzukaufen«, gab ich zu. »Wir haben eine Tote bei einer Klopperei zwischen Arabern und Nazis.«

»Ich bin im Bilde. Hab Radio und Lokalfernsehen geguckt und deine Artikel im Netz gelesen.«

»Und? Was sagst du?«

»Dass es nicht bei der Straßenschlacht von heute bleiben wird. Die Mawardis werden sich rächen – immerhin war die Tote die Schwiegertochter vom Paten. Auch wenn Mustafa

Mawardi sich deshalb mit seinem Sohn Ali zerstritten hat«, sagte er.

»Warum hatte Mustafa etwas gegen die Frau?«

»Sie hat einen deutschen Vater. Ihre Mutter ist Syrerin. Die Libanesen bleiben lieber unter sich und heiraten im Clan. Die Frauen haben eine untergeordnete Stellung. Da passt eine halb deutsche Anwältin nicht rein.«

»Und warum durfte sie dann seine Söhne verteidigen?«, wunderte ich mich.

»Weil sie einen guten Ruf als Juristin hatte«, antwortete er. »Und vermutlich auch, um den Eindruck von Toleranz und Fortschrittlichkeit zu erwecken. Mustafa Mawardi ist ein schlauer alter Fuchs, der seine Clan-Familie mit eiserner Hand regiert. Er taucht immer wieder ab und ist dann unauffindbar. Zurzeit besteht ein Haftbefehl gegen ihn, der nicht vollstreckt werden kann.«

»Ist denn der Sohn auch in kriminelle Geschäfte verwickelt?«

»Er hat sich von der Familie losgesagt«, wusste Kleist. »Durch Hannahs Tätigkeit für die drei Brüder haben sich Vater und Sohn allerdings wieder angenähert.«

»Wovon lebt dieser Ali?«

»Er ist Oberarzt in den Städtischen Kliniken. Internist.«

Friedemann Kleist hatte einige Monate im Bereich der Clan-Kriminalität geforscht und als Kriminalist Zugang zu Infos, die Journalisten sonst nicht hatten. Manchmal profitierte ich davon, aber nicht immer.

»Gibt es Wein?«

»Natürlich. Chianti oder spanischer Rosé?«

»Rosé.« Ich öffnete den Kühlschrank. Ein Glas stand schon auf dem Tisch.

Ich goss mir ein. Kleist nahm Wasser. Noch nie hatte er in meinem Beisein Alkohol getrunken.

»Was würde geschehen, wenn du ein Glas Wein trinkst?«, fragte ich.

»Ich weiß es nicht und will es auch nicht wissen.«

»Aber es ist so schön, wenn die kühle Flüssigkeit die Kehle herunterläuft«, schwärmte ich. »Und wenn nach zwei Gläsern die Entspannung kommt.«

»Ich entspanne mich bei Musik oder einem interessanten Buch«, lächelte er.

Mein Handy meldete sich. »Ludwig Kahl«, schnarrte eine Stimme. »Sie wissen, wer ich bin?«

»Ja«, antwortete ich. »Ich stelle das Telefon auf Mithören. Mein Freund ist mit mir hier im Raum.«

»Ich verlange, dass mein Foto von der Zeitungsseite gelöscht wird.«

»Und warum?«

»Ich mache mein Recht am eigenen Bild geltend.«

»Das haben Sie nicht, wenn Sie an einer Neonazi-Demo teilnehmen«, widersprach ich. »Außerdem gelten Sie nach dem Skandal um Ihre Suspendierung als Person des öffentlichen Lebens.«

»Ich habe den Mordprozess im Landgericht verfolgt und war keineswegs Teilnehmer einer Demo. Also löschen Sie das Bild!«

»Sonst?«

»Das werden Sie schon merken.«

»Ist das eine Drohung?«

»Ein Hinweis.«

»Na dann«, sagte ich. »Ich wünsche Ihnen noch einen angenehmen Abend.«

Kleist grinste. »Der hat noch Bewährung und deshalb Angst, dass er einfahren muss.«

»Unangenehmer Kerl. Ich hasse Leute, die meinen, sie könnten anderen Befehle erteilen.«

»Ich weiß.« Kleists Lächeln war zweideutig. »Du erteilst sie lieber selbst.«

»Das geht manchmal nicht anders«, seufzte ich. »Endlose Diskussionen sind nicht immer zielführend.«

Ich nahm noch einen Schluck von dem Wein. Kleist holte den Auflauf aus dem Backofen. Der Duft war besser als der Geschmack.

»Morgen kaufe ich mal ein«, kündigte er an. »Dein Haushalt ist eine Katastrophe.«

Respekt

»Vor dem deutschen Staat haben sie keinen Respekt, für sie zählt nur die eigene Sippe. Araber-Clans haben sich in den vergangenen Jahren wie Kraken ausgebreitet, kontrollieren weite Teile der organisierten Kriminalität«, tönte es am nächsten Morgen aus dem Radio.

Es war mal wieder der Tag der mehr oder weniger kompetenten Experten. Klar, es war einfacher, Kriminalpsychologen, Politiker, Gewalt- oder Konfliktforscher und Professoren für Orientalistik zu interviewen, als selbst zu recherchieren. Doch das alles war inflationär, schon tausendmal gesagt und tausendmal gehört.

»Ich will Mustafa Mawardi sprechen«, teilte ich Kleist beim Frühstück mit. »Ich will wissen, wie der tickt. Hast du eine Idee?«

Er überlegte kurz. »Das wird schwierig. An den Alten kommst du nicht so einfach heran. Das Risiko geht er nicht ein wegen des Haftbefehls gegen ihn. Vielleicht ist Ali Mawardi ein Weg.«

»Das Treffen könnte geheim bleiben«, sagte ich.

»Du kannst dich nicht mit einem gesuchten Schwerkriminellen treffen.«

»Hast du Mustafa jemals zu Gesicht bekommen?«

»Ja, bei Vernehmungen zum Thema Geldwäsche, Menschenhandel und Schutzgelderpressung und bei dem Prozess, in dem er zu fünf Jahren Gefängnis verurteilt wurde. Als er die Strafe antreten sollte, war er verschwunden. Der Richter hatte keine Fluchtgefahr gesehen, weil Mawardi krank und dement schien. Willst du noch Kaffee?«

»Immer.« Ich trank und verbrannte mir prompt den Gaumen.

»Wie wirkte er denn auf dich?«, keuchte ich.

»Er tat so, als verstünde er kein Wort Deutsch, und mimte den verwirrten alten Mann«, berichtete Kleist. »Das Ganze hatte skurrile Momente.«

»Tja, die verarschen unser Rechtssystem«, seufzte ich. »Und das macht die Leute wütend und treibt sie den Rassisten in die Hände.«

Ich schaute auf die Küchenuhr. Es wurde Zeit. »Was machst du heute?«, fragte ich. »Außer einzukaufen?«

»Ich habe einen Termin im Polizeipräsidium. Jour fixe mit dem Präsidenten. Außerdem soll uns der neue Leiter der *Soko Rechts* vorgestellt werden. Kriminalrat Frank Reimer.«

»Kennst du ihn?«

»Nur von Sitzungen und Diskussionsrunden. Er ist ein Freund des Polizeipräsidenten Kleinmann.«

»Vetternwirtschaft?«

»Nein. Um den Job reißt sich niemand. Ich bezweifle, dass Reimer weiß, was ihn erwartet. Der *Sturmbund 18* entwickelt sich gerade zu einer straff und effizient organisierten Terrorgruppe, in der sich alle Rechten sammeln – von den alten NPDlern über die Republikaner und die AfD bis hin zu den Identitären und verschiedenen Netzwerken, die im rechten Spektrum kreuchen und fleuchen.«

Kleist brachte mich zur Tür. »Pass auf dich auf. Die Typen sind gefährlich«, bat er.

Ich sah ihn überrascht an. »Welche meinst du denn? Die Libanesen, die Nazis oder die Kollegen?«

Ohne Damm dauerte die Konferenz nicht lang. Pflichttermine wurden verteilt, Ideen gesammelt, diskutiert, angenommen oder verworfen. Die Zeitung war jeden Tag ein Kessel

Buntes, aus dem sich jeder Leser das Passende rauspicken konnte.

Am schwersten hatte es Mäggi Wurbel-Simonis. Ihr ursprüngliches Arbeitsgebiet war schon vor Jahren um den Bereich *Modernes Leben* erweitert worden – was immer das bedeuten mochte. Berichte von Kunstausstellungen kamen nur noch ins Blatt, wenn der Maler weiblich, jung und hübsch war und bei der Vernissage leicht bekleidet an der Stange tanzte. Da aber meist ältere Frauen über fünfzig zum Pinsel griffen, gab es höchstens ein honorarfrei eingereichtes Foto mit einer Bildunterzeile. Das frustrierte Mäggi.

Doch alle Reporter hatten es nicht leicht. Jeder Artikel sollte einen sogenannten *Magic Moment* beinhalten und wenn es ihn partout nicht gab, musste er eben inszeniert werden. Der Weg zur Lüge war damit recht kurz.

»Ich habe einen Themenvorschlag«, meldete sich Mäggi zu Wort.

»Mit oder ohne?«, fragte Harras.

»Mit oder ohne was?«

»Magischem Moment.«

»Mit! Forscher haben eine vierhundert Millionen Jahre alte Felsplatte gefunden«, erklärte sie.

»So 'ne alte Festplatte? Du spinnst!« Simon Harras hatte seine Schlagfertigkeit nicht immer unter Kontrolle.

»Felsplatte, Simon, nicht Festplatte. Eine Gesteinsplatte. Gefunden in der Nähe des Phoenix-Sees. Da muss es früher mal ein Meer gegeben haben. Die Platte hat die typischen Rippelmarken, die auf ein Meer hindeuten, und eine gut sichtbare Sandstruktur, die jetzt natürlich versteinert ist.«

»Und wer hat da gebadet?«, frotzelte Harras weiter.

»Dein direkter Vorfahr«, antwortete Bärchen. »*Tyrannosaurus rex.* Großer Schädel, kleines Hirn.«

Der war leider gut und wir kicherten. Mäggi bekam vierzig Zeilen.

Mareike hatte ein Thema ausgegraben, das aktueller war.

Hans Damm hatte die Volontärin inzwischen zur Jungredakteurin befördert.

»Ein Betrüger wollte die große Westfalenhalle mieten – immerhin für 64.300 Euro am Tag. Angeblich sollte ein Konzert mit Justin Timberlake stattfinden – doch der wusste von nichts. Anschließend sollte der Justin noch in spanischen Discos am Ballermann singen und die Discobetreiber haben dem Betrüger dafür 180.000 Euro gegeben.«

»Geht es um den zwanzigjährigen Kerl, den die *Bild* vor ein paar Wochen als ›jüngsten Festival-Veranstalter Deutschlands‹ gefeiert hat?«, erkundigte sich Bärchen.

»Genau der. Größenwahn kommt vor dem Fall«, ergänzte Mareike. »Der Bubi ist wegen Betrugs festgenommen worden, hat alles gestanden. Demnächst landet er vor Gericht. Und jetzt kommt der Gag!« Sie machte eine Kunstpause.

»Ist das jetzt der *Magic Moment*?«, wollte Bärchen wissen.

»Justin Timberlake kommt doch!«, riet ich.

»Ganz kalt«, grinste Mareike.

»Nun sag schon!«

»Der Hochstapler heißt Amar Mawardi.«

Der Apfel fällt nicht weit vom Stamm. Dieses oft bemühte und nicht sehr originelle Sprichwort traf in diesem Fall zu, denn der zwanzigjährige Betrüger war ein Neffe von Mustafa Mawardi. Ob der alte Clan-Chef das Scheitern seines Nachfahren goutierte? Vermutlich, denn in schwer kriminellen Kreisen spielten die Kinder nicht mit Förmchen im Sandkasten. Mareike bekam vierzig Zeilen. Dazu noch ein Bild der Westfalenhalle und von Justin Timberlake.

»Ein Foto von Amar Mawardi krieg ich von der *Bild*-Zeitung. Müssen wir das Gesicht pixeln?«, fragte Mareike.

»Müssen wir nicht«, entschied ich. »Wer sich in die *Bild* drängelt, ist eine Person des öffentlichen Lebens und zum medialen Abschuss freigegeben.«

Zurück in eure Löcher

Gegen Mittag informierten Polizei und Staatsanwaltschaft über das Obduktionsergebnis der toten Anwältin. Hannah Mawardi war durch einen Messerstich in den Unterleib getötet worden. Sie war innerlich verblutet. Zeugen für den Mord gab es noch nicht, die Ermittlungslage war bisher mau, der Wasserwerfer hatte zudem alle brauchbaren Spuren weggespritzt.

Ich fasste die Informationen zusammen und lud sie in die Onlineausgabe des *Tageblattes*. Dann kopierte ich sie auch in die sozialen Medien.

Anwältin starb durch Messerstich – keine Zeugen, keine Spuren

Hannah M. verblutete auf der Straße – das ist das vorläufige Ergebnis der Obduktion. Niemand scheint die Tat bemerkt zu haben, denn der Angriff geschah im Chaos einer Straßenschlacht zwischen Mitgliedern eines arabischen Clans, dem rechtsterroristischen *Sturmbund 18* und einem Sondereinsatzkommando der Polizei. Nachdem ein Wasserwerfer die Schlägerei beendet hatte, wurde die Leiche der Frau entdeckt (wir berichteten). Spuren gibt es nicht, weil das Wasser sie vernichtet hat.

Wer hatte Grund, die 35-jährige Strafverteidigerin zu töten? »Wir ermitteln in alle Richtungen«, versichern Polizei und Staatsanwaltschaft. Und Richtungen, die man sich näher anschauen sollte, gibt es genug:

Hannah M. war die Schwiegertochter von Mustafa Mawardi, der als Kopf des gleichnamigen Clans gilt. Die aus dem Libanon eingewanderte Familie mit rund dreitausend Mitgliedern hat in den letzten Jahrzehnten viele Millionen Euro mit Geldwäsche, Rauschgifthandel, Betrug, Schutzgelderpressung und Menschenhandel gemacht. Die Tote war mit Mustafa Mawardis Sohn Ali verheiratet, der sich von den kriminellen Machenschaften seines Vaters distanziert haben soll.

Könnte der Mord eine familieninterne Abrechnung zwischen Vater und Sohn gewesen sein? Oder steckt die Nazi-Gruppe *Sturmbund 18* hinter der Tat? Die Rechtsradikalen haben in den letzten Monaten gegen Ausländer aufgerüstet – bis jetzt vor allem verbal. Sie sprechen von der Ausrottung des eigenen Volkes (Volkstod) und Überfremdung – genau wie ihre Gesinnungsfreunde bei Pegida und der AfD. Ihre Angst und ihr Hass richten sich gegen Flüchtlinge, Migranten, Ausländer und gegen die Politiker, die diese Menschen ihrer Meinung nach ins Land holen oder jedenfalls nichts dagegen tun, dass sie kommen. Sie verehren Adolf Hitler, den größten Massenmörder der Weltgeschichte. Außerdem werden sie mit den Morden des Nationalsozialistischen Untergrundes (NSU) in Verbindung gebracht. Wir berichten weiter.

Den Artikel garnierte ich mit einigen noch nicht veröffentlichten Fotos von der Straßenschlacht. Das Bild, das ich mit dem Handy von der noch lebenden Hannah Mawardi gemacht hatte, ließ ich weg.

Eine halbe Stunde später glühten die Kommentarspalten im Netz. Dabei ging es kaum um die Trauer über den Tod eines Menschen, sondern um Hass, Häme und Beleidigungen. *Anzünden und Löschkalk drüber, Geht zurück in eure Löcher, Irgendwas hat Hitler richtig gemacht.*

Aber es gab auch Lob – für den *Sturmbund 18, der den Affen mal gezeigt hat, wie das deutsche Volk denkt und handelt.*

Ich kopierte die strafrechtlich bedenklichen Hassmails, schickte sie an den Justiziar des Verlages und löschte den Schrott.

Die Spekulationen zum Motiv und zum Täter überschlugen sich. Auch Verschwörungstheoretiker ließen sich nicht lumpen: *Die Echsenmenschen arbeiten daran, eine unterirdische Flüchtlingsarmee mit Laserwaffen auszustatten, während sich die Neonazis in der Hohlerde bereit machen, alles zu übernehmen.*

»Weißt du, was eine Hohlerde ist?«, fragte ich Mäggi.

»Davon hab ich schon mal gelesen. Es gibt so völlig verstrahlte Leute, die glauben, dass die Erde innen hohl ist und man da reinkann. Also – in die Erde. Der Eingang soll sich im Schwarzwald befinden. Dabei weiß doch jeder, dass die Erde eine Scheibe ist.«

Kurz vor Feierabend verschickte die Staatsanwaltschaft die Nachricht, dass die festgenommenen Teilnehmer an der Straßenschlacht wieder auf freiem Fuß waren. Die paar Anzeigen wegen Verstoßes gegen das Demonstrationsgesetz wie passive Bewaffnung, Vermummung und Körperverletzung rechtfertigten keine Untersuchungshaft.

Auf dem rechten Auge blind?

Ab nach Hause. Wie oft war ich diesen Weg schon gefahren? Ich rechnete kurz nach und kam auf sechzehntausendmal. In dieser Zeit waren die Bäume der vierspurigen Allee, die in die Stadt führte, mindestens um zwei Meter in die Höhe gewachsen, falls sie nicht von Sturm oder Krankheiten gekillt worden waren. Die Felder rechts und links trugen abwechselnd Mais, Weizen, Roggen oder auch mal Erdbeeren, die zum Selbstpflücken einluden. Kurz vor der Kreuzung passierte ich eine Ansammlung von Kleingärten, von denen viele keinen Besitzer mehr hatten und die entsprechend verfallen waren. Blumen- und Obsthändler boten in mobilen Auslagen ihre Waren an. Selbst gepinselte Schilder wiesen auf die Angebote hin. Ich mied diese Stände, weil die Erdbeeren, der Spargel oder die Weintrauben ständig den Abgasen vorbeifahrender Autos ausgesetzt waren.

Ich bog in den Weg ein, in dem ich wohnte. Mein Haus. Mit Erde und Pflanzen bedeckt duckte es sich neben einem großen Feld. An manchen Tagen kreisten Bussarde über ihm und schlugen Tauben, Falken rüttelten in der Luft und Kanadagänse plünderten zu Hunderten das abgeerntete Feld, heiser schreiend. Von hier aus hatte ich einen unverbauten Blick auf die Silhouette der Stadt mit Phoenix-See, Fußballstadion und den Resten eines stillgelegten Stahlwerks, dessen Hochofenruine als Industriedenkmal aufragte.

Die nah gelegene Bahnstrecke, die Bundesstraße und die Einflugschneise zum Airport störten mich nicht. Züge und Flugzeuge machten nachts Pause, lediglich auf der Bundesstraße lieferten sich Idioten manchmal ein illegales Autorennen. Die Ergebnisse wurden am nächsten Tag im Polizeibericht gemeldet.

Kleist hatte sein Auto vor dem Haus geparkt.

»Da bist du ja endlich«, bemerkte er, als ich durch die Tür trat. »Gibt es etwas Neues?«

»Sie ist erstochen worden. Alles andere liegt noch im Dunkeln«, antwortete ich. »Der Wasserwerfer hat alle Spuren vernichtet.«

»Gib den Kollegen Zeit«, sagte er. »Die Sonderkommission wurde personell aufgestockt.«

»Welche denn? Die *Soko Rechts* oder die Ermittlungsgruppe *Clan-Kriminalität*?«

»Beide arbeiten eng zusammen – und ich bin als Berater dabei, habe aber keine polizeilichen Befugnisse.«

»Was heißt das?«

»Ich muss nicht bei Razzien oder anderen Maßnahmen dabei sein.«

»Ist das gut oder schlecht?«

»Mir gefällt das. Ich kann und soll im Hintergrund Informationen sammeln. Diskret.«

In der *Tagesschau* erklärte der Ministerpräsident, dass die Landesregierung an der *Null-Toleranz-Strategie* konsequent festhalten werde. Er befand sich auf einer Parteiveranstaltung.

»Wir wollen Nordrhein-Westfalen wieder zu einem Land machen, in dem man sich zu jeder Zeit und an jedem Ort sicher bewegen kann. Es gibt keinen Platz für rechtsfreie Räume. Clan-Strukturen und damit verbundene organisierte Kriminalität werden wir nachhaltig zerschlagen. Wir versetzen unsere Sicherheitsbehörden in die Lage, terroristische Gefährder lückenlos zu überwachen. Wir kontrollieren Telefon- und Kontoverbindungen und werden das Werben für Terrororganisationen verbieten. Wir lassen nicht zu, dass Salafisten junge Menschen radikalisieren. In immer mehr Städten gibt es Orte, an denen sich viele Bürger und Bürgerinnen unsicher fühlen, weshalb sie diese aus Angst meiden. Es gibt keinen Respekt gegenüber dem Rechtsstaat mehr.«

Nach dem Redeausschnitt befragte ein Reporter den Ministerpräsidenten nach seiner Meinung zu konkreten rechtsradikalen Straftaten und nannte dabei die Straßenschlacht zwischen dem Mawardi-Clan und dem *Sturmbund 18*.

»Bei der Straßenschlacht in Bierstadt ist eine Frau ermordet worden«, sagte der Reporter. »Es deutet alles darauf hin, dass sie Opfer einer rechtsterroristischen Gruppe wurde.«

»Das steht noch nicht fest. Falls es so sein sollte – natürlich werden wir rechtsradikale oder rassistische Straftaten mit aller Härte verfolgen. Deshalb gibt es bei allen Kreispolizeibehörden inzwischen eine *Soko Rechts* mit Beamten, die diese Kreise seit Jahren unter strafrechtlichen Gesichtspunkten beobachten.«

Das war's.

»Bla, bla, bla«, sagte ich. »Immer dieselben Floskeln. Auf dem rechten Auge ist der doch blind.«

Kleist sah über den Rand seiner Brille. »Nicht mehr lange. Nach dem Mord an dem Regierungspräsidenten in Kassel haben die Politiker Panik. Sie haben kapiert, dass es jeden von ihnen treffen kann. Die arabischen Clans sind zwar hochkriminell und gewaltbereit, plündern unsere Gesellschaft gnadenlos aus und verachten unsere Werte, aber politische Morde gibt es nicht. Die kommen eher vom Islamischen Staat.«

In der Nacht schickte Wayne mir eine Nachricht. Ein Informant bei der Feuerwehr hatte einen fremdenfeindlichen Anschlag auf das Gebäude der Auslandsgesellschaft gemeldet. *Ich fahre da jetzt hin, mache Fotos und schicke sie dir in die Redaktion.*

Ich las die Info erst am Morgen. Kleist schlief noch. Schnell duschen und los.

Luther und blonde Knaben

Die Angreifer hatten es auf die Antisemitismus-Ausstellung im Foyer der Auslandsgesellschaft abgesehen. Die Infotafeln waren mit Hakenkreuzen besprüht und angezündet worden. Eine Attacke des *Sturmbundes 18*?

»Das war sehr gespenstisch«, berichtete Wayne am Morgen. »Als ich ankam, stand immer noch alles in Flammen. Der gläserne Eingang war durch die Hitze des Feuers zerborsten.«

Im Großraumbüro schaute ich mir die Fotos an. Scherben, Löschschaum, Feuerwehrleute in Aktion. Auf dem Boden halb verbrannte Schautafeln. Auf einem war noch das Foto von AfD-Hetzer Björn Höcke zu erkennen, auf einem weiteren Martin Luther – beide ausgewiesene Judenhasser, wenn auch mehrere Jahrhunderte voneinander entfernt. Antisemitismus hatte eine lange und üble Geschichte.

Wayne hatte nicht nur Fotos von der Löschaktion gemacht, sondern auch von den zahlreichen Schaulustigen. Das Haus der Auslandsgesellschaft befand sich hinter dem Hauptbahnhof. In einer Straße, in der es von Shisha-Bars, Internetcafés und Kiosken nur so wimmelte, war immer viel Betrieb.

»Ob die Täter zugeschaut haben?«, murmelte ich und prüfte die Gesichter auf den Fotos. Nein, Ex-Feuerwehrchef Ludwig Kahl war nicht unter ihnen.

»Suchst du den Kahl?«, fragte Wayne. »Das war auch mein erster Gedanke. Jemand, der weiß, wie Feuer gelöscht wird, weiß auch, wie man es legt. Aber so blöd wird er nicht sein, sich erwischen zu lassen.«

»Er ist süchtig nach Aufmerksamkeit, will immer im Mittelpunkt stehen«, entgegnete ich. »Das macht unvorsichtig. Er hat sich ja bei der Schlägerei vor dem Gericht auch ins Bild gedrängt.«

»Und was soll das bringen?«

»Er zeigt seinen Anhängern und Feinden: Seht her, hier bin ich! Ihr müsst mit mir rechnen!«, erklärte ich.

»O Mann, Grappa! Hast du einen Psychologiegrundkurs besucht?«

»Brauch ich nicht. Ich arbeite beim *Tageblatt* seit vielen Jahren mit bekennenden Psychopathen zusammen.«

»Eine Mail von den Bullen«, rief Sekretärin Susi und wedelte mit einem Blatt Papier.

»Warum druckst du die Mails immer noch aus, Susi?«, fragte Mäggi aus dem Hintergrund. »Das ist Papierverschwendung und schädigt die Umwelt.«

Susi zog einen Flunsch, gab mir die Mail und machte mit der Hand den Scheibenwischer vor der Stirn. Zum Glück war Mäggi wieder hinter ihrem Monitor verschwunden.

Ich überflog den Text.

Ein Augenzeuge berichtete von mehreren Schaulustigen, die Allahu-akbar-Rufe skandierten. Die Soko Rechts hat Ermittlungen aufgenommen, der Staatsschutz und das Bundeskriminalamt sind in die Untersuchungen einbezogen. Der Oberbürgermeister sprach dem Vorsitzenden der jüdischen Gemeinde sein Mitgefühl aus. Es sei eine Schande, dass in der Stadt antisemitische Gewalttaten noch möglich seien.

Ich schrieb die Fakten auf und stellte sie ins Netz. Es dauerte keine fünf Minuten bis zu den ersten Reaktionen der User.

Ein *Jack Sparrow* postete bei Facebook: *Die Juden sind*

einfach ein Drecksvolk, hätte man sich früher mehr Mühe ge-geben, hätten wir die Probleme heute nicht.

Und *An-Führer* schrieb: *Denn wenn sich die Juden wieder zu Herren aufschwingen, statt zu kuschen, bedarf es blonder Knaben, ihnen ihre Grenzen aufzuzeigen.*

Ich schaute mir die Profile der Poster an. *Jack Sparrow* stellte sich als alter Mann dar, AfD-Anhänger, Fan von Musik-gruppen aus der Neonazi-Szene wie der Band *Absurd*, einer Black-Metal-Band. Ich googelte weiter. *Absurd* war schon seit 1992 im Geschäft und damals von Schülern gegründet worden. Die Karriere der jungen Musiker erhielt einen empfindlichen Dämpfer, als sie in gemeinschaftlicher Tat einen Mitschüler umbrachten und ins Gefängnis wanderten. Dort übten sie munter weiter und brachten ein Jahr nach der Haftentlassung das Album *Asgardsrei* heraus, in dem der Nationalsozialismus verherrlicht wird.

An-Führer war eine junge Frau mit erkennbarer Recht-schreibschwäche. Den Post hatte sie irgendwo kopiert, denn er war fehlerfrei. Vermutlich gab es im Internet eine rechts-radikale Aphorismen-Sammlung, in der sich User, die in der Schule im Deutschunterricht nicht aufgepasst hatten, bedienen konnten.

Ich gab den Knaben-Satz in die Suchmaschine ein: *Denn wenn sich die Juden wieder zu Herren aufschwingen, statt zu kuschen, bedarf es blonder Knaben, ihnen ihre Grenzen auf-zuzeigen.*

Der Satz stammte von Leo Fischer, einem Satiriker, und er hatte ihn ironisch gemeint, was der Posterin wohl verbor-gen geblieben war. Ich löschte die Beiträge und deaktivierte die Kommentarfunktion. Meine Toleranz für strafrechtlich relevante Volksverhetzung war nicht besonders ausgeprägt. Eine Bitte um Mäßigung machte bei solchen Faschos keinen Sinn.

Tiere gehen immer

Die letzte Konferenz, bevor Damm wieder im Haus war. Die Woche ohne ihn war überraschend harmonisch verlaufen, was die Stimmung in der Redaktion betraf. Na ja, zwischen Simon und Stella hatte es ein paarmal geknallt, doch die gegenseitigen »Komplimente« hatten sich in Grenzen gehalten. Da gab es wohl einen Ermüdungseffekt auf beiden Seiten.

»Gibt es außer dem Anschlag auf die Auslandsgesellschaft noch weitere Themen?«, fragte ich.

»Wir hatten schon lange keine Tiergeschichte mehr«, fiel Mareike ein. »Ich hätte vielleicht was.«

Alle Augen und Ohren wandten sich ihr zu. Tiergeschichten kamen immer gut, besonders, wenn sie ein Happy End hatten.

»Also«, fing Mareike an. »Eine Bekannte von mir war auf der Suche nach einem neuen Hund, weil ihr alter Bello gestorben ist. Bei eBay-Kleinanzeigen entdeckte sie einen Pinscher-Pudel-Dackel-Mix-Rüden. Klein und handlich und, laut Anzeigentext, lieb und schmusig. Meine Bekannte fuhr zu den Leuten hin und verliebte sich in die Fellnase …«

»… und dann haben die beiden geheiratet und wenn sie nicht gestorben sind, dann leben sie noch heute«, vervollständigte Harras den Satz.

Mareike warf ihm einen bösen Blick zu. »Das kannst du dir natürlich nicht vorstellen, dass jemand Tiere liebt, du emotionsloser Sack!«

Ups. Das war heftig, aber wirksam. Simon verschlug es die Sprache. Zumindest vorläufig.

»Wo ist denn die Pointe in deiner Tiergeschichte?«, fragte ich. »Oder der *Magic Moment*?«

»Meine Bekannte kaufte den Hund und nahm ihn gleich mit. Kaufvertrag und Impfpass sollten zugeschickt werden. Doch da kam nie was an. Sie hatte auch keine Adresse von den Leuten, weil das Geschäft in einem Restaurant abgeschlossen worden war. Dann wurde der Kleine schwer krank. Der Tierarzt meinte, dass es sich bei den Verkäufern um eine osteuropäische Bande handeln könnte, die kranke Hunde verscherbelt. Jetzt ermittelt die Polizei wegen illegalen Welpenhandels.«

»Wie geht es dem Pinscher?«

»Der lebt. Aber die Behandlung hat mehrere hundert Euro gekostet. Facebooker haben einen Spendenaufruf gestartet, der prima läuft. Hier habe ich ein Foto von dem Hund und meiner Bekannten.«

Das Bild zeigte eine rot gelockte mollige Frau in zu engem T-Shirt, die sich einen struppigen kleinen Hund an den Busen drückte. Das Bild überzeugte auch Harras.

»Ich spende zehn Euro für die Genesung des Köters«, kündigte er grinsend an und sagte an Mareike gewandt: »Ich könnte deiner Freundin das Geld persönlich vorbeibringen, wenn du mir die Adresse gibst.«

Gelächter. Typisch Simon. Dass er mal wieder den Bad Boy hatte mimen können, machte ihn froh.

Ein fruchtbarer Schoß

Mareike saß an ihrer Hundegeschichte, Mäggi war auf einem Termin bei der Stadtsparkasse, die eine Liste derjenigen gemeinnützigen Vereine bekannt geben wollte, die eine finanzielle Unterstützung erwarten konnten. Harras beschäftigte sich mit einer Vorschau auf das kommende Revierderby. Wayne hatte sich hektisch verabschiedet. Seine hochschwangere Frau Perihan war in die Klinik gebracht worden, die Wehen hatten eingesetzt. Hoffentlich geht alles gut, dachte ich. Und das nicht nur bei der Geburt: Der Junge würde im Spannungsfeld zwischen zwei Kulturen und Religionen aufwachsen.

Ich telefonierte mit der Polizeipressestelle. Nichts Neues in Sachen Mord an Hannah Mawardi. Immerhin erfuhr ich, dass der Hochzeitskorso-Prozess gegen die drei Söhne des

Clan-Chefs mit einem Pflichtverteidiger weitergeführt werden sollte.

Ich drehte das Radio an. Der Anschlag auf die Auslandsgesellschaft lief in den Hauptnachrichten.

Ein Reporter schilderte die Zerstörungen und der Moderator interviewte anschließend den Vorsitzenden der Jüdischen Gemeinde:

Der Antisemitismus hat sich verändert. Vor zehn Jahren waren die Posts gegen Juden anonym, heute geschehen sie unter voller Namensnennung. Das ist schon erschreckend geworden. Der Respekt vor anderen Menschen ist einfach verloren gegangen.
Frage: Welche Rolle spielt die AfD?
Antwort: Die AfD sagt Dinge, die bisher nicht gesagt wurden. Die AfD ist ein geistiger Brandstifter und sorgt mit ihrem Auftreten dafür, dass die Gesellschaft insgesamt verroht.
Frage: Ist die AfD nicht wesentlich harmloser als zum Beispiel der Sturmbund 18, der in Verbindung mit dem NSU-Terror gebracht wird?
Antwort: Die einen vergiften den Geist, die anderen greifen zur Waffe oder legen Brände. Der Ursprung liegt in einem tiefen Menschenhass.
Frage: Was kann und was müsste die Gesellschaft tun, was erwarten Sie?
Antwort: Ich erwarte mehr Sensibilität. Wenn zum Beispiel Künstler wie Bushido einen Integrationspreis bekommen, obwohl seine Texte antisemitisch sind, wenn ein Rapper ungestraft von Körpern singt, die »definierter« seien als die von Auschwitzopfern, und wenn der Sänger Xavier Naidoo in einem Song mit dem Titel Blut muss fließen ›Baron Totschild‹ statt ›Rothschild‹ singt und den Schimpfnamen Schmock erwähnt und das kaum jemanden stört – ist das sehr

*aufschlussreich. Der Schoß ist fruchtbar noch, aus dem
das kroch ...
Frage: Ist jüdisches Leben in Deutschland noch möglich?
Antwort: Aus einer Studie der Europäischen Grundrech-
teagentur wissen wir, dass mindestens drei Viertel der
jüdischen Mitbürger antisemitische Verletzungen nicht
anzeigen, weil sie mangelndes Vertrauen in staatliche
Instanzen haben. Immerhin sind wir in Deutschland
noch nicht so weit wie in Frankreich. Dort ist es so, dass
die französischen Juden Frankreich massenhaft verlassen. Aber uns beschäftigt in der Tat die Frage, inwieweit
man in Deutschland noch als Jude leben kann und wann
es Zeit für uns wird, Deutschland zu verlassen und ...*

Mein Telefon meldete sich, ich stellte das Radio leiser. Wayne –
euphorisch: Mutter und Kind wohlauf.

Ich informierte die Kollegen und alle freuten sich – sogar
Simon im Rahmen seiner Möglichkeiten. »Hoffentlich kommt
der Kleine nach der Mutter.«

Susi startete sofort eine Sammelaktion für ein gemeinsames
Geschenk. »So ein Kind geht ganz schön ins Geld«, wusste sie
und ging mit der Liste von Tisch zu Tisch. Irgendwie hatten
wir uns doch alle ein bisschen lieb.

»Wir haben jede Menge Mails und Leserbriefe«, informierte
mich Sarah. »Soll ich die schon mal vorsortieren?«

Ich war verblüfft über das freiwillige Arbeitsangebot.
»Gerne. Und zwar in die Kategorien: *Mawardi-Clan, Sturmbund 18* und *Judenhass.*

»Geht klar, Grappa.«

In meinem Büro gab ich den Namen *Ali Mawardi* in eine Suchmaschine. Als Erstes wurde die Homepage der Städtischen Kliniken angezeigt. Ich klickte mich durch die Seiten. Da war er:
Oberarzt Dr. med. Ali Mawardi, Facharzt für Innere Medizin,
Pneumologie und medikamentöse Tumortherapie. Das Foto

zeigte einen ernsten Mann mittleren Alters mit einer schwarz umrandeten, getönten Brille, schwarzem dichten Haar, bräunlichem Teint und breitem Mund.

Ich sah mir die anderen Einträge an. Mawardi gehörte dem Integrationsrat der Stadt an, einem Klub, der aus Ratsmitgliedern und Ausländervertretern bestand. Er vertrat die Interessen der Bürger, die einen Migrationshintergrund hatten. Aufsehen hatte er durch seine Arbeit noch nicht erregt und sich auch nicht zu den aktuellen Vorfällen in der Stadt geäußert.

Mawardi hatte keinen Eintrag im öffentlichen Telefonbuch. Ich versuchte es in der Klinik, erfuhr, dass er nicht im Haus sei. Ich hinterließ meine Telefonnummer, meinen Namen und bat um Rückruf.

Mist. Ich musste die Sache anders angehen.

»Mäggi?«, rief ich.

»Ja?«

»Kannst du mir einen Gefallen tun?«

Sie gab sich als dankbare Patientin aus, verwickelte die Kliniksekretärin in ein freundliches Gespräch, behauptete, Dr. Mawardi Blumen für eine gelungene Tumorbehandlung nach Hause schicken zu wollen. Leider bekam sie nur die private E-Mail-Adresse des Arztes. Wenigstens etwas.

Ich schrieb ihm eine Nachricht und fuhr nach Hause.

Auf dem Küchentisch lag eine Notiz von Kleist. *Besprechung im Präsidium. Es wird spät.*

Ich stieg in meine Schlabbersachen, holte mir eine Packung Nusskräcker, eine Flasche Wein und fläzte mich vor den Fernseher. Die Nachrichtensendungen verkündeten keine weiteren Katastrophen außer den üblichen: Trump war noch immer USA-Präsident, die SPD lag in den Umfragen noch immer unter fünfzehn Prozent und Schwedenmädchen Greta hatte den Klimawechsel noch immer nicht stoppen können.

Wie isses? Muss!

Die Bäckerei von Anneliese Schmitz war seit Jahren ein Wohlfühlpunkt in meinem Leben. Hier hatte ich Mandelhörnchen entdeckt, mit Frau Schmitz über Gott und die Welt philosophiert, aber wir hatten auch gestritten und uns gefetzt. Die Bäckerin war so etwas wie die Stimme des Volkes, aber im positiven Sinn. Sie war hoch empathisch und deshalb nicht anfällig für Haltungen, die die Gesellschaft spalteten.

»Hallo, Frau Schmitz, wie isses?«

»Muss, und selbst?«

»Muss.«

Dieser Minidialog gehörte zu unserem Ritual. Danach folgte – abhängig von der Tageszeit – die Frage nach meinen Wünschen.

»Willst du Frühstück, Frau Grappa?«

Ich wollte.

»Kommt gleich.«

Ich ging durch ins Bistro. Kleine Tische, brokatbezogene Stühle, gemusterte Tapete. Plüschig und total uncool. Trotzdem kamen die Kunden gern, weil die Brötchen immer frisch waren, der Belag bio und der Kaffee knackig heiß.

Ich griff zum *Tageblatt* und blätterte. Die Papierqualität unserer Zeitung wurde immer schlechter, was sich besonders an den Fotos zeigte. Die Farben waren flau und die Konturen leicht schwammig, dadurch wirkten die Bilder unscharf.

Mareikes Hundestory litt darunter, denn der Fifi sah aus wie ein böser Clown und nicht wie eine gequälte Kreatur. Der Spendenfluss würde mager ausfallen.

»Also, erzähl!«, forderte Frau Schmitz und stellte das Tablett ab. Kaffee, Brötchen, Marmelade und ein weiches Ei.

»Was willst du denn hören, Frau Schmitz?«

»Wer hat die Frau umgebracht?«

»Wenn ich das wüsste«, seufzte ich. »Ich hab allerdings meine Vermutungen.«

»Dann ma los.«

Ich nahm einen Schluck Kaffee, um die Spannung zu erhöhen. Dann sagte ich: »These eins: Die Anwältin war ein Zufallsopfer. These zwei: Die Neonazis haben sie erstochen. Motiv: Ausländerhass. These drei: Die Clan-Familie war's. Motiv: Familienärger, warum auch immer.«

»Das ist ja nicht doll«, sagte Anneliese Schmitz enttäuscht. »Könnte es nicht auch der Mann gewesen sein, dessen Frau und Kind bei dem Hochzeitskorso gestorben sind? Motiv: Rache.«

»Er sitzt im Rollstuhl und ist traumatisiert.«

»Dann hat er einen Killer gemietet.«

Ich überlegte. »Kann ich mir nicht vorstellen. Warum sollte er die Anwältin töten lassen? Sie sollte nur ihren Job machen. Einer der drei Mawardi-Brüder hat den Unfall verursacht, nicht sie.«

»Stimmt. Aber es war vielleicht nur der Anfang seiner Rache«, entgegnete die Bäckerin. »Was weißt du eigentlich über ihn?«

»Nichts.«

»Na siehste.« Sie war zufrieden.

»Hast du noch eine steile These?«, fragte ich.

»Der Ehemann. Vielleicht ist sie fremdgegangen. Und dann hilft so ein Mord bei einer Straßenschlacht dabei, die Wahrheit zu verschleiern.«

Ich stutzte. Frau Schmitz hatte recht – das Motiv konnte auch im privaten Bereich liegen.

»Ich habe schon Kontakt mit dem Ehemann aufgenommen und werde ihm auf den Zahn fühlen«, informierte ich sie. »Darf ich jetzt mein Brötchen essen?«

Sie nickte gnädig. »Ist doch gut, dass wir drüber gesprochen haben. Ich muss sowieso nach vorn. Ich pack dir noch eine Tüte Hörnchen ein fürs Büro.«

Ernst oder Hassan?

Vor der Konferenz zeigte uns Wayne die ersten Fotos von seinem Sohn. »Ist er nicht wunderbar?«

Was sollte ich sagen? Er sah aus wie ein Säugling: geschlossene Augen in einem zerknitterten Gesichtchen, umrandet von schwarzem Haar. »Der wird bestimmt noch hübscher, wenn er nach seiner Mutter kommt«, quälte ich mir heraus.

Wayne grinste. »Danke für deinen ehrlichen Kommentar, Grappa-Baby.«

»Habt ihr schon einen Namen für den Kleinen?«

»Ernst.«

»Ernst Pöppelbaum?« Ich rollte die Augen. »Nicht im Ernst?«

»Doch. Nach meinem Vater.«

»Dann braucht das arme Kind aber eine Menge Selbstbewusstsein.«

»Hassan Pöppelbaum ist auch nicht besser«, krähte Mäggi.

»Ist doch lustig, wenn ein Halbtürke einen deutschen Namen hat«, beteiligte sich Simon. »So sieht gelungene Integration aus.«

»Konferenz!«, erinnerte uns Bärchen Biber.

Auch Verleger Hans Damm gratulierte Wayne zur Geburt seines Sohnes. »Machen Sie doch den Rest der Woche frei.«

»Das sagt er am Donnerstag«, flüsterte Mäggi. »Tolles Geschenk.«

»Gut, dann fahre ich jetzt ins Krankenhaus.« Wayne erhob sich und verschwand.

»Und wer macht nun Fotos?«, fragte Bärchen.

»Sie alle! Mit Ihren Diensthandys. Der Trend geht ohnehin zum Selbstknipsen. Die Bildqualität der modernen Smartphones hat sich in den letzten Monaten eklatant verbessert. Optimiert außerdem den Arbeitsablauf. Der Reporter muss sich nicht mit dem Fotografen abstimmen, sondern kann ad hoc entscheiden, was er für seinen Artikel braucht, und es selbst erledigen.«

»Hört sich nach Sparmaßnahme an«, sagte Mäggi. »Haben Sie das auf Ihrem Verlegertreffen gelernt?«

»Ja, Frau Dr. Wurbel-Simonis«, strahlte Damm. »Es gibt noch viele weitere Möglichkeiten, Kosten zu sparen und damit Ihre Arbeitsplätze zu retten.«

Was erzählte er da? Viele Zeitungen im Land hatten ihre Fotografen schon outgesourct, beschäftigten sie nur noch als selbstständige Unternehmer weiter. Sie wurden pro Bild bezahlt, der Verleger sparte Sozialabgaben, Lohnfortzahlung im Krankheitsfall sowie Urlaubs- und Weihnachtsgeld.

»Und das wollen Sie unserem Kollegen Pöppelbaum antun?«, fragte ich. »Gerade jetzt, wo er Vater geworden ist?«

»Nein, ich wollte Ihnen allen nur mal aufzeigen, wohin die Reise gehen könnte«, machte Damm einen Rückzieher. »Ähnliches gilt übrigens für den lokalen Kulturbereich.«

Er schaute Mäggi direkt an. Sie hielt seinem Blick stand.

»Wir beziehen unseren Hauptteil ja schon länger von unseren überregionalen Kollegen der Nachrichtenagenturen und ich finde, dass sich das bewährt hat.«

»Das sehe ich anders«, widersprach ich. »In jeder Zeitung steht das Gleiche. Wie langweilig ist das denn? Dann sollte man wenigstens das Regionale weiter ausbauen, statt es kaputtzusparen.«

»Stimmt, Frau Grappa, aber nicht im Print, sondern im Netz. Deshalb werden wir demnächst eine Onlinebezahlschranke einführen. Die Themen werden kurz angerissen und wenn der User den kompletten Artikel lesen will, muss er zahlen oder ein Abo abschließen. Von den Papierausgaben können wir nicht mehr existieren. Ich habe bereits eine Machbarkeitsstudie in Auftrag gegeben.«

Das hörte sich nicht gut an. In den Gesichtern der Kollegen zeigte sich sprachlose Betroffenheit. Mir ging es nicht anders. Nach dreißig Redakteursjahren vielleicht arbeitslos zu werden war keine Vorstellung, die mir gefiel.

Später blieb die Stimmung im Großraumbüro gedrückt. Jeder verkrümelte sich hinter seinen Monitor oder entschwand zu einem Termin. Auf meinem Tisch lag die Tüte mit den Mandelhörnchen. Ich legte jedem Kollegen eins an seinen Platz. Süßes entspannt und macht gute Laune. Jedenfalls für ein paar Minuten.

Ich holte mir einen Pott Kaffee und fuhr den Rechner hoch. In meinem Mail-Account befand sich eine Mail von Dr. med. Ali Mawardi.

Krankenhauskeim und Brandwunden

Er wollte nicht ins Verlagshaus kommen, um nicht mit einer Journalistin in Verbindung gebracht zu werden. »Ich möchte Ihnen etwas zu meiner Familie erzählen«, sagte er in perfektem Deutsch. »Damit Sie uns besser verstehen.«

»Dann handelt es sich um ein Hintergrundgespräch?«, fragte ich.

»Ja, so kann man es nennen. Unser Treffen muss diskret behandelt werden. Garantieren Sie mir das?«

»Das sage ich Ihnen, wenn wir miteinander gesprochen haben.«

Er schlug das Café in der Klinik vor. Dort verkehrten Ärzte, Patienten und Besucher. »Hier sitze ich oft mit Bekannten und Kollegen, da fallen Sie nicht auf.«

»Muss ich einen weißen Kittel tragen?«, fragte ich.

Er lachte rau. »Nein, ich trage auch keinen, wenn ich ins Café gehe.«

Vor dem Krankenhaus kämpfte ich mich durch die Nikotinwolke der lauffähigen Patienten, die sich in Bademänteln vor der Pforte zusammengefunden hatten, um ihrer Sucht zu frönen. Im Gebäude reinigte ich meine Hände gründlich unter einem Desinfektionsspender. Der Krankenhauskeim lauert überall.

Mawardi – ich erkannte ihn sofort – saß an einem Tisch im hinteren Teil des Cafés bei einem Salat. Wir begrüßten uns.

»Entschuldigen Sie, aber ich muss etwas essen, ich bin seit sechs Uhr im Dienst.« Er winkte die Bedienung heran. »Was darf ich Ihnen bestellen?«

»Ich nehme einen Milchkaffee und ein Baguettebrötchen mit Käse.« Es war Mittag und mein Magen knurrte.

Sein Gesicht wirkte merkwürdig starr. »Was ist Ihr Vater für ein Mensch?«, begann ich.

»Mein Vater ist ein sehr grausamer Mann«, antwortete er. »Er tyrannisiert seine Frauen, seine Kinder und die ganze Familie. Ungehorsam lässt er nicht durchgehen, er ist der Herrscher, der alles bestimmt und bestraft. Er ist der Richter, der dafür sorgt, dass die Gesetze eingehalten werden. Nicht die Gesetze, die in diesem Land gelten, sondern die Gesetze, die er erlassen hat.«

Das war eine heftige Ansage.

»Und trotzdem haben Sie es gewagt, sich ihm entgegenzustellen«, sagte ich.

»Ja, das war schlimm für ihn, zumal ich der Älteste seiner Söhne bin. Ich habe mich sehr früh gegen seine Befehle aufgelehnt und bin schwer bestraft worden. Einmal, während eines Familienfestes, hat er mich zu sich gerufen, um mir etwas zu demonstrieren – so sagte er. Ich war zehn Jahre alt. Er führte mich zu einem Metalleimer, in dem heiße Asche war, und bat mich, dort hineinzuschauen. Er war ganz freundlich und liebevoll.«

Die Kellnerin brachte Milchkaffee und Brötchen, verschwand wieder. Mawardis Stirn war feucht und seine Lippen vibrierten. »Ich schaute also in den Eimer, so wie er es von mir verlangt hatte. Ich kniete und er stand neben mir. Ich sah nicht, dass er einen Blasebalg nahm und über die Asche hielt. Er spannte ihn und blies in den Eimer, die glühende Asche wirbelte auf und verbrannte mein Gesicht und verletzte meine Augen. Auch meine Haare waren versengt. Ich schrie wie am

Spieß, doch er lachte nur und ließ mich dort hocken. Meine Mutter kam zu mir und ließ mich ins Krankenhaus bringen. Ich hatte mehrere Brandwunden im Gesicht und eine Hornhautverletzung der Augen.«

Das war hart. Der etwas starre Eindruck seines Gesichts war wohl durch Narbenbildung bedingt.

»Tut mir sehr leid«, sagte ich. »Dass Ihr Vater kein Samariter ist, war mir schon vor diesem Gespräch klar. Wie kommt es, dass Ihre Frau Ihre Brüder vor Gericht vertreten hat?«

»Hannah wollte den Familienzusammenhalt fördern. Ihre Mutter kommt aus dem Libanon, ihr Vater ist Deutscher. Ich habe ihr abgeraten, aber sie hat anders entschieden. Das habe ich akzeptiert.«

»Herr Mawardi, ich bin Polizeireporterin, also für Verbrechen zuständig. Haben Sie einen Verdacht, warum man Ihre Frau erstochen hat? Und wer es gewesen sein könnte?«

Er zog einen Umschlag aus der Tasche, öffnete ihn und reichte mir Fotos. Sie zeigten Hannah Mawardi mit unterschiedlichen Personen. Schnappschüsse, mal im Freien, mal in Räumen, immer im Gespräch mit Männern.

»Ihre Frau erkenne ich«, erklärte ich, »aber wer sind die Männer?«

Ali Mawardi nahm die getönte Brille ab und rieb sich die Augen. Hatte er geweint?

Er ahnte wohl meine Gedanken und meinte entschuldigend: »Die Nachwirkungen meiner Hornhautverletzung. Ich muss meine Augen feucht halten, sonst brennen sie.«

»Wer hat diese Fotos gemacht und wer sind die Männer?«, wiederholte ich meine Frage.

»Ich habe meine Frau überwachen lassen, weil ich dachte, sie sei untreu«, gestand er. »Darauf bin ich nicht stolz, glauben Sie mir. Vor allen Dingen, weil ich falschlag. Die Männer auf den Fotos sind Geschäftspartner meines Vaters. Die meisten gehören zur Mawardi-Familie. Nur diese beiden nicht.«

Er legte ein weiteres Foto auf den Tisch: Hannah Mawardi

saß mit zwei Männern an einer Bar. Ich schaute genau hin und erkannte Ludwig Kahl, den Ex-Feuerwehrchef, der andere Mann war groß und massig, trug eine Schirmmütze und eine Brille mit Goldrand.

»Das ist *Sturmbund 18*-Mitglied Kahl«, erklärte Mawardi und deutete auf ihn. »Den anderen kenne ich nicht, aber inzwischen weiß ich, dass er Polizist ist. Und ich frage mich, warum sich ein Polizist und ein Nazi mit meiner Frau in einer Shisha-Bar treffen.«

»Welche Shisha-Bar ist das?«

»Das *Nebukadnezar*. Gehört meinem Vater.«

Den Laden kannte ich. Dort verkehrten auch Deutsche, die es chic fanden, sich auf Polstern zu räkeln und ihre Lungen mit ungesunden Dämpfen zu malträtieren.

»Hat die Polizei Sie schon vernommen?«

Er bejahte. »Sie befragten mich zu meinem Alibi. Als ob ich meine Frau töten würde!«

»Das Foto haben Sie nicht gezeigt?«

»Nein. Ich habe kein Vertrauen zur Polizei. Mein Vater hat überall Leute, die auf seiner Gehaltsliste stehen.«

»Sie haben Ihre Frau überwachen lassen – was nicht von einem Vertrauensverhältnis zeugt. Hatten Sie denn ein Alibi für die Tatzeit?«

»Ja, ich war in der Klinik. Das ist überprüft worden.«

»Haben Sie irgendeine Idee, was Kahl und Ihre Frau zusammengebracht haben könnte?«

Kopfschütteln.

»Warum geben Sie das Foto nicht der Polizei, sondern mir?«

»Wie gesagt – ich traue denen nicht«, sagte er. »Die Polizei informiert meinen Vater über Razzien, lässt Beweise verschwinden und hilft ihm, wenn es juristisch brenzlig wird.«

»Das sind harte Anschuldigungen«, stellte ich fest.

»Es ist nur die Wahrheit. Ich habe selbst solche Anrufe mitbekommen und mein Vater hat vor der Familie mit seinen guten Kontakten zur Polizei geprahlt.«

»Was erwarten Sie von mir?«

»Dass Sie herausbekommen, was das Treffen meiner Frau mit diesen Männern bedeutet. Ich überlasse Ihnen das Foto, wenn Sie mir versprechen, meinen Namen aus dem Spiel zu lassen. Niemand darf uns miteinander in Verbindung bringen.«

Ich überlegte. Ja, das gefiel mir. Geheimnisse zu lüften war eins meiner liebsten Hobbys. Ich versprach ihm Informantenschutz, eines der wenigen Rechte, die Journalisten bei ihrer Arbeit noch haben.

»Wie kann ich mit Ihnen in Verbindung bleiben?«

»Ich habe zwei Handys. Hier ist die Nummer meines Prepaidtelefons.« Er reichte mir einen Zettel. »Ich gehe nicht immer gleich dran, höre aber mehrmals am Tag die Mailbox ab.«

»Sie haben wirklich an alles gedacht – wie im Krimi«, spöttelte ich.

Zu Hause berichtete ich Kleist von meinem Treffen mit dem Witwer und zeigte ihm das Foto.

»Ich würde wirklich gern wissen, wer der zweite Mann ist«, seufzte ich.

»Dann frag doch«, lächelte er.

»Fragen? Wen?«

»Mich.«

»Dich?«

»Ja.«

»Wer ist der Mann?«

»Kriminalrat Frank Reimer, der neue Leiter der *Soko Rechts*.«

»Wie bitte?« Ich war wie vom Donner gerührt. »Und der Kerl sitzt gemütlich mit einem Neonazi und einer Clan-Frau in einer Bar? Was bedeutet das? Eine große Koalition? Da fehlt nur noch ein Rabbi in der Runde!«

»Maria, reg dich nicht auf«, bat er. »Reimer hat früher undercover gearbeitet. Vielleicht stammt das Foto aus dieser Zeit. Er wirkt ja auch etwas verkleidet mit dieser komischen Kappe. Der Kollege trägt sonst eher Armani-Anzüge.«

»Und der Feuerwehr-Fuzzi? Was hat der da verloren?«

»Das weiß ich nicht. Soll ich Reimer fragen, was der Grund für das Treffen war?«

Ich lehnte ab.

»Willst du das Bild veröffentlichen?«, hakte er nach.

»Ich weiß noch nicht. Jedenfalls werde ich Reimer vorher anrufen und ihm das Foto zumailen. Ich bin gespannt, was er sagt.«

»Wie gesagt, ich denke, dass es eine ganz einfache Erklärung dafür gibt. Vielleicht hat Reimer Kahl ja auch eine Gefährderansprache verpasst.«

Ich schaute Kleist skeptisch an. »In einer Bar im Beisein einer Anwältin aus dem Clan-Umfeld?«

»Warum nicht? Vielleicht hatte die Tote Mandanten in dieser Szene. Was vermutest du denn?«, fragte er.

»Es wäre nicht das erste Mal, dass die Polizei Straftätern Tipps gibt«, sagte ich. »Die Neonazis haben Freunde im Präsidium, genau wie die Mawardis.«

Kleist fand meine Bemerkung unpassend, ich sah es an seiner Miene. »Sei vorsichtig, sonst setzt du dich in die Nesseln.«

Alle nur Beifahrer

Der zweite Prozesstag im Verfahren gegen die drei Mawardi-Brüder. Der Vorsitzende Richter schloss die Öffentlichkeit nach Paragraf 172 des Gerichtsverfassungsgesetzes aus, weil eine Gefährdung der öffentlichen Ordnung durch Ausschreitungen zu befürchten sei, ließ die Anwesenheit von Medienvertretern allerdings zu. Die Bekanntgabe der Entscheidung erboste die Clan-Fans auf dem Gerichtsflur. Doch diesmal hatte sich die Staatsmacht vorbereitet: Ein Spezialkommando begleitete die schimpfenden Araber nach draußen. Dort warteten weitere Polizisten, die Personalien feststellten, Fotos der meist männlichen Schreier machten und den ein oder anderen festnahmen. Wieder fielen die bekannten Beleidigungen und Drohungen wie »Wichser«, »Nazi-Schwein«, »Wir ficken deine Mutter«, »Ich bring dich um« und so weiter. Langsam wird es langweilig, dachte ich, die Typen sollten ihre Beschimpfungen kreativer gestalten.

Der Richter begann damit, den Mord an der Verteidigerin zu bedauern und zu verurteilen. Der Pflichtverteidiger erneuerte die Erklärung vom Prozessauftakt: »Die Angeklagten werden zur Sache nichts aussagen.«

Die Beweisaufnahme begann. Der Einsatzleiter der Autobahnpolizei schilderte den Tattag auf der A1 aus Sicht der Polizei: Mehrere Notrufe gingen ein und meldeten einen Hochzeitskorso mit geschätzt fünfzehn großen Limousinen. Die Kolonne blockierte die Fahrtrichtung Köln, indem sie die Geschwindigkeit auf dreißig Stundenkilometer herabsetzte. Dabei wurde kollektiv gehupt, gewinkt und – so wurde später festgestellt – mit Schreckschussmunition in die Luft geballert. Schnell stauten sich hinter dem Korso etwa vierzig Fahrzeuge. Eine Vollsperrung aller Spuren durch die Polizei brachte den Korso zum Stehen. Aus den Limousinen stiegen viele junge Männer. Sie umringten die Beamten und redeten auf sie ein: Man wolle doch nur feiern, verteidigten sie sich. Die Situation wurde sehr unübersichtlich. Die Polizei stellte Führerscheine sicher, notierte Personalien und kassierte einige Männer vorläufig ein wegen Widerstandes gegen Ermittlungsbeamte.

»Leider konnten wir nicht feststellen, wer genau die fünfzehn Fahrer waren. Jeder bestritt, am Steuer gesessen zu haben. Alle wollen nur Beifahrer gewesen sein.«

Der Verteidiger meldete sich. »Wie haben sich meine Mandanten denn verhalten, als sie gestoppt wurden?«

»Auch sie bestritten, am Steuer gesessen zu haben. Sie seien Beifahrer gewesen. Zur Frage, in welchem Wagen wer gewesen war, verweigerten alle die Aussage. Zum Schluss hatten wir rund vierunddreißig Leute, die alle nur Beifahrer gewesen sein wollten«, so der Einsatzleiter.

»Sie haben Augenzeugen erwähnt, aufgrund deren Aussagen meine Mandanten angeklagt wurden. Was haben die denn nun gesehen?«

Der Richter griff ein. »Diese Zeugen hören wir später.«

»Haben Sie die Halter der Fahrzeuge festgestellt?«, fragte Oberstaatsanwalt Kämper.

»Selbstverständlich«, antwortete der Zeuge. »Aber das bringt nicht viel, weil in diesen Kreisen Autos hin und her getauscht werden – so nach dem Motto: Wenn du mir einen Gefallen tust, darfst du meine geile Karre fahren.«

»Höre ich da Vorurteile gegen Menschen mit Migrationshintergrund?«, rief der Verteidiger.

»Machen Sie mal halblang«, blaffte der Richter. »Nicht auf diesem Niveau, bitte! Die Familie, aus der die Angeklagten stammen, ist nicht gerade dafür bekannt, unsere Gesetze zu achten. Das beweisen die zahlreichen Verurteilungen der letzten Jahrzehnte.« Er wandte sich wieder dem Zeugen zu. »Warum wurden die Fahrzeuge nicht beschlagnahmt?«

»Dazu bestand zu diesem Zeitpunkt kein Anlass. Es war ja noch nicht bekannt, dass ein Fahrzeug an dem tödlichen Unfall, der hier verhandelt wird, beteiligt war.«

»Wer hat dann die Fahrzeuge von der Autobahn geschafft?«

»Wir haben Autotransporter bestellt und sie wegbringen lassen. Wir mussten sie allerdings aufgrund einer richterlichen Anordnung einige Tage später wieder herausgeben.«

Fettes Grinsen und Getuschel bei den Angeklagten. Wut stieg in mir auf.

Der Zeuge wurde entlassen. Zwanzig Minuten Pause. Die Angeklagten wurden in einen Nebenraum gebracht.

Nebenkläger Maxim Becker saß heute nicht im Rollstuhl, sondern bewegte sich mühsam mit einem Rollator. Er war der

Verhandlung ohne sichtbare Emotionen gefolgt. Ich ging zu ihm und stellte mich vor.

»Ich denke, dass es schwer für Sie ist, das alles zu ertragen.«

»Ja, zumal ich den Ausgang schon kenne«, sagte er. »In ein paar Tagen laufen diese Schweine wieder frei herum, lachen sich schlapp und bringen die nächsten unschuldigen Menschen um.« Die Adern auf Beckers Stirn schwollen zu violetten Schnüren an. Der Mann war überhaupt nicht emotionslos, sondern voll unterdrückter Wut.

»Ich habe hier drei Fotos. Das sind Simone und Franziska.«

Mutter und Kind in guten Tagen. Schöne Mutter, niedliches Mädchen. Ich gab ihm das Bild zurück. »Mein Beileid.«

»Und das sind sie auch. Simone und Franziska.«

Ich ahnte schon, was er mir präsentieren wollte, und hatte kaum den Mut, hinzuschauen. Simone und Franziska in der Gerichtsmedizin. Die junge Mutter hatte ein zerschmettertes Gesicht, das kleine Mädchen eine große Wunde an der Schläfe.

Ich fragte entsetzt: »Wer gibt denn solche Fotos heraus?«

»Der Pathologe. Ich habe sie von ihm verlangt. Das war mein gutes Recht.« Er nahm die beiden Bilder und drückte sie an die Brust. »Diese Leute haben nicht nur das Leben meiner Frau und der Kleinen zerstört, sondern auch meins. Dafür müssen sie büßen.«

»Können Sie denn den Fahrer des Wagens, der Sie abgedrängt hat, identifizieren?«

»Nein. Ich war damit beschäftigt, mein Auto in den Griff zu bekommen«, erklärte Becker. »Ich habe nur einen Mann mit schwarzen Haaren und Bart gesehen. Aber diese Typen sehen ja alle so aus.«

Übersteigerte Männlichkeitsinszenierung

Die Polizei hatte einen Unfallsachverständigen zum Unfallort auf der A1 bestellt, direkt nachdem die drei Beckers weggebracht worden waren. Den zertrümmerten Wagen und die durch den Unfall abgetrennten Teile hatte man im Originalzustand belassen, soweit die Bergung der Leichen es zuließ.

Der Sachverständige legte dem Gericht Fotos vor und erklärte den Ablauf aus seiner Sicht. Anschließend erläuterte ein Mitarbeiter der Kriminaltechnik: Die Lackspuren an einem Auto, das auf den Namen von Issam Mawardi zugelassen war, passten zum Lack des Wagens von Maxim Becker.

Der schilderte seinen vergeblichen Versuch, in der Spur zu bleiben, nachdem er gerammt worden war.

»Haben Sie den Unfallfahrer erkannt?«, fragte der Richter. »Ist es einer der Angeklagten?«

Maxim Becker konnte darauf weder mit Ja noch mit Nein antworten. »Es könnte jeder von denen gewesen sein. Ich erinnere mich nur an einen schwarzen Vollbart.«

»Wie jetzt?«, meldete sich der Verteidiger. »Hat irgendeiner von diesen jungen Herren einen Bart?«

»Nun werden Sie nicht komisch!« Das war der Vorsitzende Richter. »Es gibt Rasiergeräte! Das dürfte sich auch in kriminellen Kreisen herumgesprochen haben.«

Die Vernehmung der Augenzeugen folgte. Zunächst wurden Autofahrer gehört, die aus ihren Fahrzeugen gestiegen waren, nachdem die Polizei den Korso gestoppt hatte. Eine Frau gab an, dass die drei Angeklagten aus dem Unfallauto gestiegen waren, wusste aber nicht mehr, wer von ihnen am Steuer gesessen hatte.

Auch andere Zeugen waren nicht in der Lage, einen der drei Angeklagten zweifelsfrei als den Fahrer zu identifizieren, der die Familie Becker ins Unglück gestürzt hatte.

Oberstaatsanwalt Kämper quittierte die Aussagen mit mürrischem Gesicht. Er war lange genug im Job, um zu wissen, dass die Anklage wegen Mordes damit vom Tisch war – wegen Mangels an Beweisen. Er bezeichnete Hochzeitskorsos als »übersteigerte Männlichkeitsinszenierung« und als »Demonstration von Macht gegenüber dem Staat«.

Maxim Becker verließ den Gerichtssaal, noch bevor die Sitzung beendet war. Der Richter kündigte an, am dritten Prozesstag das Urteil verkünden zu wollen.

Auf dem Weg in die Redaktion fiel mir plötzlich auf, dass gar nicht erwähnt worden war, wer an diesem Tag eigentlich geheiratet hatte. Das war vermutlich auch nicht von Bedeutung. Ich titelte:

Überlebender enttäuscht vom Prozessverlauf –
Todesfahrer nicht identifiziert

Die Angeklagten äußern sich nicht zu den Vorwürfen. Das ist ihr gutes Recht. Der Staatsanwalt muss Beweise dafür vorlegen, ob einer der drei Söhne des libanesischen Clan-Chefs Mawardi den Wagen gesteuert hat, der den tödlichen Unfall auf der A 1 verursacht hat. Das konnte er bisher nicht. Auch die Polizei und die geladenen Zeugen können keinen Täter benennen. Nebenkläger Maxim S., der Frau und Tochter bei dem Unfall verloren hat, erinnert sich an einen Mann mit schwarzen Haaren und Vollbart. Doch diese Beschreibung passt auf neunzig Prozent der arabischen jungen Männer. Eine Mordanklage dürfte damit hinfällig sein.

Ich fasste die bisher bekannten Fakten zusammen und schloss den Artikel mit den Sätzen:

In unserem Rechtssystem liegt die Beweislast bei den Anklägern. Sie müssen beweisen, dass ein Angeklagter schuldig ist und nicht umgekehrt. Das mag für viele unverständlich sein. Für Maxim Becker, der seine Frau und seine Tochter verlor, weil junge Männer ihren »Spaß« haben wollten, ist es das auf jeden Fall. »Mein Leben ist zerstört«, so äußerte sich Becker gegenüber unserer Zeitung. Wir berichten weiter.

Bärchen Biber las meinen Artikel gegen. »Wenn diese Typen freigesprochen werden, gibt es Krieg in der Stadt. Der *Sturmbund 18* hat auf dem Nazi-Kiez Flyer verteilt – gegen Ausländer, Juden, Polizeischweine und den großen Austausch.«

»Austausch? Was ist das denn schon wieder?«, rätselte ich.

»Ich musste auch erst googeln«, gab der Kollege zu. »Der große Austausch ist eine Mischung aus Verschwörungstheorie und politischer Agitation.«

»Und wer tauscht was oder wen aus?« Ich war verwirrt.

»Die weiße Mehrheitsbevölkerung wird gegen muslimische oder schwarze Einwanderer ausgetauscht. Natürlich stecken die Juden dahinter, die den Untergang Europas betreiben, als Rache für den Holocaust.«

»Ach so«, nickte ich. »Das macht natürlich Sinn.«

Bärchen lachte. »Manchmal denke ich, die ganze Welt ist bekloppt.«

Sekretärin Susi näherte sich. »Guck mal, Grappa, was in der Stadt verteilt wird.« Sie reichte mir einen Flyer. »Den hat eben ein Leser unten an der Pforte abgegeben. Er denkt, dass es uns interessieren könnte.«

Ich las:

An alle wirklichen Deutschen: Macht mit bei der Nationalen Revolution! Unsere Ziele: Ausländer rausjagen – Juden vernichten – Wir wollen den totalen Rassenkrieg. Deutsches Volk, wehre dich!

Auch ein Hitler-Zitat aus dem Jahre 1922 war nicht vergessen worden:

Sobald ich die Macht dazu habe, werde ich Galgen neben Galgen aufstellen lassen. Dann werden die Juden gehängt, einer wie der andere, und sie bleiben hängen, bis sie stinken.

Garniert wurden die Parolen mit dem Nazi-Totenkopf, dem Drachensymbol und sogar einer Kontakt-E-Mail: *rassenkrieg.de*.

Ich rief bei der Polizeipressestelle an. Dort waren die Flyer bekannt. »Wir ermitteln wegen Volksverhetzung und Aufforderung zur Begehung einer Straftat.«

Ich schrieb noch vierzig Zeilen, merkte anschließend, dass ich ausgelaugt und fertig war. Zum Glück hatte ich am Wochenende frei.

»Absackerchen im *Freispruch*, Grappa?«, fragte Bärchen.

Ich überlegte. Ja, ich musste runterkommen. Der Freitagsabsacker war ein kleines Ritual geworden. Für mich meist in Begleitung von Wayne. Doch der hatte babyfrei.

»Okay, aber wir nehmen Mäggi mit. Sie wirkt etwas angeschlagen.«

Bärchen verdrehte zwar die Augen, aber fügte sich.

Rotlicht, Blaulicht, Flutlicht

Seitdem ein Spanier den *Freispruch* übernommen hatte, gab es hier – wenig überraschend – frische Tapas. Da konnten wir nicht widerstehen und bestellten eine hübsche Kollektion für drei Personen, dazu Rotwein. Notfalls würde ich mit dem Taxi nach Hause fahren. Mein Auto stand auf dem Verlagsparkplatz, Bärchen hatte uns in seiner Karre chauffiert.

Pimientos de Padrón, Oliven, Aioli, Manchego und Chorizo wurden sofort aufgetischt. Es folgten die Papas arrugadas mit Mojo verde und kleine Tortillas.

Ich hob mein Glas. »Lassen wir es uns gut gehen«, sagte ich und prostete Bärchen und Mäggi zu.

»Ja, wer weiß, wie lange wir uns das noch leisten können«, entgegnete Mäggi, trank das Glas halb leer, verschluckte sich und hustete. Sie drückte die Papierserviette auf den Mund, was den Hustenreiz noch verstärkte. Ihr Gesicht lief rot an.

Ich klopfte ihr mit der flachen Hand auf den Rücken. Langsam beruhigte sie sich wieder.

»Was ist los, Mäggi?«, fragte ich. »Du hast doch irgendwas.«

»Damms Ansage macht mir Sorgen«, antwortete sie. »Wenn er das *Tageblatt* zumacht, wo soll ich hin?«

»Gute Journalisten werden überall gesucht«, behauptete Bärchen. »Ich jedenfalls schau mich schon nach was anderem um. Oft liegt in einem Ende auch ein neuer Anfang und ein Weg zu Besserem.«

»Du bist zwanzig Jahre jünger als ich«, jammerte sie. »Ich aber bin schon älter und kann nur Kultur.«

»Dann arbeitest du eben als freie Journalistin«, meinte Biber. »Das machen viele andere auch, die durch die Zeitungskrise arbeitslos geworden sind.«

»Und wer nimmt mich?«, beteiligte ich mich an der Jammerei. »Ich bin auch älter und kann nur Mord und Totschlag.«

»Mord und Totschlag interessieren die Leute immer«, sagte Mäggi. »Damit bist du auf der sicheren Seite, Grappa. Notfalls kannst du in einer Polizeipressestelle anheuern.«

»Danke für den Tipp«, seufzte ich. »Rotlicht, Blaulicht, Flutlicht – das ist das, was die Menschen bewegt.«

»Unser Bildungssystem hat versagt«, lamentierte Biber. »Die Doofen rüsten auf.«

Wir beklagten noch eine halbe Stunde unser Elend und wandten uns dann den Tapas und dem Wein zu. Ich war entspannt, Mäggi leicht beschwipst und Bärchen redseliger als sonst. Das Wochenende konnte kommen.

Kreisrunder Stammbaum

Spät in der Nacht hatte ich ein Taxi nach Hause genommen und dann lange geschlafen. Kleist war dienstlich unterwegs. Er sollte einem Fernsehsender, der ein Politmagazin erstellte, ein Interview zur Clan-Kriminalität geben. Der Sendetermin

war heute Abend. Das Thema interessierte, weil der Ministerpräsident seine Null-Toleranz-Strategie verkündet und hartes
Durchgreifen der Ordnungskräfte angeordnet hatte.

Ich fragte mich, wann diese Null-Toleranz-Strategie sich
endlich gegen solche Gruppen wie den *Sturmbund 18* richten
würde. Ich hatte mich im Netz informiert. Noch immer war
der Bund nicht verboten, obwohl er sich selbst als bewaffneter
Flügel des verbotenen Neonazi-Netzwerks *Blood & Honour*
bezeichnete und offen zu Straftaten aufrief. War der *Sturmbund 18* bisher deshalb legal geblieben, weil er von Spitzeln des
Verfassungsschutzes unterwandert war? Das wurde zumindest
auf antifaschistischen Seiten im Internet kolportiert.

Ich vertrieb mir die Zeit mit Hausputz und Haarefärben.
Danach setzte ich mich erschöpft auf die Terrasse. Der Früh-
sommer zeigte sich von seiner angenehmen Seite. Der Lieb-
stöckel knallte frischgrün aus dem Kräuterbeet, während das
Basilikum noch leicht schwächelte – es fehlte an Wärme und
Sonne.

Später startete ich eine Netzrecherche zu Maxim Becker. Er
war Inhaber mehrerer Computerläden, die zurzeit wie Pilze
aus dem Boden schossen, arbeitete ehrenamtlich bei der Tafel
mit, die bedürftige Menschen mit Essen versorgte, und kickte
in der Seniorenmannschaft eines Drittligafußballklubs. Über
politische Aktivitäten konnte ich nichts finden.

Mein Handy meldete sich. Dr. Ali Mawardi war am Apparat. »Haben Sie inzwischen herausbekommen, wer der zweite
Mann auf dem Foto ist?«

Ich zögerte. Sollte ich ihm die Wahrheit sagen? Ja, wenigstens die halbe.

»Er ist ein Polizist. Mehr will ich nicht sagen, weil ich den
Mann noch nicht selbst befragen konnte.«

»Wie ich vermutet habe«, entgegnete der Arzt. »Hannah
hat vor kurzer Zeit eine Andeutung gemacht, dass es freund-
schaftliche Verbindungen zwischen Nazis und Polizei gibt.
Spitzel, Informanten oder Undercoverleute. Deshalb wird die

Polizei dem *Sturmbund* auch nicht gefährlich. Schreiben Sie das!«

»Gerne, wenn ich Sie als Quelle nennen darf«, sagte ich.

»Das ist ausgeschlossen!«

»Eben. Dann kann ich das auch nicht schreiben. Zu behaupten, dass die Polizei sich schmieren lässt, ist ohne Beweise oder ein Geständnis nicht machbar. Aber ich recherchiere in diese Richtung.«

»Hannah wird am Dienstag beerdigt«, änderte er das Thema. »Ihre Leiche ist freigegeben worden. Sie wird auf dem Bezirksfriedhof beerdigt, weil sie keine Muslima war.« Er nannte mir Ort und Uhrzeit.

»Ich werde da sein«, versprach ich.

»Danke.«

»Ich habe noch eine Frage«, fiel mir ein. »Es geht um den Hochzeitskorso. Wer war eigentlich das Brautpaar?«

»Unser Neffe Hassan Mawardi hat unsere Cousine Leila geheiratet, die Tochter unseres Onkels Hammoud.«

»Inzucht?«

»Wir nennen das Verwandtenheirat«, erklärte er. »In vielen islamischen Ländern werden mehr als die Hälfte der Ehen zwischen nahen Verwandten geschlossen. Meist zwischen Cousins und Cousinen ersten Grades. Nur die Ehe zwischen direkten Geschwistern ist verboten. Je enger die Verbindungen der Familien untereinander, desto besser für die Clan-Solidarität.«

»Und irgendwann ist der Stammbaum ein Kreis«, meinte ich.

»Als Arzt sehe ich die Verwandtenheirat sehr skeptisch, denn es kann tatsächlich zu genetischen Problemen kommen«, erklärte Mawardi. »In einer pakistanischen Gemeinde in Großbritannien, in der über die Hälfte der Ehen zwischen Cousins und Cousinen geschlossen wurden, hatten dreißig Prozent der Neugeborenen genetische Missbildungen. Und je mehr Generationen von solchen Ehen betroffen sind, desto stärker werden die Risiken von Behinderungen.«

Nachdem ich aufgelegt hatte, dachte ich noch eine Weile über die Verheiratung innerhalb von Familien nach. Nicht nur in islamischen Ländern, auch in Europa waren solche Ehen gang und gäbe: Die jüdischen Rothschilds hatten sich durch Verwandtenheiraten fortgepflanzt und dem deutschen Adel war die Verbindung zwischen Cousinen und Cousins ersten Grades ebenfalls nicht unbekannt. Familiendisziplin schlug Liebe.

Voll nach oben

Am Nachmittag kehrte Kleist zurück. Das Interview war gut verlaufen und passte thematisch zum Tag, denn im Morgengrauen hatte es in der Landeshauptstadt einen Angriff auf Polizisten gegeben, die aus dem Libanon und Nordafrika stammten. Fast schon normaler Polizeialltag.

»Eigentlich sollte nur ein Autofahrer kontrolliert werden, Routine also«, berichtete Kleist. »Doch der Typ hinter dem Steuer fing gleich mit Beleidigungen an und plötzlich standen ungefähr dreißig weitere Personen um das Fahrzeug herum. Die Kollegen konnten gerade noch per Funk Hilfe anfordern. Die Kerle zogen Messer und schlugen mit Baseballschlägern zu. Ein Kollege gab mit seiner Dienstwaffe einen Warnschuss ab. Eine Einsatzhundertschaft hat dann für Ordnung gesorgt.«

»Die sind in ein paar Stunden wieder in freier Wildbahn«, sagte ich voraus und stellte den Fernseher an. »Die Sendung beginnt.«

Der Einspieler lief schon: der übliche Zusammenschnitt von Bildern der letzten Monate über Straftaten der Clans, Straßenschlachten und O-Tönen von Clan-Mitgliedern und Migrationsforschern.

Die Moderatorin begann mit dem Kurzinterview, das sie mit Kleist geführt hatte.

Frage: Wie sicher sind unsere Straßen noch?
Antwort: Die meisten Straßen sind sicher. Aber es gibt gefährliche Gegenden, sogenannte No-go-Areas, in denen arabische Clans das Sagen haben. Dort werden Polizisten verfolgt, beleidigt und bedroht. Polizistinnen werden sexuell belästigt. Es fallen Sätze wie: »Wir wissen, wo dein Haus wohnt« oder »Wir wissen, wo deine Kinder zur Schule gehen«. Das macht den meisten verständlicherweise Angst.
Frage: Wie kann man kriminelle Clans zerschlagen?
Antwort: Indem man verhindert, dass sie Profit machen. Wenn es sich für die Mitglieder finanziell nicht lohnt, dann zerfällt die Clan-Struktur. Ein Problem ist allerdings, dass die Polizei kaum Informationen zu den Strukturen und der Organisation von Clan-Kriminalität besitzt. In den Clan wird man hineingeboren und dadurch entsteht eine starke Solidarität – die Mitglieder decken sich gegenseitig und vor Gericht und Justiz schweigen alle.

»Prima«, lobte ich. »Du wirkst sehr professionell. Nur – was hat die Maskenbildnerin mit deinen Haaren gemacht? Die stehen ja voll nach oben.«

»Sie hat so ein Zeugs reingeschmiert, das die Haare steif macht«, gab Kleist zu. »Als ich das bemerkt habe, war es zu spät, weil die Aufzeichnung begann. Aber nach dem Interview hab ich mir alles wieder rauswaschen lassen.«

»Gut so. Hahnenkamm steht dir nicht. Ich mag es wuschelig.«

Am Sonntag ließ ich Kleist schlafen, schlich in die Küche und warf die Kaffeemaschine an. Nach drei Tassen Espresso war ich putzmunter. Ich setzte mich an den Rechner, klapperte die Onlineausgaben der wichtigsten Zeitungen ab und las die Pressemitteilungen der Polizei auf Facebook. In der vergangenen Nacht hatte es wieder eine Razzia in der Nordstadt gegeben.

Einsatz gegen kriminelle Strukturen – so der Polizeijargon. Über siebzig Personen waren überprüft worden, doch sie hatten nur die kleinen Fische erwischt, Drogenhändler und Kleinkriminelle. In einer Kneipe wurden zwei neunjährige Kinder entdeckt, was dem Inhaber eine Anzeige wegen des Verstoßes gegen das Jugendschutzgesetz einbrachte. Nicht wirklich spektakulär.

Nach dem Einsatz ist vor dem Einsatz. Die nächste Schwerpunktkontrolle gegen kriminelle Strukturen wird nicht lange auf sich warten lassen – so der letzte Satz der Pressemitteilung.

Nichts Neues über den Mord an Hannah Mawardi, keine Entwicklung in Sachen Angriff auf die jüdische Ausstellung oder Fakten zu den Volksverhetzern des *Sturmbundes 18*.

Ich las die Kommentare. Neben den üblichen Ausländerpack-raus-Parolen und der Häme gegenüber der laschen Polizei fiel mir der Post eines Facebook-Users auf, der in einem Stadtviertel mit hohem Ausländeranteil wohnte. Er schilderte Bedrohungen durch Araber, beklagte die Untätigkeit der Polizei und lobte die *Nordstadt-Jungs*, die jetzt endlich für Ordnung sorgen würden. Künftig solle es spontane Spaziergänge durchs Viertel geben, um das verbrecherische Treiben der Clans zu unterbinden.

Wir suchen noch Mitstreiter – so schrieb der Mann. Melden konnte man sich in der Facebook-Gruppe *Saubere Nordstadt*.

Ich rief die Gruppe auf: Fotos von einschlägig bekannten Neonazis, NS-Symbolen und rechtsradikalen Aufmärschen der Vergangenheit. Typen wie SS-Eddi, Urgestein der Bierstädter Faschos. Und Ludwig Kahl, der braune Feuerwehrmann. *Wir sind politisch neutral* – war auf der Seite zu lesen. Alles klar.

Ebenso abstrus war eine Aktion der *Bild*-Zeitung: *Zeigen Sie sich solidarisch mit Ihren jüdischen Nachbarn: Basteln Sie sich die* Bild-*Kippa!*

Ausgangspunkt für die Bastelaktion war ein Rat des Antisemitismus-Beauftragten der Bundesregierung: *Ich kann Juden nicht empfehlen, jederzeit überall in Deutschland die Kippa zu tragen.*

Der Politiker befürchtete antisemitische Straftaten von Rechtsextremen und Muslimen. *Wenn auch nur einer in unserem Land nicht ohne Gefahr Kippa tragen kann, kann die Antwort nur lauten, dass wir alle Kippa tragen. Tragen Sie die Kippa Ihres Freundes. Basteln Sie sich eine Kippa und tragen Sie sie für unsere jüdischen Nachbarn.*«

Auch eine Videoanleitung fehlte nicht. Ich klickte den Film an. Zuerst *Taste the feeling.* Werbung für Coca-Cola. Dann: *Der Weg zu Ihrer* Bild-*Kippa. Drucken Sie sich die Vorlage aus. Schneiden Sie direkt am Rand entlang. Schneiden Sie die Kippa an den vier Markierungen ein ... setzen Sie die Kippa auf Ihren Hinterkopf ...* Bild *trägt Kippa.*

»Was machst du denn da?«, fragte Kleist. Er stand mit einem Handtuch um die Hüften hinter mir. Seine Haare waren nass und er duftete nach seinem Edelduschgel.

»Ich will mir eine Kippa basteln«, antwortete ich. »Meinst du, so was steht mir?«

»Frauen tragen keine Kippa«, wies er mich zurecht.

»Klugscheißer. Dann trägst du sie halt.«

»Das passt. Ich habe sogar jüdische Vorfahren«, entgegnete er.

»Das gibt ein nettes Straßenbild«, sagte ich. »Die Kippa für die Juden, die muslimischen Kollegen tragen den Turban und wir Deutschen den Stahlhelm. Dann wissen alle Bescheid und können sich gegenseitig umhauen.«

Wir schaffen das? Die schaffen uns!

Der letzte Prozesstag gegen die drei Mawardi-Brüder endete wie erwartet mit einem Freispruch aus Mangel an Beweisen. Sie wurden lediglich wegen gefährlichen Eingriffs in den Straßenverkehr, Widerstands gegen die Staatsgewalt und Verstoßes gegen die Straßenverkehrsordnung verurteilt – zu Bewährungsstrafen.

Der Richter hatte die Öffentlichkeit wieder zugelassen, was zu Jubel und Applaus im Zuschauerraum führte. Die Angeklagten wurden sofort freigelassen und auf den Schultern ihrer Anhänger hinausgetragen. Eine perfekt inszenierte Provokation, die von den anwesenden Kamerateams und Fotojournalisten noch verbal befeuert wurden. Wayne hielt sich zurück. Seinem Gesichtsausdruck war anzusehen, dass er die Ovationen ekelhaft fand.

Nebenkläger Maxim Becker war im Verhandlungssaal geblieben.

Ich ging zu ihm. »Das muss sehr schwer für Sie sein«, sagte ich. »Aber die Richter konnten nicht anders entscheiden. Es gibt kein Geständnis und keine Beweise, wer genau den Wagen gefahren hat.«

»Ich weiß.« Seine Stimme war rau. »Aber ich werde schon für Gerechtigkeit sorgen. Das bin ich Simone und Franzi schuldig.«

»Was meinen Sie damit?«

»Die Welt mag untergehen, wenn ich mich nur rächen kann.«

»Also wollen Sie Rache und keine Gerechtigkeit?«

»Das dürfte in diesem Fall dasselbe sein.«

»Nein«, widersprach ich. »Den Unfallwagen kann nur ein Mann gesteuert haben und nicht drei.«

Er stöhnte auf, griff nach seinem Gehstock und erhob sich von seinem Platz. »Frau Grappa, Sie haben diese Typen doch erlebt. Denen sind Menschenleben egal, Hauptsache, sie haben ihren Spaß. Ich gehörte auch mal zu diesen lächerlichen Gutmenschen, die Flüchtlinge, Migranten, Ausländer und so weiter in diesem Land willkommen heißen, weil wir ja eine bunte, tolerante und mitfühlende Gesellschaft sind. Wir schaffen das! Dieser Satz hätte heißen müssen: Die schaffen uns! Sie belügen, betrügen, bedrohen, morden und beuten uns aus und unser Staat lässt sich verarschen. Nicht mehr mit mir. Ich weiß jetzt, auf welcher Seite ich stehe in diesem elenden Krieg.«

»Was haben Sie vor?«

Er lachte bitter. »Glauben Sie wirklich, dass ich Ihnen darauf antworte?«

Wayne wartete vor dem Landgericht auf mich. Ich berichtete von meinem Gespräch mit Becker.

»Meinst du, dass er gefährlich werden kann?«

»Keine Ahnung. Aber sein Hass hilft ihm vielleicht, den Tod seiner Familie zu verarbeiten«, sagte ich. »Und … die Mawardis können sich selbst schützen, wenn es hart auf hart kommt.«

»Ich kann verstehen, dass er so reagiert«, sagte er. »Ich habe Hunger. Lass uns was essen gehen«, schlug er dann vor. »Zu Hause bleibt gerade die Küche kalt, weil Perihan noch etwas schwach ist.«

»Wer kümmert sich um sie und den kleinen Ernst?«

»Ihre Mutter ist für ein paar Tage bei uns.«

Wir stiegen ins Auto und steuerten das *Mama Mia* an. Die Tageskarte pries frische Pasta mit Auberginen, Tomaten und Zwiebeln an. Das ging schnell und klang lecker.

Während wir warteten, schickte ich eine kurze Zusammenfassung des Urteils an die Redaktion mit der Bitte, die Meldung in die Onlinezeitung zu laden und Facebook zu bedienen. Maxim Beckers Rachepläne erwähnte ich nicht.

Ich holte mir die Nachrichten des Lokalsenders aufs Tablet. Der Freispruch in dem Mordprozess war erst seit einer halben Stunde in der Stadt bekannt, doch schon jetzt gab es erste Kommentare von Menschen, die den Richtern vorwarfen, vor der Macht des Clans in die Knie gegangen zu sein. Diese Justizschelte gab es nach jedem Urteil, das nach Meinung der besorgten Bürger zu mild ausfiel.

Zurück in der Redaktion schrieb ich den Artikel für die Print-ausgabe am nächsten Tag. Damm hatte mir achtzig Zeilen zu-geteilt. Die Arbeit ging mir flott von der Hand.

Ich sah Waynes Fotos durch. Die frech lachenden Gesich-ter der Mawardis gingen mir auf den Geist. Wie diese Typen grinsten, das Victory-Zeichen machten und Fratzen schnitten, war nur schwer zu ertragen.

Was ist mit dem Foto?

Am Nachmittag legte ich das Foto, das Hannah Mawardi im Gespräch mit Ludwig Kahl und Kriminalrat Frank Reimer zeigte, vor mich auf den Schreibtisch. Es wurde Zeit heraus-zufinden, was die drei miteinander verband.

Ich meldete mich bei der Polizeizentrale, verlangte Reimer zu sprechen, landete in seinem Vorzimmer und blitzte ab.

Ich versuchte es über die Pressestelle und erwähnte das Foto. »Schicken Sie mir das Bild, um das es geht, ich werde es an Polizeirat Reimer weiterleiten«, versprach der Kollege von der Pressestelle.

»Kann ich es nicht direkt an Herrn Reimer schicken?«, fragte ich. »Das erspart Ihnen Arbeit und geht schneller.«

»Der Kollege ist außer Haus und hat zurzeit keinen Zugriff auf seine Mails«, behauptete er. »Sie können sich aber drauf verlassen, dass ich mich zeitnah um einen Kontakt zu ihm bemühen werde.«

»Rufen Sie ihn doch auf seinem Smartphone an«, half ich ihm. »Oder geben Sie mir seine Nummer.«

Der Pressemann stöhnte leise. »Sie wissen genau, dass ich Ihnen die Nummer nicht geben darf. Sie sind wirklich lang genug im Job, um das zu wissen, Frau Grappa. Schicken Sie mir das Foto und ich leite es weiter. Mehr kann ich nicht für Sie tun.«

Kleist war von meiner Anfrage an die Pressestelle nicht besonders erfreut. »Die werden dich auflaufen lassen«, prophezeite er.

»Du glaubst jetzt auch, dass das Foto merkwürdig ist?«

»Nein, ich denke immer noch, dass es für das Treffen eine einleuchtende Erklärung gibt. Die aber in der Öffentlichkeit nichts zu suchen hat, um Ermittlungen nicht zu gefährden«, antwortete er.

Kleist sollte recht behalten. Verleger Damm rief mich am späten Abend an und untersagte mir weitere Recherchen zu dem Foto. Ich fragte nach dem Grund. »Den erläutere ich Ihnen morgen«, kündigte er an.

Um nicht aus der Rolle zu fallen, beendete ich das Gespräch. In mir tobten Wut und Enttäuschung.

Am nächsten Morgen führte mich der erste Weg in Damms Büro. Er begrüßte mich und bot mir einen Platz in der Sitzecke an. Normalerweise führte er seine Mitarbeitergespräche vom Schreibtisch aus. Ich kam gleich zur Sache und fragte nach dem Rechercheverbot.

»Seit wann ist die freie Presse der Büttel der Exekutive?«, fragte ich erregt.

»Darum geht es nicht, Frau Grappa«, antwortete Damm. »Es geht um unsere Verantwortung. Der Polizeipräsident hat mir versichert, dass eine Veröffentlichung dieses Fotos die Mordermittlungen im Fall Mawardi gefährdet.«

»Und das glauben Sie einfach so?«

»Ja«, sagte er. »Da ich zu Ihnen Vertrauen habe, erkläre ich Ihnen die Hintergründe, die allerdings unter uns bleiben müssen. Darf ich Ihnen einen Kaffee kommen lassen?«

»Nein. Dann rege ich mich noch mehr auf.«

Er lächelte. »Das will ich natürlich nicht. Können Sie mir sagen, woher Sie das Foto haben?«

»Es ist mir anonym zugeschickt worden«, log ich.

»Aha. Und warum? Was könnte dahinterstecken?«

Ich lächelte ebenfalls. »Woher soll ich das wissen? Vielleicht will der anonyme Informant uns auf etwas Ungewöhnliches aufmerksam machen? Zum Beispiel darauf, dass sich ein hoher Polizeibeamter mit einem Neonazi und einer Anwältin, die Clan-Leute vertritt, vertraut in einer Bar unterhält.«

»Sie denken an Korruption?«

»Nicht unbedingt. Aber ich würde gern mehr wissen.«

Damm räusperte sich. »Halten Sie bitte die Füße still. Die Polizei wird das intern klären.«

Unerwarteter Besuch

Am späten Vormittag sollte in aller Stille die Beisetzung von Hannah Mawardi stattfinden.

Die Trauerhalle aus dem 19. Jahrhundert, roter Backstein mit weißen Verzierungen, war von vielen alten Bäumen umgeben. Die Lindenblüten dufteten so heftig, dass mir fast schwindelig wurde.

Ali Mawardi hatte sich neben dem Eingang der Trauerhalle postiert und begrüßte die wenigen Gäste. Muslime schienen nicht darunter zu sein. Hannah Mawardi selbst war nicht gläubig gewesen. Wayne und ich hielten uns zurück und betraten als Letzte den Saal.

Der Sarg war mit weißen Rosen, weißen Chrysanthemen und einem überlebensgroßen Porträt von Hannah Mawardi geschmückt. Kerzenlicht, ein Kondolenzbuch auf einem Tisch. Leise Musik. Ali Mawardi trat ans Pult, die Tür wurde geschlossen und gleich darauf wieder aufgestoßen. Ein alter Mann betrat den Saal. Der Kleidung nach ein Muslim. Einige Gäste drehten sich um. Geraune. Ali Mawardi ging dem Mann entgegen, verbeugte sich vor ihm, nahm dessen Hand und küsste sie.

Waynes Kamera klickte. »Das ist der Clan-Chef«, flüsterte er.

Der alte Mann legte seine Hand auf Alis Stirn, drückte ihn mit dem anderen Arm zur Seite und legte ein Buch auf den Sarg seiner Schwiegertochter. Dort verharrte er mit gesenktem Kopf und murmelte Worte, die ich nicht verstand. Mit langsamen Schritten verließ er die Trauerhalle wieder.

Wayne und ich folgten ihm. Doch wir kamen nicht weit. Zwei gefährlich aussehende Muskelprotze drängten uns zurück. Mawardis Gorillas.

Sie begleiteten ihren Boss zum Auto. Der Wagen startete. Wayne fotografierte.

»Wow!«, machte Wayne schließlich. »Das ist ein 1978er Lincoln Continental, Cartier Edition!«

»Warum fährt der eine so alte Kiste?«, fragte ich.

»Grappa! Das ist ein echt geiles Gefährt. Fast schon ein Museumsstück. Davon gibt es nicht mehr viele.«

»Wer jahrzehntelang Geldwäsche, Drogenhandel, Erpressung und Betrug als Berufsfelder hat, fährt nicht mit dem Fahrrad«, entgegnete ich. »Das war wirklich gespenstig, wie der Alte da auftauchte. Er macht keinen dementen Eindruck. Mutig, dass er trotz des Haftbefehls aus der Deckung gekommen ist. Er scheint seine Schwiegertochter gemocht zu haben.«

In der Redaktion sichteten wir die Fotos. »Ich hab ihn voll im Bild, samt seiner Entourage«, freute sich Wayne. »Und wir haben das Ganze exklusiv.«

»Gute Leistung«, lobte ich. »Und die Polizei wird froh sein, dass wir ihnen ein aktuelles Foto liefern können. Wir hätten dem Lincoln heimlich folgen sollen.«

»Keine Chance, Grappa«, meinte Wayne. »Das hätten die Gorillas verhindert.«

Das Großraumbüro war bis auf ›Stallwache‹ Susi leer. Sie hatte die Füße auf die Schreibtischkante gelegt und mümmelte ein Butterbrot.

»Hallo, Grappa«, kaute sie. »Damm hat dir achtzig Zeilen gegeben. Ohne Fotos.«

»War sonst noch was?«

Sie überlegte. »Bärchen ist raus zu einer Demo in der City. Es geht um einen Klamottenladen, der Nazi-Zeugs vertickt. Storch Heinar – so heißt der Designer.«

»Vielleicht auch Thor Steinar?«, fragte ich. Wayne grinste.

»Kann auch sein«, entgegnete Susi. »Reimt sich ja irgendwie. Du musst aber nicht hin, Wayne, Bärchen macht die Fotos selber.«

»Dann können wir ja was essen gehen.« Ich zog Wayne am Ärmel. »Komm, mir knurrt der Magen.«

Currywurst-Pommes gingen immer. Die vegane Variante war wegen mangelnder Nachfrage wieder von der Speisekarte der Kantine verschwunden. Ich betrachtete die Bratwürste in der Warmhaltebox: eher grau als appetitlich rosa. Ich blickte auf die Currysoße direkt daneben: Sie hatte an der Oberfläche eine dunkelbraune feste Fläche gebildet, die einige Risse hatte. Ich sah die Pommes, die von Salzkristallen bedeckt waren und vor Fett trieften.

Wayne bestellte trotzdem. Die Kantinenhilfe stopfte die Wurst in den Schredder, schlug mit einer Suppenkelle ein Loch in die braune Kruste und tauchte die Pommes noch mal ins heiße Fett. Ich konnte mich von dem Anblick kaum losreißen.

»Und was wollen Sie?«

Ich? »Ich nehme ein Baguettebrötchen mit …«, schnell schaute ich auf die Ausstellungsstücke, die seit Stunden in der Spuckzone neben der Kasse lagen, »… mit Käse«, vervollständigte ich meinen Satz.

»Das muss ich aber frisch machen«, maulte die Kantinenhelferin.

»Das war genau der Plan«, lächelte ich. »Und kein Salatblatt, bitte.«

Grausam und gnadenlos

Mordopfer Hannah M. beerdigt –
Überraschender Auftritt von Clan-Chef Mawardi
Von Maria Grappa
Eigentlich scheut er öffentliche Auftritte, doch an diesem Tag machte Mustafa Mawardi (67) eine Ausnahme und riskierte seine Festnahme. Gegen ihn liegt ein Haftbefehl vor, der nicht vollstreckt werden kann, weil der Aufenthaltsort des Clan-Chefs unbekannt ist. Überraschend erschien er auf der Beerdigung seiner Schwiegertochter, der Anwältin Hannah M., die vor gut einer Woche von Unbekannten vor dem Landgericht erstochen worden war. Die Tote war die Frau seines ältesten Sohnes Ali und vertrat drei weitere Söhne des Clan-Oberhauptes in einem Mordprozess – wir berichteten.

Der Besuch des von Freund und Feind gefürchteten alten Mannes, Kopf einer aus dem Libanon stammenden Großfamilie, dauerte nur wenige Minuten. Er trat an den Sarg seiner Schwiegertochter (Foto), murmelte ein paar Worte und verschwand wieder. Zuvor kam es zu einem Kontakt mit seinem Sohn Ali (Foto), der sich von seiner Familie losgesagt hat – nicht zuletzt wegen der zahlreichen Straftaten der Mawardis. Ihnen werden Geldwäsche, Rauschgifthandel, Erpressung, Bedrohung, Steuerdelikte bis hin zum Mord vorgeworfen. Es gibt zahlreiche Verurteilungen, die aber nicht dazu führten, dass Clan-Mitglieder sich an die Gesetze halten. Die deutsche Justiz wird von ihnen nicht anerkannt, ihr Richter ist Mustafa Mawardi, der von Insidern als grausam und gnadenlos beschrieben wird. Er konnte unbehelligt und unter dem Schutz seiner eigenen Securityleute den Friedhof verlassen.

»Grausam und gnadenlos ... Woher weißt du das denn?«, fragte Wayne.

»Na, von einem Insider«, antwortete ich. »Das steht doch da.«

»Dann meinst du bestimmt den Sohn«, folgerte er messerscharf. »Er muss seinen Vater wohl sehr hassen.«

»Ja.« Ich schilderte ihm, wie Ali Mawardi als Kind das Gesicht verbrannt worden war.

»Ich habe heute nur einen traurigen alten Mann gesehen, der kaum noch laufen konnte. Die Fotos sind jedenfalls gut geworden. Der Alte hat einen echten Charakterkopf – guck mal, Grappa!«

Wayne hatte recht. Der Alte sah aus wie ein auferstandener Moses, der das Meer teilte, um sein Volk in ein von Gott verheißenes Land zu führen.

Heute hieß dieses Land Deutschland und war zur Beute von Familienclans geworden.

Ich wählte die Bilder aus. Konnten wir Mawardi unverpixelt zeigen? Diese Frage musste ich mit Damm und dem Hausjustiziar klären.

Damm war nicht erreichbar, der Jurist fragte lediglich, ob Mawardi das Fotografieren bemerkt und einer Veröffentlichung ausdrücklich widersprochen hatte.

»Der Fotograf war nicht zu übersehen und widersprochen hat er nicht«, gab ich wahrheitsgemäß an.

»Dann riskieren wir es«, entschied er. »Er kann nicht bestreiten, eine Person des öffentlichen Lebens zu sein. Wenn er uns verklagen will, soll er das tun.«

Ich stellte den Artikel ins Layout und suchte meine Sachen zusammen.

Im Lift klingelte mein Handy. Kleist: »Kollege Reimer möchte mit dir ein vertrauliches Gespräch führen. Willst du das?«

Natürlich wollte ich, meine Neugier war zu groß, als dass ich mir das würde entgehen lassen.

»Hast du einen Vorschlag für einen Treffpunkt?«, fragte Kleist. »Reimer bittet allerdings um Diskretion.«

»Was für ein Theater!«, entfuhr es mir, ich lenkte dann aber ein. »Er soll einen Vorschlag machen.«

»Gut. Ich hole dich in einer halben Stunde ab.«

Kein Deal mit der Polizei

Im *Mama Mia* gab es einige Tische im hinteren Bereich, die nicht sofort einsehbar waren. Reimer setzte sich mit dem Rücken zum Publikum. Er wirkte nervös, prüfte die Tischkanten und grabbelte in dem Blumengemüse auf dem Tisch. Suchte er Aufnahmegeräte? Fast hätte ich eine ironische Bemerkung gemacht. Das sollte der Leiter der *Soko Rechts* sein? Ich sah nur einen großen tollpatschigen Mann, der sich nicht im Griff hatte.

»Ich bitte darum, die Handys auszuschalten«, verlangte er.

»Nein«, wehrte ich mich und log: »Ich habe Bereitschaftsdienst und muss erreichbar sein.«

»Du kannst Frau Grappa vertrauen«, lächelte Kleist. »Sie weiß, dass es sich um ein vertrauliches Gespräch handelt.«

Ups. Die beiden duzten sich. Kleist hatte behauptet, Reimer nur flüchtig zu kennen.

»Dann können wir ja anfangen«, meinte ich und zog das Foto aus dem *Nebukadnezar* aus der Tasche und legte es auf den Tisch.

Der Kellner erschien. Reimer verbarg das Bild mit der Hand. Das obere Glied seines Mittelfingers der linken Hand fehlte. Wir bestellten.

»Wie kam es zu diesem Foto?«, fragte ich.

»Bevor ich Leiter der *Soko Rechts* wurde, habe ich undercover im Bereich Bandenkriminalität gearbeitet. Das Foto stammt aus dieser Zeit. Hannah Mawardi hat einige Beschuldigte anwaltlich vertreten. Eines Tages rief sie mich an und bat um ein Treffen – angeblich um einen Deal auszuhandeln.«

»Und das musste ausgerechnet in einer Shisha-Bar stattfinden?«, fragte ich. »Hatten Sie keine Angst, dass Ihre Kollegen an diesem Abend eine Razzia veranstalten würden?«

»Ich wusste, dass keine Razzia geplant war. Außerdem wollte ich Frau Mawardi eine Gefährderansprache zukommen lassen.«

»Dann ist doch alles in Ordnung«, lächelte ich. »Sie haben nur Ihren Job gemacht. Warum dann diese Heimlichtuerei und die Beeinflussung der Presse durch den Polizeipräsidenten?«

Reimer trank einen großen Schluck Wasser. Seine Nervosität hatte nachgelassen. »Präsident Kleinmann legt keinen Wert darauf, dass seine leitenden Beamten im Mittelpunkt einer Berichterstattung stehen«, behauptete er.

»Ja, so kennen wir ihn«, nickte ich. »Er stellt sich vor seine Leute – im wahrsten Sinne des Wortes –, besonders wenn er eine Kamera sieht.«

»Darüber erlaube ich mir kein Urteil«, entgegnete Reimer. »Und jetzt wollen Sie bestimmt noch wissen, warum Ludwig Kahl mit uns in der Bar sitzt.«

»Aber ja.«

»Das war nicht geplant«, erklärte er. »Ich war mit Frau Mawardi im Gespräch, als er zu uns kam. Ich wusste natürlich, wer er war, und war mehr als erstaunt. Er hatte getrunken und provozierte uns mit rassistischen und beleidigenden Sprüchen.«

»Woher kannte Kahl Sie?«

»Als er noch Feuerwehrchef der Stadt war, hatten wir einige Male miteinander zu tun«, erklärte Reimer. »Bei größeren Einsätzen und Übungen. Das ist allerdings schon ein paar Jahre her. Damals war er noch Mitglied der SPD. Ins rechtsradikale Milieu ist er erst später abgerutscht.«

Das klang plausibel. Ich entspannte mich. Der Kellner brachte Antipasti und ich hatte eine Verschnaufpause.

»Was für einen Deal wollten Sie mit Frau Mawardi schließen?«

»Zu dem Deal ist es nicht gekommen«, antwortete Reimer. »Kahl ließ uns nicht in Ruhe und ich bin gegangen.«

»Und was hätte der Deal sein sollen?«, hakte ich nach.

»Ich wollte sie überreden, uns Informationen über die politischen Aktivitäten des Clans zu geben. Hinweise auf Radikalisierung durch die islamischen Terrormilizen, Kontakte zu Bürgerkriegsparteien in den arabischen Staaten und geplante Aktionen. Wie gesagt: Dazu kam es gar nicht.«

»Dann ist ja alles in schönster Ordnung, Herr Reimer.« Ich bestrich ein Pizzabrötchen mit Knoblauchbutter und biss hinein.

»Darf ich nun Ihnen einige Fragen stellen?«

»Aber sicher.«

»Woher haben Sie das Foto?«

»Informantenschutz«, lächelte ich.

»Gibt es noch weitere Fotos, auf denen ich zu sehen bin?«

»Das weiß ich nicht. Ich habe jedenfalls nur dieses eine Foto.«

Das war nicht gelogen. Reimer gab auf. Er verabschiedete sich.

Kleist und ich blieben noch eine Weile sitzen und leerten den Teller mit den Vorspeisen.

»Was denkst du?«, fragte er.

»Er war ziemlich unsicher und ich frage mich, warum«, antwortete ich.

»Das liegt an deiner dominanten Art«, grinste er.

»Reimer lügt und ich werde rauskriegen, warum.«

»Wie soll das gehen?«

»Ich könnte Ludwig Kahl ansprechen.«

»Du gibst auf das Wort dieses Typen mehr als auf die Beteuerungen eines Polizeirats?« Kleist runzelte die Stirn.

Kein Zurück in die Familie

Babytime nach der Konferenz. Perihan präsentierte im Großraumbüro den kleinen Ernst. Ich war kein Fan von Minischreihälsen und Muttertiere waren rote Tücher für mich. Doch das jetzt war einfach nur süß.

Das stolze Glück in den Augen der Eltern und der schlafende Säugling mit den schwarzen Haaren erwärmten nicht nur mein Herz – sogar Simon Harras musterte das Baby mit einem Lächeln. »Darf ich ihn mal halten?«, fragte er.

Perihan reichte ihm den Kleinen.

»Tja, Simon, mach das doch mal nach«, höhnte Stella. »Aber wie soll das gehen? Dazu braucht man ja eine Freundin …«

Ich warf ihr einen warnenden Blick zu.

»Ich habe eine Freundin«, stellte er klar.

Jetzt war Stella baff.

»Wer ist das? Kennen wir sie?«, fragte Susi.

»Was macht sie beruflich?« Nun war auch Sarah aufgewacht.

»Sie ist Fleischereifachverkäuferin. Aber sie schult gerade um.«

»Zur Bäckereifachverkäuferin?«, kicherte Stella. »Oder lernt sie Tantra-Massage, damit es bei dir klappt?«

Stille.

Simons Gesichtszüge vereisten.

Langsam ging er auf Stella zu, immer noch mit dem Kind auf dem Arm. Stella wich zurück.

Mäggi trat zwischen beide und wandte sich dem Baby zu. »So was Süßes«, jubelte sie. »Steht dir wirklich gut, Simon. Vielleicht klappt es ja bald mit deinen Vaterfreuden.« Sie schaute die Sekretärin an. »Bei uns beiden ist der Ofen ja leider aus, nicht wahr, Stella?«

»Dann hätten wir das ja auch geklärt«, meinte ich.

Perihan nahm das Kind an sich. Mäggi hatte die brenzlige Situation entschärft.

Ich musste dringend mit Ali Mawardi reden. In meiner Einzelzelle rief ich ihn auf dem Prepaidhandy an, wie wir es für Notfälle vereinbart hatten.

Er meldete sich. »Der zweite Mann auf dem Foto ist Kriminalrat Frank Reimer, der Chef der *Soko Rechts*.«

Ich fasste Reimers Erklärungen zu dem Treffen zusammen.

»Ich hoffe, Sie haben ihm nicht gesagt, dass Sie das Foto von mir haben«, sagte Mawardi.

»Natürlich nicht. Ich möchte allerdings auch die anderen Bilder sehen«, forderte ich. »Also die Fotos, die kurz davor und kurz danach gemacht worden sind. Reimer hat behauptet, dass Kahl plötzlich aufgetaucht ist und dass er selbst sofort gegangen sei, als der anfing rumzupöbeln.«

»Ich habe von dem Detektiv, der meine Frau überwacht hat, keine weiteren Fotos bekommen.«

Ich überlegte. Etwas nicht bekommen zu haben, bedeutete noch lange nicht, dass es nichts mehr gab.

»Ich muss den Mann sprechen!«, beharrte ich.

»Ich werde ihn fragen«, versprach er. »Aber ich kann ihn nicht zwingen.«

»Lassen Sie sich wenigstens alle Fotos geben, die er gemacht hat. Wirklich alle. Sie haben den Mann schließlich engagiert und bezahlt.«

Er stimmte zu. Ich fragte nach Neuigkeiten in den Ermittlungen zum Mord an seiner Frau.

»Ich bin außer Verdacht.« Er lachte rau. »Aber die Polizei wundert sich über fünftausend Euro, die Hannah immer wieder bar auf ihr Konto eingezahlt hat. Die Herkunft des Geldes ist unklar, auch ich weiß darüber nichts. Immerhin hat Hannah das Geld versteuert und als Honorar für anwaltliche Beratung deklariert. Die Ermittler gehen von Geldwäsche aus und haben alle Konten Hannahs gesperrt. Ich nehme an, dass mein Vater oder einer meiner Brüder dahinterstecken.«

»Haben Sie sich mit Ihrem Vater eigentlich wieder versöhnt?«, fragte ich.

»Nein. Er ist zwar auf der Beerdigung aufgetaucht, aber das hat nichts geändert.«

»Sie haben seine Hände geküsst!«, erinnerte ich ihn.

»Das war ein Reflex – mehr nicht«, behauptete Mawardi. »Es gibt für mich kein Zurück in diese Familie.«

»Ich hätte ihr ins Gesicht schlagen können«, zischte Simon. Er saß in der Kantine bei Kaffee und Brötchen.

»Musst du denn auf jede Provokation eingehen?«, fragte ich. »Stella ist eine Giftspritze, das weißt du doch. Du bist schon mal knapp an einer Kündigung vorbeigeschrappt.«

»Warum ist die so scheiße?«

»Die Frage stellt sie sich auch – aber im Hinblick auf dich.«

Wir schwiegen eine Weile, dann fragte ich: »Hast du wirklich eine Freundin?«

»Ja. Ich hab sie beim Revierderby kennengelernt. In der Presselounge.«

»Was macht denn eine Fleischereifachverkäuferin in der Presselounge?«

»Sie hat Fingerfood serviert. Ihrem Vater gehören die Fleischerei und der Partyservice. Sie hat einem Kollegen die Platte mit Mozzarella-Tomaten über den Anzug geschüttet. Der wurde ziemlich sauer und beschimpfte sie.«

»Dann hast du ihn zum Duell gefordert?«, grinste ich.

»Nicht ganz. Ich hab mich schlappgelacht und sie fand das Ganze dann auch komisch.«

Welch nette Geschichte, dachte ich gerührt. »Und jetzt seid ihr ein Paar?«

»Na ja, so richtig noch nicht …«, gab er zu.

»Also hattet ihr noch keinen Sex?«

Simon errötete. »Mensch, Grappa!«

»Okay.« Ich hob beide Hände. »Ich bin ja schon still.«

Columbo in Schön

Der Detektiv, der Hannah Mawardi überwacht hatte, war zu einem Treffen mit mir bereit, aber nur unter der Bedingung, dass sein Auftraggeber dabei sein durfte. Kein Problem. Wir verabredeten uns in einem Burger-Restaurant in der Nähe des Polizeipräsidiums.

Der Detektiv sah aus wie Inspektor Columbo in Hässlich. Merkwürdig, wie manche Menschen Karikaturen ihrer selbst sein können. Wenn ein solcher Typ sich mir näherte, würden bei mir alle roten Lampen angehen.

»Nennen Sie mich Chris!«, verlangte der Detektiv mit heiserer, fast tonloser Stimme.

»Und ich bin Frau Grappa.« In welchem Film war ich?

Chris legte seinen Trenchcoat ab und humpelte zur Garderobe. »Aus welcher Klamottenkiste haben Sie den gezogen?«, raunte ich Mawardi zu.

»Gelbe Seiten.«

Alles klar.

»Haben Sie die Fotos dabei, Chris?«, fragte ich.

Er zauberte ein Tablet hervor, versteckte es aber gleich wieder, weil die Kellnerin uns die Karte vorlegte. Die Männer bestellten Burger, ich nur eine Apfelschorle, damit ich jederzeit flüchten konnte.

»Hat Frau Mawardi bemerkt, dass sie beobachtet wurde?«, fragte ich.

»Aber nein.« Chris schniefte. »Ich bin doch Profi.«

»Ach so.«

»Ich habe Chris erzählt, was Reimer gesagt hat«, sagte Ali Mawardi. »Chris bewertet die Sache allerdings anders und kann das auch begründen.«

Der Detektiv hatte auf seinem Tablet ein Video von dem mysteriösen Treffen. »Hier kommt der Polizeirat zur Bar und begrüßt die Anwältin.«

Ich sah Reimer. Er küsste Hannah auf die Wange und legte den Arm um sie.

»Und hier unterhalten sich die beiden. Beide lachen und scheinen sich zu amüsieren.«

Das Bild wackelte, wurde unscharf und dunkel. »Ich musste

mich wegdrehen«, erklärte Chris. »Aber hier geht es schon weiter.«

Ich erkannte Ludwig Kahl. Er wirkte keineswegs betrunken oder aggressiv.

»Die drei unterhielten sich noch rund zehn Minuten, dann verließ Kahl die Bar. Reimer und die Frau blieben. Sie waren mit dem Ergebnis des Treffens offensichtlich zufrieden, denn sie orderten eine Flasche Schampus und stießen an. Das Bild habe ich als Foto. Hier!«

Tatsächlich, da saßen die beiden und waren in bester Stimmung. Reimer hatte behauptet, als Erster gegangen zu sein. Er hatte also gelogen.

»Ich brauche das Material. Senden Sie es mir auf mein Handy. Bitte!«

Chris schaute Mawardi an. Der nickte.

Ich schob dem Detektiv meine Visitenkarte hin und er startete die Übertragung.

»Sie haben Ihre Frau doch überwachen lassen, weil Sie befürchteten, dass sie fremdgeht«, erinnerte ich mich. »Könnte Reimer der Grund sein?«

Mawardi schüttelte den Kopf.

»Aber sie haben sich geküsst!«

»Hannah hat in Frankreich studiert. Da küsst man sich bei der Begrüßung und zum Abschied«, sagte er. »Aber ich weiß inzwischen, wer ihr Liebhaber war. Einer ihrer Kollegen. Ein harmloses Bürschchen.«

»Lebt er noch?«

Mawardi lachte. Es klang bitter. »Nicht jeder Araber bringt seinen Rivalen um. Außerdem war unsere Ehe sowieso am Ende. Was werden Sie jetzt tun, Frau Grappa?«

»Ich muss überlegen.«

»Denken Sie an den Informantenschutz. Der gilt auch für Chris.«

Ich nickte. Chris war fertig, Videos und Fotos waren angekommen.

»Löschen Sie die Dateien von Ihrem Handy, sobald sie gesichert sind«, bat der Detektiv. »Sonst kann man den Weg von Ihnen zu mir zurückverfolgen.«

Ich versprach es.

Sollte ich Kleist von dem Treffen erzählen und ihm Videos und Fotos zeigen? Und ihm gleichzeitig verschweigen, woher ich sie hatte? Ich war hin- und hergerissen. Informantenschutz war für mich immer heilig gewesen.

Ich fuhr nach Hause, viel zu schnell, und wurde prompt geblitzt. Vierzig Euro weg. Egal.

»Du kommst spät, Maria«, stellte Kleist fest. »Ist etwas vorgefallen?«

»Nur der tägliche Wahnsinn«, antwortete ich. »Wayne und Perihan waren mit ihrem Baby da und Simon und Stella sind wieder mal aufeinander losgegangen. Aber Simon hat jetzt eine Freundin, eine Fleischereifachverkäuferin, mit der er allerdings noch keinen Sex hatte.«

»Wow, sehr spannend«, lächelte er. »Mein Tag war dagegen sehr langweilig. Mehrere Konferenzen, auf die ich mich vorbereitet hatte, sind ausgefallen. Soll ich eine Flasche Wein öffnen?«

»Ich trinke nie wieder Wein!«, brummte ich.

Kleist grinste und ging zum Kühlschrank.

Seit Kindertagen

Noch vor der Konferenz bat ich Damm um ein Gespräch. Ich rechnete nicht mit seinem Verständnis für meine Recherchen, zumal er sie ausdrücklich untersagt hatte. Ich führte ihm das Video und die Fotos vor und erwähnte die Lügen, die Reimer mir zuvor aufgetischt hatte.

Damm hörte mir geduldig zu und sagte dann: »Das wird Konsequenzen haben!«

Meinte er damit mich? Sofort aktivierte ich meinen Verteidigungsmodus. »Ich war nur auf der Suche nach der Wahrheit!«

»Ja, und die werden wir jetzt in unserer Zeitung veröffentlichen!« Der Verleger wirkte wild entschlossen. »Der Polizeipräsident hat auch mich belogen. Angeblich hat er Reimer in diese Bar geschickt, um die Anwältin zu belehren. Dieses Gefährderdingens … Und dann küsst der die! Das riecht nach Korruption. Anwältin und Polizist sitzen traut vereint mit dem Neonazi in einer Bar. Ich fasse es nicht!«

»Vielleicht hat Kleinmann seinem Polizeirat vertraut«, sagte ich. »Ein guter Chef stellt sich vor seine Mitarbeiter. Das machen Sie ja auch.«

Er lächelte, mein Lob freute ihn.

»Ich spreche alles mit dem Justiziar ab. Schicken Sie mir bitte Ihr Material per E-Mail.«

»Geht klar.« Ich erhob mich.

»Noch was, Frau Grappa. Ich muss wissen, wer Ihr Informant ist. Es muss abgeklärt werden, ob er vertrauenswürdig ist.«

»Aber … ich habe ihm zugesagt, dass er anonym bleibt!«, wehrte ich ab.

Damm sagte nichts, ging zum Schreibtisch, wählte eine dreistellige Nummer und stellte den Lautsprecher an.

Der Justiziar meldete sich. Damm schilderte kurz das Problem.

»Frau Grappa soll eine briefliche eidesstattliche Erklärung zur Identität ihres Informanten abgeben, die nur geöffnet wird, falls ihr etwas geschieht oder es rechtlich notwendig ist. Der Brief wird versiegelt und kommt in den Verlagssafe.«

Damit konnte ich leben. Aber was meinte der Justiziar mit der Bemerkung »falls ihr etwas geschieht«? Ich schob den Gedanken von mir weg.

Jemand wird rausgeworfen

Es war klar, dass ich vor der Veröffentlichung der Fotos aus dem *Nebukadnezar* Reimer um eine Stellungnahme bitten musste. Das war fair, so üblich und guter Stil.

In Absprache mit Damm rief ich Reimer an. Diesmal bekam ich ihn ohne Schwierigkeiten gleich an den Apparat. Ich informierte ihn, dass unser Gespräch aufgezeichnet wurde, um mich bei rechtlichen Streitereien abzusichern. Spätestens jetzt wusste Reimer, dass es unangenehm werden würde. Ich mailte ihm den Film und die Fotos zu. Er wartete am Telefon, bis sie angekommen waren.

»Was haben Sie davon, wenn Sie das Material veröffentlichen?«, fragte er kalt. »Es wird ein internes Ermittlungsverfahren gegen mich geben, weil ich nicht ganz bei der Wahrheit geblieben bin. Und zwar aus höchst privaten Gründen. Frau Mawardi und ich kannten uns seit Kindertagen, wir sind in dieselbe Klasse gegangen. Auf dem Gymnasium.«

»Und warum haben Sie das nicht sofort gesagt?«, fragte ich.

»Weil ich nicht in die Situation kommen wollte, in der ich gerade bin.«

»Und Kahl? War der auch in derselben Klasse auf dem Gymnasium?«

»Nein. Kahl verkehrt aber im *Nebukadnezar* und donnert sich jeden Abend das Hirn mit irgendwelchen Drogen voll, die er mitbringt. Wahrscheinlich kann er seinen Nazi-Dreck sonst nicht ertragen. Er hat mich wiedererkannt aufgrund unserer früheren Zusammenarbeit und mich angesprochen. Das ist alles.«

»Dann werde ich das so schreiben und die Leser können entscheiden, ob sie Ihnen glauben. Informieren Sie am besten Ihren Präsidenten.«

Er legte den Hörer auf.

Mysteriöses Treffen: Was verbindet Polizei, Neonazis und Araber-Clan?

Ein Exklusivbericht von Maria Grappa

Warum traf sich Polizeirat Frank Reimer, der neue Chef der *Soko Rechts*, mit dem stadtbekannten Neonazi und *Sturmbund 18*-Mitglied Ludwig Kahl und der ermordeten Rechtsanwältin Hannah M., der Schwiegertochter des libanesischen Clan-Chefs Mustafa Mawardi? Die Fotos zeigen die drei bei einem entspannten Umtrunk in der Shisha-Bar *Nebukadnezar*, die im Besitz der arabischen Großfamilie ist.

Die Bilder wurden dem *Tageblatt* zugespielt. Der Informant ist bekannt, genießt aber Quellenschutz.

Natürlich haben wir Kriminalrat Reimer mit den Fotos konfrontiert. Seine Angaben über die Gründe des Treffens sind allerdings nicht eindeutig. Das lässt den Schluss zu, dass es zwischen Polizei, Neonazis und kriminellen Arabern enge Verbindungen gibt, die geheim bleiben sollen.

Ist deshalb die Aufklärung des Mordes an der Juristin für die Ermittlungsbehörden so schwierig?

»Grappa-Baby, hier eine Mail des Polizeipräsidenten.« Wayne legte mir das Blatt auf die Tastatur.

Ich teile Ihnen mit, dass der Leiter der Soko Rechts, *Kriminalrat Frank Reimer, mit sofortiger Wirkung von seinem Posten entbunden worden ist. Wegen medialer Vorwürfe wird ein disziplinarrechtliches Verfahren gegen ihn eingeleitet. Die Staatsanwaltschaft prüft außerdem strafrechtliche Konsequenzen. Aufgrund des laufenden Verfahrens werde ich keine weiteren Informationen zum Sachverhalt geben.*

Kein Wort über den Zusammenhang zu dem Treffen im *Nebukadnezar* oder das belastende Bildmaterial. Immerhin wurden »mediale Vorwürfe« erwähnt, die allerdings noch gar nicht erhoben worden waren. Ich änderte die Überschrift und setzte die Suspendierung Reimers nach vorn:

Soko-Rechts-Chef überraschend suspendiert –
Was verbindet Polizei, Neonazis und Araber-Clan?

Damm hatte die Mail ebenfalls bekommen. Er bat mich, meinen Artikel so schnell wie möglich in die Onlinezeitung hochzuladen. Wayne und ich suchten die Fotos aus und formulierten die Bildzeilen.

Lieber Schalke-Sieg als Nazi-Kiez

Unsere Kommentarspalten glühten, E-Mails sprengten den Account und Telefone klingelten sich die Seele aus dem Leib. Ich nahm das alles fast unbeteiligt, aber doch staunend zur Kenntnis. Welche Lawine hatte ich da losgetreten? Was, wenn Reimer unschuldig war und sich nur unbeholfen verhalten hatte? Nein, es war nicht meine Aufgabe, Polizisten, die logen, in Schutz zu nehmen. Kleist schätzte Reimer. Aber auch davon durfte ich mich nicht beeindrucken lassen.

Kleist.

Wie würde er auf meinen Artikel reagieren? Bisher hatten wir uns immer gegenseitig vertraut. Aus diesem Deal war ich jetzt ausgestiegen.

Die Stimmung im Großraumbüro war angespannt. Mäggi schraubte an einem Artikel über die Ausstellung *The Pink Floyd Exhibition: Their Mortal Remains* im sogenannten U, einem alten Brauereigebäude in der City. Sie hatte Probleme, denn als bekennende Klassikliebhaberin waren ihr die Töne der Gruppe nicht geläufig. Ich dagegen liebte Pink Floyd. Besonders der Song *Comfortably Numb* mit dem genialen Sänger und Gitarristen David Gilmour packte mich immer wieder.

Simon Harras kümmerte sich um gefälschte BVB-Plakate,

die dem offiziellen BVB-Design nachgestaltet und in der Stadt aufgehängt worden waren. Sie sahen aus, als kämen sie aus der Marketingabteilung des BVB. Die Schlagzeilen lauteten: *Lieber Schalke-Sieg als Nazi-Kiez* oder *Lieber die Meisterschaft an Bayern verlieren als Dorstfeld an die Nazis* und *Mailand oder Madrid – Hauptsache kein Dorstfeld.*

Dorstfeld – das war der Stadtteil, in dem sich alte und neue Nazis zusammenrotteten. Sie hatten Häuser und Straßen unter ihre Kontrolle gebracht, bespitzelten die Leute und machten Andersdenkenden und Journalisten das Leben schwer.

Die spaßfreien BVB-Verantwortlichen distanzierten sich von der kreativen Aktion. In der Fangemeinde gab es hingegen Stimmen, die es bedauerten, dass der Verein nicht selbst der Urheber der Plakataktion war. Der Staatsschutz ermittelte.

Verleger Damm meldete sich und bat darum, die Kommentarfunktionen auf der Homepage und bei Facebook zu blockieren. »Wir werden uns morgen darum kümmern.« Das war eine gute Entscheidung.

Ich packte meine Sachen. Dann erreichte mich Ludwig Kahl am Handy. »Schönes Foto von mir«, meinte er.

»Freut mich, dass es Ihnen gefällt.«

»Mir gefällt allerdings nicht, dass Sie mich vor der Veröffentlichung nicht kontaktiert haben. Ich hätte Ihnen nämlich mitteilen können, warum ich da war und um was es bei dem Treffen ging.«

»Mir ist Herr Reimer wichtiger als ein vorbestrafter Neonazi«, antwortete ich. »Als Zeuge taugen Sie nichts. Ich hoffe, Sie verstehen das.«

»Mehr lügen als Reimer kann ich auch nicht«, entgegnete Kahl.

»Dann sagen Sie, was Sie zu sagen haben«, schlug ich vor.

»Die Mawardi-Tante hat Reimer regelmäßig Geld rübergeschoben. Vom alten Mustafa.«

»Und die Gegenleistung?«

»Informationen. Schreiben Sie das!«

»Mit Ihnen als Quelle?«, lachte ich.

»Es kommt sowieso bald raus, dafür werden wir schon sorgen«, kündigte er an.

»Wir? Sie meinen den *Sturmbund*?«

Er legte auf.

Mein Auto parkte auf dem verlagseigenen Parkplatz. Ich stieg ein und startete den Motor. Neben der Ausfahrt stand ein Polizeiwagen mit abgeblendeten Lichtern und zwei Beamten auf den Vordersitzen. Der Fahrer setzte kurz zurück und folgte mir. Stand ich etwa unter Polizeischutz? Fast war ich amüsiert.

Ich nahm die vierspurige Straße in den Süden. Wie immer. Schon wieder klingelte mein Handy. Da ich keine Freisprechanlage hatte, reagierte ich nicht. Es wäre dumm gewesen, mit der Polizei im Nacken ein Verkehrsdelikt zu begehen.

Die Verfolger kamen näher – null Sicherheitsabstand. Plötzlich überholte der Wagen und auf dem Signalgeber auf dem Dach erschien die unmissverständliche Aufforderung *Polizei! Bitte folgen!* und es erklang ein akustisches Signal, das an einen jaulenden Hund erinnerte. Nach fünfhundert Metern winkte der Beifahrer aus dem Fenster und deutete auf ein Parkplatzschild am Straßenrand.

Was wollten die von mir? Ich hatte kein gutes Gefühl. Auf dem Parkplatz blieb ich im Wagen sitzen, die Polizisten stiegen aus, ich kurbelte das Fenster herunter.

»Guten Abend, Fahrzeugkontrolle.« Der Beamte war von desinteressierter Höflichkeit. »Steigen Sie bitte aus und halten Sie Ihre Fahrerlaubnis und die Fahrzeugpapiere bereit.«

Er prüfte und hatte offenbar nichts auszusetzen. »Haben Sie alkoholische Getränke zu sich genommen?«

»Noch nicht«, antwortete ich. »Der Wein steht im Kühlschrank.«

»Frau Grappa, öffnen Sie bitte den Kofferraum.«

»Er ist offen. Zentralverriegelung – Sie verstehen?«

Humor hatte er nicht. Ich öffnete die Klappe. Der zweite

Beamte kam dazu. Beide durchwühlten den Kofferraum, schoben vergessene Schals und Papiertüten zur Seite, lösten den Erste-Hilfe-Kasten aus der Verankerung und hoben den Ersatzreifen an.

»Aha.« Das klang triumphierend. »Was haben wir denn da?«

Untergeschoben

Der Vorwurf lautete: Verstoß gegen das Betäubungsmittelgesetz. Das Päckchen in meinem Kofferraum enthielt eine weiße Substanz. Wie im Krimi prökelte einer der Beamten ein kleines Loch in die Plastikhülle und machte den Geschmackstest.

»Kokain.«

Ich hatte mich immer schon gefragt, wieso alle Polizisten der Welt Kokain am Geschmack erkennen können, aber so war es nun einmal.

Meine Beteuerung, das Zeugs nie gesehen zu haben, stieß auf wenig Interesse.

Jemand hatte mich auf klassische Weise aus dem Verkehr gezogen, indem er mir Drogen untergeschoben und der Polizei einen Tipp gegeben hatte.

Mein Auto blieb stehen. Zwecks Vernehmung fuhren mich die Beamten ins Polizeipräsidium.

»Darf ich telefonieren?«, fragte ich.

»Wen wollen Sie anrufen? Ihren Dealer?«

»Nein, meinen Lebensgefährten.«

»Sagen Sie mir die Nummer«, verlangte der Bulle. »Ihr Mobiltelefon ist beschlagnahmt.«

»Ich gebe Ihnen meine Visitenkarte. Darauf finden Sie meine private Festnetznummer.« Langsam zog ich die Pappe aus der Tasche. Er tippte die Ziffern ein, meldete sich mit Namen und reichte mir das Phone.

»Hier Kleist.«

»Hier Maria. Ich bin wegen Drogenbesitzes festgenommen worden und werde ins Präsidium gebracht. Kannst du mir helfen?«

Kleine Pause. Dann: »Ich komme.«

Der Bulle nahm mir das Handy wieder weg. »Übrigens«, raunte er. »Viele Grüße von Herrn Reimer.«

Jetzt verstand ich.

Merkwürdig, wie angespannt und hilflos ich mich fühlte. In Krimis hatte ich hundertfach solche Szenen gesehen: Verdächtige werden festgenommen und verhört. Die meisten verlangten einen Anwalt zu sprechen, andere brachen zusammen, manche schlugen die Inneneinrichtung der Verhörräume kurz und klein und es gab auch welche, die ihr Verbrechen sofort gestanden.

Ich hatte nichts zu gestehen und auch nichts zu sagen, weil ich ratlos war. Wie hatte Reimer es geschafft, das Kokain in meinem Kofferraum zu deponieren? Na ja. Wahrscheinlich war das gar nicht so schwer gewesen. Das Kofferraumschloss meines alten Golf war für Profis sicher einfach zu knacken. Der Verlagsparkplatz wurde zwar überwacht, aber die Kamera war meistens kaputt.

»Kann ich ein Wasser haben?«, fragte ich. Meine Kehle war trocken und ich konnte kaum sprechen. Das Polizeipersonal war inzwischen ausgewechselt worden, eine Beamtin »bewachte« mich. Sie reagierte nicht auf meine Bitte.

Ich dachte an mein Handy, auf das mir der Detektiv das Video und die belastenden Fotos von Reimer gesendet hatte. Ich hatte sie zum Glück gelöscht. Auch zu Ali Mawardi führte kein Hinweis – ich hatte seine Prepaidnummer auswendig gelernt.

Endlich – Kleist und zwei Männer betraten den Verhörraum. Der eine war der Kripobeamte, der das Verhör führen sollte, der andere ein Rechtsanwalt, den Kleist besorgt hatte.

Der Kripomann konfrontierte mich mit den Vorwürfen. »Das Zeug ist mir untergeschoben worden«, erklärte ich – wieder klar im Kopf.

»Haben Sie Feinde?«

»Ja, die habe ich«, sagte ich. »Menschen, die nicht wollen, dass ich die Wahrheit über sie schreibe. Zum Beispiel Ihr Kollege Reimer, der gerade vom Dienst suspendiert worden ist. Die beiden Polizisten, die mich festgenommen haben, haben mich von ihm gegrüßt. Merkwürdig, oder?«

»Das sind heftige Anschuldigungen«, stellte der Verhörbeamte fest.

Der Anwalt verlangte meine Freilassung, da nicht von einer Fluchtgefahr auszugehen sei.

Ich bekam meine Tasche zurück. Das Handy fehlte.

»Wir werden das Mobiltelefon überprüfen«, erklärte der Polizist.

»Das dürfen Sie nicht«, widersprach der Anwalt. »Frau Grappa ist Journalistin und auf ihr Telefon angewiesen. Außerdem könnten darauf vertrauliche Informationen gespeichert sein, die ihre Informanten gefährden könnten.«

»Wir ermitteln gegen Frau Grappa wegen Verstoßes gegen das Betäubungsmittelgesetz!«, gab der Polizist zurück.

»Zeigen Sie mir die richterliche Anordnung zur Beschlagnahme.«

Keine Reaktion.

Der Anwalt streckte die Hand aus. »Selbst wenn Sie etwas Belastendes auf dem Handy finden sollten, darf es vor Gericht nicht als Beweis verwendet werden. Also, her damit!«

Ich bekam das Handy zurück.

»Und jetzt nennen Sie mir noch die Namen und die Dienstgrade der beiden Beamten, die Frau Grappa verfolgt und festgenommen haben«, verlangte der Anwalt.

Er bekam sie.

»Lass uns gehen, Maria«, sagte Kleist.

Ich musste Kleist einiges erklären. Zum Beispiel, warum er erst durch meinen Artikel von dem Bildmaterial erfahren hatte, das seinen Kollegen Reimer belastete.

»Ich wollte uns nicht in Schwierigkeiten bringen«, führte ich aus. »Weil du Reimer kennst und mich vielleicht beeinflusst hättest.«

»Dafür hast du jetzt allein Probleme«, meinte er trocken. »Aber da kommen wir schon wieder raus. Ruf den Pförtner im Verlag an und bitte ihn, die Bilder aus der Kamera zu sichern, die euren Parkplatz beobachtet. Vielleicht haben wir Glück und können feststellen, wer dir das Ei ins Nest gelegt hat. Und jetzt muss ich telefonieren.«

»Jetzt? Es ist kurz vor Mitternacht!«

»Lass mich nur machen.«

»Kann ich bleiben und zuhören?«

»Ja. Ich habe ja Vertrauen zu dir.« Er hatte das »Ich« betont. Der Hieb saß.

Kleist holte sein Telefonbüchlein hervor, über das ich mich schon häufig lustig gemacht hatte, weil es in geblümtem Seidenstoff gebunden war. Er blätterte, fand, was er suchte, und tippte.

»Hier Friedemann Kleist. Ich war gerade Zeuge einer polizeilichen Aktion, die mir einiges Kopfzerbrechen bereitet.«

Er schilderte den Sachverhalt mit kurzen, präzisen Worten. »Ich denke, dass es sich um einen Racheakt des Kollegen Reimer handelt. Es läuft bereits eine interne Untersuchung gegen ihn.«

Sein Gesprächspartner sagte etwas, doch ich konnte nichts verstehen.

»So sehe ich das auch. Falsch verstandene Solidarität mit einem Kollegen ist immer ein Fehler«, sagte Kleist. »Danke, Georg.«

Georg? »War das der Polizeipräsident?«

Kleist nickte.

»Danke dir«, sagte ich. »Ich bin todmüde. Kommst du ins Bett?«

»Noch einen kleinen Moment.« Er nahm erneut das Telefon und holte sich eine Nummer aufs Display. »Frank? Hier ist Kleist. Hör mir mal gut zu: Lass Frau Grappa in Ruhe oder ich mache dich platt. Ist das angekommen?«

Ups. So hatte ich ihn noch nie sprechen gehört. Aber es gefiel mir.

Komplizierte Lage

Ich wachte auf, erinnerte mich an meine Festnahme und die Folgen, die das haben könnte. Ich musste den Verleger informieren und ich wusste jetzt schon, dass er mir die Berichterstattung zum Fall Reimer und über die organisierte Kriminalität entziehen würde, bis meine Unschuld bewiesen war. Das war grundsätzlich richtig und so üblich, um eine möglichst große Neutralität im Journalismus zu garantieren.

Kleist war bereits auf den Beinen und munter. Er konnte Neuigkeiten berichten. Die Staatsanwaltschaft war dabei, Reimers Konten und seine Vermögensverhältnisse zu überprüfen. Die Konten waren voll und das Vermögen üppig. Er besaß mehrere Häuser, investierte in Fonds und leistete sich teure Hobbys. Woher das Geld kam, wurde jetzt untersucht. Von Reimer war keine Hilfe zu erwarten, er schwieg zu allen Vorwürfen. Auch zu meiner Festnahme äußerte er sich nicht.

»Die Lage ist kompliziert«, kommentierte Kleist. »Denn wir müssen ihm nachweisen, dass sein Vermögen aus illegalen Quellen stammt.«

»Vom Clan oder von den Nazis«, schlug ich vor.

»Darauf sind meine sonst so fantasielosen Kollegen auch schon gekommen«, entgegnete er, maliziös lächelnd.

»Was darf ich davon schreiben?«, fragte ich.

»Nichts.«

Das war unmissverständlich.

Damm zog mich von der Geschichte ab und erläuterte den Kollegen die Gründe in der Redaktionskonferenz. »Natürlich arbeitet Frau Grappa im Hintergrund weiter«, erklärte er. »Sie ist im Thema und wir können nicht auf sie verzichten.«

Puh, das tat mir gut.

»Der Drogenvorwurf ist lächerlich«, ergänzte Damm. »Aber vielleicht hat man das belastende Material auf dem Verlagsparkplatz in ihr Auto geschmuggelt. Wir werden die Aufnahmen der Überwachungskamera der Polizei überlassen.«

»Welche Drogen soll Grappa denn genommen und vertickt haben?«, wollte Simon wissen.

»Kokain«, antwortete ich.

»So was passt nicht zu Grappa«, grinste Bärchen. »Wenn es trockener Weißwein oder Mandelhörnchen gewesen wären, dann ja …«

Gelächter. Ich atmete auf.

»Zunächst wird Herr Biber die Berichterstattung fortsetzen. Ist das in Ordnung?«, fragte Damm.

Bärchen nickte.

»Ich würde gern mitmachen«, bot Mareike an.

Damm akzeptierte.

»Prima«, sagte ich. »Dann hab ich ja jetzt frei und kann meine Unschuld beweisen.«

Das Video vom Parkplatz war leider nicht sehr aussagekräftig, weil mein Golf hinter anderen Fahrzeugen geparkt war. Damm, der Justiziar und ich schauten es trotzdem bis zum Ende an. Viele Menschen – auch Besucher – waren zu sehen, doch niemand, der ein Paket in der Hand hielt und sich meinem Wagen näherte.

»Wäre ja auch zu einfach gewesen«, seufzte Damm.

»Die Staatsanwaltschaft muss beweisen, dass sich Frau Grappa die Drogen besorgt hat. Und das dürfte schwierig sein. Sie haben das Paket doch nicht angefasst, oder?«

»Nein, natürlich nicht.«

»Dann finden die weder Fingerabdrücke noch DNA auf der Tüte.«

»Meine Sachen lagen aber im Kofferraum«, gab ich zu bedenken.

»Wir warten einfach ab, was die Gegenseite auf den Tisch legt. Das Video leite ich an Ihren Anwalt weiter, Frau Grappa. Das wird alles halb so schlimm.«

Von wegen. Am Nachmittag tauchte ein unbekannter Mann im Verlagshaus auf, übergab dem Pförtner ein paar Flyer und verschwand wieder. Fast gleichzeitig klingelten die Telefone Sturm. Überall in der Stadt waren die Flyer verteilt worden und in den sozialen Medien wurden sie auch verbreitet. Als Herausgeber wurde eine Initiative mit dem Namen *Wir kriegen euch alle* angegeben. Daneben prangte das *Sturmbund*-Logo.

Bärchen Biber schnappte sich ein Blatt und las laut vor:

Lügenpresse unter Drogen?
Reporterin des *Tageblatts* mit Kokain erwischt
Polizei nimmt Maria G. fest. Ist sie an Rauschgiftgeschäften des libanesischen Mawardi-Clans beteiligt?
Sie schreibt am liebsten über Verbrechen, beleidigt besorgte Bürger und erhebt sich zur Schiedsrichterin über politische Korrektheit. Wie aber sieht es in Wahrheit aus? Die migrantenfreundliche Journalistin steht nun selbst im Mittelpunkt strafrechtlicher Ermittlungen. Bei einer Verkehrskontrolle fanden zwei Streifenbeamte ein Paket mit Drogen, vermutlich Kokain. Wir sagen: Grappa muss weg – sie ist eine Schande für die deutsche Presse. Deutschland braucht keine drogensüchtigen und korrupten Schreiberlinge! Wenn Sie Deutschland lieben und vor der Unterwanderung durch kriminelle Ausländer schützen wollen, fordern Sie die fristlose Kündigung der Journalistin. Auf solche Schreiber kann Deutschland verzichten.

»Na, toll«, sagte ich.

»Jetzt bist du berühmt, Grappa«, sagte Biber.

»Das ist eine Hexenjagd«, sagte Mäggi.

»Widerliches Pack«, sagte Mareike.

»Das sitzt du aus, Grappa«, sagte Simon.

»Jetzt siehst du mal, wie das ist«, sagte Stella.

»Wir sind auf deiner Seite«, sagte Susi.

»Genau«, sagte Sarah.

»Dann ist ja alles paletti«, sagte ich. »Ich danke euch.«

Die *Sturmbund*-Sympathisanten meldeten sich prompt und zahlreich. Die Mails der aufrechten Biodeutschen strotzten zwar vor Rechtschreib- und Grammatikfehlern, aber die Inhalte waren umso klarer.

Beenden sie ihr jemmerliches Leben unverzüglich oder begeben sie sich in ein nächstgelegenes Prausebad zu ihrer persöhnlichen Entsorgung …

Du Fotze sollst auf offener Straße exekuhtiert werden …

Du machst unser Deutschland nicht fertig. Verpiss dich lieber, solange du hier noch lebend rauskommst, du Sau … Wir haben Bomben.

Sympathiebeweise waren das nicht, aber das ließ mich kalt. In Absprache mit Damm leitete ich die Mails an die Polizei weiter, kündigte eine Strafanzeige gegen die Poster an und blockierte die Kommentarfunktion bei den sozialen Medien und auf unserer Homepage.

»Machen Sie doch Feierabend«, schlug Damm vor. »Ich habe übrigens veranlasst, dass unser Verlagshaus durch einen Sicherheitsdienst überwacht wird. Und Sie sollten Polizeischutz beantragen.«

»Mein Schutz sitzt zu Hause.«

»Verstehe.«

»Kann ich einen Dienstwagen bekommen?«, fragte ich. »Mein Golf steht noch bei der Polizei.«

»Nehmen Sie sich ein Taxi«, sagte er. »Auf Verlagskosten.«

Gefährliche Pizza

»Solche Hasskommentare sind heutzutage normal«, seufzte Kleist. »Denk an das Urteil des Berliner Landgerichts in Sachen Renate Künast. Die Richter halten Bezeichnungen wie ›Drecksfotze‹, ›Sondermüll‹ oder ›Stück Scheiße‹ für sachbezogene Kritik an der Grünen-Politikerin, die vom Grundrecht auf Meinungsfreiheit gedeckt ist. Kann dich ein Glas Wein zum Wochenende auf andere Gedanken bringen?«

»Und was gibt es zu essen?«

»Soll ich uns Pizza bestellen?«

»Für mich eine kleine Diabolo.«

Er telefonierte.

»Hast du eigentlich eine Dienstwaffe?«, fragte ich später.

»Hast du vor jemandem Angst?«

»Damm meint, ich solle Polizeischutz beantragen.«

»Ich habe keine Dienstwaffe, aber einen privaten Revolver mit Waffenschein.«

Ich nahm einen Schluck Wein. Das Leben ist eigentlich schön, fiel mir ein, während der Chianti in mich hineinfloss.

»Wir sollten mal wieder Urlaub machen«, sagte ich. »In Italien oder Frankreich.«

Es klingelte. Der Pizzabote.

Kleist ging zur Tür.

Ich hörte Stimmen. Dann Stille. Ein Stöhnen und ein Fall. Ein Motor startete.

Ich stürzte nach vorne. Die Haustür war geöffnet. Kleist lag am Boden – neben ihm zwei Pizzakartons.

»Es ist nicht schlimm«, murmelte er. »Hilf mir nur hoch.«

»Du bleibst liegen!«, befahl ich und alarmierte die Feuerwehr. Gegenüber der Einfahrt stand der kleine Transporter des Pizzaboten mit abgeblendetem Licht. Davor kniete ein junger Mann. Er rappelte sich hoch und ich schaute im Schein der Straßenlaterne in ein blutüberströmtes Gesicht. Ich rief den Polizeinotruf und meldete einen Überfall mit Verletzten.

Der Notarztwagen war schnell da, obwohl mir die Wartezeit unendlich lang schien.

Kleist war ansprechbar. Der Arzt sprach von einer Stichverletzung, die aber oberflächlich zu sein schien.

»Mach dir keine Sorgen«, sagte Kleist, als die Sanitäter ihn auf der Trage in den Ambulanzwagen schafften.

Natürlich machte ich mir Sorgen, stellte mir aber auch Fragen. Der Angreifer hatte mein Haus beobachtet, den Pizzaboten als Gelegenheit genutzt, bis zur Haustür zu gelangen, ohne dass jemand Verdacht schöpfte, der vielleicht zufällig aus dem Fenster zur Straße schaute. Galt der Anschlag Kleist oder mir oder uns beiden?

Ich hatte der Polizei keine Fragen beantworten können, weil ich völlig geschockt war und keinen klaren Gedanken fassen konnte. Ich erwähnte lediglich, dass der Angriff mit meinem Job zu tun haben könnte.

Daraufhin war der Polizeiwagen vor dem Haus geblieben.

Wir kriegen euch alle

Am Samstagmorgen gab es eine erfreuliche Nachricht aus der Klinik. Das Messer hatte nur eine Rippe getroffen und war abgerutscht.

An Kleists Krankenbett saßen zwei seiner Kollegen, Beamte des Staatsschutzes. Sie informierten mich über ein Bekennerschreiben des *Sturmbundes 18*, das noch in der Nacht im Briefkasten des Polizeipräsidiums eingeworfen worden war.

»Der Überbringer war vermummt. Leider kamen unsere Kollegen zu spät, um den Mann festzusetzen.«

»Und was ist darin zu lesen?«, fragte ich.

»*Lügenpresse, drogensüchtige Drecksfotze* und andere Drohungen. *Das ist erst der Anfang, Wir kriegen euch alle …* und so weiter.«

»Was geschieht jetzt?«

»Wir ermitteln wegen gefährlicher Körperverletzung, der Staatsanwalt überprüft auch den Mordvorwurf«, so die Antwort. »Sie erhalten weiterhin Polizeischutz, Frau Grappa, und Sie natürlich auch, Herr Kollege.«

»Ich habe jetzt Wochenende und bin zu Hause«, sagte ich.

»Das erleichtert alles. Der Angreifer war übrigens mit einem schweren Motorrad unterwegs. Haben Sie bemerkt, dass Ihnen in den letzten Tagen ein Motorradfahrer gefolgt ist?«

Hatte ich nicht.

Die Tür öffnete sich und ein Beamter in Uniform meldete sich zum Dienst. Mein Bewacher.

Damm hatte mehrfach versucht, mich zu erreichen, doch ich hatte mein Handy stumm gestellt. Jetzt informierte ich ihn ausführlich. Er hatte vom Polizeipräsidenten erfahren, dass eine Razzia gegen den *Sturmbund* mit Hunderten von Beamten geplant war. »Der Innenminister will hart durchgreifen.«

Das sagt der jeden zweiten Tag, dachte ich, und vermutlich teilt er den Medien auch noch den Termin vorher mit.

»Herr Biber wird für die Onlineausgabe einen Bericht über den Anschlag auf Ihren Lebensgefährten, Sie und die Pressefreiheit schreiben. Er wird Sie anrufen.«

»Mir ist doch nichts passiert«, erinnerte ich meinen Chef. »Und zum Glück ist mein Freund nur leicht verletzt. Biber soll sich an die Fakten aus dem Polizeibericht halten. Ich nehme Urlaub und bin jetzt nicht mehr erreichbar.«

»Frau Grappa …?«

Für die Nacht plante ich etwas, was ich selten tat: Ich würde eine Schlaftablette nehmen. Das Mindesthaltbarkeitsdatum war zwar überschritten, aber egal. Ich musste zur Ruhe kommen.

Lohnte es sich wirklich, für eine Zeitung, die vermutlich bald verkauft oder eingestellt werden würde, das eigene Leben und das anderer zu riskieren? Lügenpresse? Na und? Die Affäre um die Hitler-Tagebücher beim *Stern*, der *Spiegel*-Skandal des Lügen-Reporters Claas Relotius, der seine prämierten Reportagen erfunden hatte, oder die täglichen Verdrehungen der *Bild*-Zeitung, die genau wusste, wie sie das bildungsferne Volk manipulieren konnte – all das passierte ja wirklich.

Auch ich wusste genau, wie ich was schreiben musste, um beim Rezipienten die Resonanz zu erzeugen, die ich beabsichtigt hatte. Es wurde langsam öde. Es gab keine Herausforderung mehr. Der Schlagabtausch mit neonazistischen Hassern, Clan-Verbrechern oder korrupten Bullen sollte künftig ohne mich stattfinden, beschloss ich. Ich war zu alt und zu lange im Beruf, um meine letzte Kraft in unerquicklichen Kämpfen zu vergeuden.

Ich duschte heiß, bis meine Haut brannte, krönte die Schlaftablette mit einem letzten Grappa und ging zu Bett. Es war still im Haus.

Krieg gegen die Zivilgesellschaft

Der Sonntagmorgen brachte den lange erwarteten Regen. Seit Monaten jammerten die Bauern über zu wenig Wasser. Getreide und Kartoffeln mussten bewässert werden, um einigermaßen zu wachsen. Die Insekten im Garten löschten ihren Durst in angelegten Tränken und die gepflegten Rasenflächen der Hausbesitzer hatten ihre Farbe von sattgrün zu grünlich beige gewechselt.

Ich setzte mich eine Weile ins Freie – uneinsehbar für

Fremde, die das Haus womöglich beobachteten. Der Schlaf hatte mich nicht erfrischt, sondern erschlafft. Jeder Muskel im Körper tat mir weh. Fühlte sich so ein Burn-out an oder war es das Alter, das mich anfälliger machte für Anstrengungen?

Lass dich nicht so hängen, Grappa! Ich rappelte mich auf und stellte mein Telefon wieder an. Nachrichten von Mäggi, Wayne, Damm und Biber. Alle wollten wissen, wie es mir ging. *Alles wird gut* – tippte ich zurück. Das musste reichen.

Ich machte mir einen starken Kaffee und meldete mich bei Kleist. »Alles okay bei dir? Wie war deine Nacht? Wann wirst du entlassen?«

Er lachte. »Wow, dein Tempo ist mal wieder rasant, liebe Maria.«

Wenn er gewusst hätte, wie kaputt ich war!

»Ich darf am Mittag hier weg«, berichtete er. »Die Wunde kann auch zu Hause versorgt werden. Und gegen die Schmerzen habe ich hilfreiche Tropfen. Und ich habe noch eine wunderbare Nachricht: Die Razzia gegen den *Sturmbund 18* hat schon vergangene Nacht stattgefunden. Hundertachtzig Beamte, Spezialkommando, Hundestaffel – das volle Programm. Die Kollegen sprechen von einem erfolgreichen Schlag gegen die rechtsextreme Szene. Am Nachmittag gibt der Innenminister eine Pressekonferenz, die live übertragen wird. Sondersendung im WDR und Livestream auf Facebook.«

»Soll ich dich abholen?«, fragte ich. »Mein alter Golf steht ja bei der Polizei, aber ich könnte deinen Nobelschlitten nehmen.«

»Geht nicht«, antwortete er. »Ich hab den Schlüssel bei mir. Ich komme mit dem Taxi.«

Auch gut. Ich nutzte die Chance, legte mich wieder ins Bett und zog die Decke über den Kopf.

Kleist weckte mich eine halbe Stunde vor der angekündigten Pressekonferenz. Er sah noch etwas blass und angegriffen aus, hielt sich aber gut auf den Beinen.

Ich umarmte ihn vorsichtig und schob ihn aufs Sofa. »Du bist der Patient und ich pflege dich«, kündigte ich an.

»Ist das eine Drohung?«, flapste er.

»Malventee? Müsli oder Mandelhörnchen?«

»Erst die Arbeit, dann das Vergnügen.« Er schaute auf die Uhr. »Geht gleich los.«

Ich stellte den Sender ein. Der Innenminister und seine Entourage saßen bereits im Pressekonferenzraum des Landtages, begleitet von Vertretern der Bundesanwaltschaft und dem Bierstädter Polizeipräsidenten Kleinmann sowie dem stellvertretenden Leiter der *Soko Rechts* – so verriet das Namensschild auf dem Tisch.

Ein Reporter erklärte die Situation und der Innenminister übernahm: »Die erfolgreiche Razzia gestern Nacht gegen den *Sturmbund 18* liegt voll auf unserer Null-Toleranz-Linie. Diese verfolgen wir sehr konsequent und sehr kontinuierlich. Die Rechtsterroristen sollen merken: Wir lassen sie nicht in Ruhe – zu keiner Zeit und an keinem Ort.«

»Genau das Gleiche sagt er auch bei Aktionen gegen die Clans«, bemerkte ich.

»Gelernt ist gelernt«, nickte Kleist.

»Das Landesinnenministerium sieht im *Sturmbund 18* aktuell eine neonazistische, rassistische, fremdenfeindliche, demokratiefeindliche und gewaltbereite Gruppierung, die sich selbst als Kampfgruppe Adolf Hitler definiert. Wir ermitteln schon seit einiger Zeit wegen verschiedener Straftaten gegen die Führungsebene des *Sturmbundes*. Die Vorwürfe lauten: Planung eines gewaltsamen Umsturzes, Gründung einer terroristischen Vereinigung, Landfriedensbruch, Volksverhetzung und Verstoß gegen das Kriegswaffenkontrollgesetz. Seit gestern Nacht erstrecken sich die Ermittlungen auch auf den Mord an der Anwältin Hannah M., den Mordversuch an einer Journalistin und schwere Körperverletzung gegen einen Polizeibeamten. Außerdem gibt es Anhaltspunkte, dass Mitglieder des *Sturmbundes* den Brandanschlag auf die jüdische Ausstellung in der Auslandsgesellschaft zu verantworten haben.«

Ein Journalist meldete sich. Die Kamera schwenkte und hatte ihn im Bild – es war mein Kollege Carsten Biber. »Sie haben die Führungsebene des *Sturmbundes* erwähnt. Wer gehört denn zu diesen Leuten und wie viele Festnahmen gab es?«

»Wir haben zehn Personen festgenommen.«

»Wieso hat diese Gruppe einen so großen Zulauf?«, fragte Biber. »Und wie sprechen die ihre Aktionen ab?«

»Beim *Sturmbund 18* kann jeder, der sich dazu berufen fühlt, zu jeder Zeit eine Gewalttat oder einen Anschlag begehen«, erklärte der Vizechef der *Soko Rechts*. »Es gibt keine konkreten Anweisungen eines Anführers oder Chefs, was die Zuordnung einzelner Straftaten etwas schwierig macht.«

»Was haben Sie bei der Razzia gefunden?«, fragte ein Reporter.

Der Innenminister übernahm: »Vor allem ein Waffenarsenal: Faustfeuerwaffen, Langwaffen, Teile von Kriegswaffen, Spreng- und Brandvorrichtungen, Pyrotechnik, Sprengattrappen, Gas-, Luft-, Schreckschusswaffen, Schwerter, Messer und andere Stichwaffen, Reizgas- und Pfefferspray, Wurfgeschosse und weitere gefährliche Werkzeuge. *Der Sturmbund 18* bereitet sich nach eigenen Aussagen auf einen Krieg gegen die demokratische Zivilgesellschaft vor!«

Die Welt wurde immer ungemütlicher.

Tote Schafe und ein freier Golf

Diese Nacht hatte der Schlaf geholfen, am Morgen ging es mir besser. Kleist fuhr unter Polizeischutz zum Brötchenholen, ich kochte derweil Kaffee für unsere Bewacher. Der Regen hatte aufgehört, die Sonne knallte wieder und das Feld neben meinem Haus dampfte.

Kleist brachte das *Tageblatt* mit. Bärchen hatte einen sachlichen Artikel über mein angebliches Drogendelikt und den Angriff auf Kleist geschrieben.

Der Bericht über die Razzia gegen den *Sturmbund 18* stammte von Mareike – ohne Autorenzeile, doch ich erkannte ihren Stil. Sie hatte sich strikt an die autorisierten Fakten gehalten, was sehr sinnvoll war. Es geht also auch ohne mich, dachte ich.

Doch das *Tageblatt* hatte heute nicht nur Schlechtes zu verkünden. Ausgerechnet Hobby-Zyniker Simon Harras überbrachte eine frohe Botschaft:

Dramatische Rettungsaktion dauerte fünf Stunden
Die Feuerwehr hat in der Nacht eine dreihundertköpfige Schafherde von einer überfluteten Weide gerettet. Die Weide stand anderthalb bis zwei Meter unter Wasser. Hundertzwanzig Feuerwehrleute bauten Stege, über welche die Tiere von einer Insel auf festen Boden getrieben werden konnten. Die Spezialeinheit Wasserrettung setzte ein Schlauchboot ein und auch Taucher waren im Einsatz. Der Schäfer berichtete: »Schafe können schwimmen, aber nicht sehr lange. Da die Wolle der Schafe sich im Wasser vollsaugt, werden die Tiere sehr schwer. Zwanzig sind leider ertrunken, auch Lämmer.«

»Simon schreibt jetzt schon Tiergeschichten«, bemerkte ich. »Das wäre früher unter seiner Würde gewesen.«

»Das sprich doch für die Flexibilität deines Kollegen«, sagte Kleist.

»Manchmal hat Simon auch seine guten Seiten. Er ist immer solidarisch, wenn es um Angriffe auf Kollegen geht. Nur bei Stella wird er zum Hulk.«

Es klingelte an der Tür. Wir sahen uns an und dachten vermutlich das Gleiche: ein neuer Angriff der Nazis? Vor meinem inneren Auge sah ich unsere Bewacher bewusstlos vor dem Polizeiwagen liegen – unfähig, uns zu schützen.

»Keine Panik«, beruhigte Kleist mich. »Das ist ein Kollege.«
»Woher weißt du das?«

Er deutete auf das Fenster. »Ich hab ihn gesehen.«

Der Polizist brachte ein Schreiben der Staatsanwaltschaft. Kleist und ich waren am Nachmittag zur Vernehmung geladen.

Oberstaatsanwalt Kämper kam gleich zur Sache und sagte zu mir: »Die Ermittlungen gegen Sie sind eingestellt worden.«

»Also bin ich unschuldig?«

»Ob Sie wirklich unschuldig sind, weiß ich nicht«, entgegnete er. »Auf jeden Fall sind Sie keine Drogenhändlerin und haben auch nicht gegen das Betäubungsmittelgesetz verstoßen. Bei der Untersuchung Ihres Fahrzeugs wurde festgestellt, dass das Kofferraumschloss defekt ist. Ihre Aussage, dass man Ihnen das Kokain untergeschoben hat, kann nicht widerlegt werden. Berücksichtigt man dann noch die Aktionen des *Sturmbunds* gegen Sie und den Überfall auf Dr. Kleist ... Ihr Golf ist wieder freigegeben.«

»Und was ist mit den beiden Polizisten?«, fragte ich.

»Was soll mit denen sein?«

»Sie haben gezielt auf mich gewartet, mich gestoppt und genau gewusst, wo und was sie suchen sollen.«

Kämper strich sich die wenigen Haare zurück. »Es gab einen Anruf in der Telefonzentrale, dem sind die Beamten nachgegangen.«

»Das ist doch Schwachsinn!«, regte ich mich auf. »Einer der Polizisten hat mir einen Gruß von Polizeirat Reimer bestellt!«

»Das bestreiten die Beamten.«

»Und der Anruf in der Zentrale? Gab es den wirklich?«, hakte ich nach.

»Ja, den gab es. Der Anrufer ist aber nicht zurückzuverfolgen. Die Beamten haben nur ihre Pflicht getan, Frau Grappa. Das wissen Sie doch.«

Ich widersprach nicht. Bisher hatte ich über solche Fälle

immer nur berichtet, jetzt steckte ich selbst mitten in so einer Intrige.

»Wir werden eine Pressemitteilung an die Medien herausgeben, in der Sie rehabilitiert werden«, teilte der Oberstaatsanwalt mit. »Und ich kann Ihnen versichern, dass die beiden Beamten seit diesem Vorfall unter besonderer Beobachtung stehen. Aber – das sollte unter uns bleiben.«

Kämper stellte noch einige Fragen zum Überfall, doch wir hatten nichts Neues mehr zu sagen. Immerhin erfuhren wir, dass ein herrenloses Motorrad gefunden worden war, das als gestohlen galt.

Wir holten mein Auto in der Polizeigarage ab. Es sah unverändert aus. »Die hätten meine Karre ruhig waschen und auftanken können«, nörgelte ich. »Als Wiedergutmachung für die falsche Beschuldigung.«

»Schreib dem Polizeipräsidenten einen Brief«, schlug Kleist vor. »Der kümmert sich bestimmt persönlich drum.«

Letzter Gruß von Tante Serafina

Wir verbrachten einen fast fröhlichen Abend zu Hause. Eine Last war von mir abgefallen, aber ich ahnte, dass es noch nicht zu Ende war. Auch wenn die Polizei dem *Sturmbund 18* einen Schlag versetzt hatte, würde es keine Ruhe geben. Politiker, Parteien und Juristen forderten schon länger ein Verbot dieser Gruppe, doch niemand kümmerte sich wirklich darum.

»Ich muss dir etwas erzählen«, sagte Kleist.

»Bitte keine Horrormeldungen«, bat ich. »Ich bin gerade so gut drauf.«

Er goss mir Wein nach.

»Und? Raus damit!«

»Ich werde den Polizeidienst verlassen und auch nicht mehr wissenschaftlich tätig sein.«

»Hast du einen neuen Job im Auge?«, fragte ich.

»Nichts, was als Job bezeichnet werden könnte«, lächelte er. »Eher eine Aufgabe.«

»Und wovon willst du leben?«

»Von meinem Vermögen.«

Ups. Vermögen? Ich hatte mich nie für Kleists finanzielle Verhältnisse interessiert, wusste nur, dass er nie klamm war.

»Die vergessene Erbtante in den USA oder hast du den Jackpot geknackt?«

»Eine Erbschaft. Geld und Immobilien«, antwortete er. »Der genaue Überblick fehlt mir allerdings noch.«

»Welche deiner adeligen Verwandten war es denn?«, grinste ich. Mich amüsierte die Geschichte.

»Die Kleists sind eine große Sippe, die über mehrere Kontinente verteilt ist. Jetzt geht es um meine Großtante Serafina, die in Italien gelebt hat. Ich hatte nie Kontakt zu ihr. Seit Kurzem ist sie tot und die Behörden haben mich als Haupterben ermittelt.«

»Sag bloß, dass du jetzt einen Palazzo in Venedig besitzt oder ein Landhaus in der Toskana?«

»Fast. Der Palazzo befindet sich in Mailand und das Landhaus südlich von Neapel. Ich hole die Fotos.«

Kleist als doppelter Hausbesitzer. Ade, Polizeijob. Er würde sein Leben ändern. Was bedeutete das für uns? Für mich?

Ich verschob die vielen Fragen und sah mir mit ihm zusammen die Fotos an. Großtante Serafina hatte ihm keine baufälligen Buden hinterlassen, sondern luxuriöse Häuser mit schönen Gärten, Weinbergen und großen Grundstücken.

»Wann willst du kündigen?«, fragte ich.

»Wenn das *Tageblatt* sein Erscheinen einstellt«, antwortete er, als habe er alles schon geplant. »Damm wird verkaufen.«

»Wie kommst du denn darauf?«, rief ich aufgebracht. »Er hat Änderungen und Umstrukturierungen angekündigt – mehr nicht. Von einem Verkauf war nie die Rede!«

»Glaubst du, er schüttet euch reinen Wein ein?«

»Nein«, gab ich zu. »Der Laden soll bis zum Schluss weiterlaufen. Das war bei allen Zeitungsverkäufen oder Konkursen so. Belegschaften erfahren es immer zuletzt, wenn sie ihre Arbeit verlieren. Ich sollte mich um einen neuen Job kümmern.«

»Brauchst du nicht«, lächelte er. »Ich nehme dich mit nach Italien.«

Jetzt war es raus.

»Als was? Als Haushälterin tauge ich nicht, das weißt du. Meine Fähigkeiten zum Hausputz halten sich in engen Grenzen und Gartenarbeit verträgt mein Rücken nicht. Ich spiele noch nicht mal ein Instrument, um dir die Abende nett zu machen.«

»Uns fällt schon was ein«, versprach er und zog mich ins Schlafzimmer.

»Keinen Sex!«, warnte ich. »Du bist verletzt und musst dich schonen.«

»Aber sicher«, murmelte er und schloss die Tür hinter uns.

Urlaub in Lüdenscheid-Nord

Kleist und ich waren seit ein paar Jahren zusammen – mit einigen Unterbrechungen. Über unsere Zukunft hatten wir uns nie unterhalten, ein gemeinsames Zusammenleben war nie Thema gewesen. Warum eigentlich nicht? Brauchten wir keine Zweisamkeit? Niemanden, dem wir absolut vertrauten und dem wir immer wieder und ohne Zögern helfen würden? Oder waren wir nur nicht in der Lage, Gefühle zuzulassen?

Kleist wollte den Polizeidienst quittieren, ich hatte keine Lust mehr auf meinen Job und das *Tageblatt* ging den Bach runter. Alles kam zusammen und passte. Aber würde ich mich als Frau an der Seite eines Großgrundbesitzers wohlfühlen? Das konnte ich mir noch nicht vorstellen.

Wir schliefen lange, ich hatte ja noch Urlaub.

»Frühstück bei Frau Schmitz?«, fragte er nach dem Aufstehen.

»Guter Plan. Ich habe sie vernachlässigt. Also los.«

»Frau Grappa, wie isses? Und der Herr Doktor ist auch da«, freute sich die Bäckerin.

»Hallo, Frau Schmitz. Gibt's bei dir Frühstück für zwei?«

»Aber imma.«

Wir gingen ins Bistro, setzten uns an unseren gewohnten Tisch – mit dem Rücken zur Wand und das Café überblickend. Kleist angelte sich das *Tageblatt* vom Nachbartisch.

Bärchen Biber hatte kurz über die Einstellung der Ermittlungen gegen mich berichtet. *Tageblatt-Reporterin unschuldig.* Na ja, die Überschrift hätte etwas fetziger sein können.

Frau Schmitz brachte zwei große Tassen Milchkaffee. »Lasst es euch gut gehen.«

Sie warf einen Blick auf die Zeitung. »Ich weiß schon, dass du nix getan hast, Frau Grappa«, griente sie. »Du und Drogen? Das geht gar nicht, solange du Wein hast.« Und zu Kleist gewandt: »Und wie isses? Hat man den Messerstecher gefasst?«

»Noch nicht«, erklärte Kleist. »Aber das wird schon.«

»Ich hol ma den Rest.«

Sie kehrte zurück mit frischem Brot, Butter, Käse, Wurst, Rührei mit Speck und Gürkchen.

Frau Schmitz. Jedes Mal, wenn ich sie längere Zeit nicht getroffen hatte, kam sie mir kleiner vor. Sie musste inzwischen fast achtzig Jahre alt sein und arbeitete noch immer jeden Tag in der Bäckerei. Offenbar hielt die Arbeit sie geistig und körperlich fit.

»Guten Appetit, die Herrschaften«, wünschte sie. »Wenn ihr Nachschlach braucht, sacht einfach Bescheid.«

Sie ließ uns einige Zeit in Ruhe, schob Brötchenrohlinge in den Ofen und räumte Teilchen hinter die Glasauslage. Ich seufzte.

»Du siehst so nachdenklich aus, was ist los?«, wollte Kleist wissen.

»Wegen Italien. Ich frage mich, ob mir das alles hier nicht fehlen wird.«

»Du hast genug Zeit, um es dir in Ruhe zu überlegen. Niemand drängt uns.«

»Aber deine Entscheidung steht fest?«

»Ja. Ich mag ja Theatralik nicht, aber die Möglichkeit, für immer nach Italien zu gehen, ist wie ein Fingerzeig des Schicksals. Ich freue mich sehr darauf, mit dir auf dem Dorfplatz unter alten Ahornbäumen zu sitzen und Espresso zu schlürfen. Und du bekommst noch einen Grappa dazu.«

»Mir geht die politische Stimmung in diesem unserem Land immer mehr auf den Geist«, stellte ich fest. »Hassmails, manipulative Posts, kollektive Dauermeckerei, grässliche Beleidigungen und Politiker, die nur an ihrer Macht interessiert sind. Rechtsextreme Gruppen haben jede Menge Zulauf, Bandenkriminalität und eine hilflose, unterwanderte Polizei. Dazu ein bildungsfernes Volk, das Flüchtlingen keine Hilfe gönnt und schweigt, wenn Konzernbosse Millionen-Boni einstreichen, nachdem sie Hunderte von Arbeitsplätzen vernichtet haben.«

»Aber du glaubst nicht wirklich, dass die Zustände in Italien besser sind?«

»Ich weiß, dass sie nicht besser sind. Aber ich muss mich dann nicht mehr damit befassen, wenn ich nicht will. Außerdem ist das Essen besser und das Wetter auch.«

»Das mit dem Wetter kriegen wir ja langsam hin«, spöttelte Kleist. »Noch drei weitere Jahrhundertsommer hintereinander und der Phoenix-See ist eine Savanne.«

»Vielleicht werden wir einfach nur alt.«

Er überlegte und meinte: »Ja. Schlimm?«

»Nö. Das passiert jedem.«

»Meint ihr mich?«, fragte Frau Schmitz.

»Um Himmels willen«, tat ich erschrocken. »Ich werde alt

und hab keine Lust mehr auf meinen Job. Zu viel Stress und Ärger.«

»Dann biste nicht alt, Frau Grappa, dann haste nur 'nen Burn-out«, stellte sie fest. »Den kriegen ja schon die Blagen in der Kita.« Sie räumte das Geschirr zusammen. »Außerdem hatten dich die Bullen und die Nazis am Wickel. Das schlaucht. Wie wär's denn erst mal mit Urlaub?«

»Den hab ich gerade.«

»Hier in Bierstadt?« Sie lachte. »Dann kannste ja gleich nach Lüdenscheid-Nord fahren. Noch Kaffee?«

Leiche auf dem Nazi-Kiez

Endlich Zeit, mal wieder über den Wochenmarkt zu flanieren. »Das könnten wir in Mailand oder Neapel jeden Tag haben«, sinnierte Kleist. »Und da kommen die Tomaten nicht aus Holland und die Bohnen nicht aus Kenia.«

»Sehr verlockende Perspektive«, nickte ich und beugte mich über Nektarinen, die sehr verführerisch aussahen, aber leider knüppelhart waren.

In der Ferne Martinshörner, erst wenige, dann mehr. Ich griff nach meinem Handy.

»Hast du nicht Urlaub?«, fragte Kleist.

Ich beachtete seinen Einwurf nicht, doch bevor ich die Nummer der Polizeipressestelle aufrufen konnte, wurde ich selbst verlangt, von Wayne.

»Grappa?« Seine Stimme war aufgeregt. »Ich weiß ja, dass du Urlaub hast, aber trotzdem: Wir haben eine Leiche … In Dorstfeld, Nazi-Kiez Emscherstraße. Ich bin auf dem Weg dahin.«

»Mord?«

»Ist noch nicht bekannt.«

»Welcher Reporter geht mit?«

»Das ist es ja: keiner. Weil keiner da ist. Nur Mäggi. Und die weigert sich.«

»Dann ruf Damm an!«, riet ich.

»Der ist nicht erreichbar!«

»Gut. Ich komme. Bin unterwegs.«

Kleist schüttelte zwar den Kopf, ergab sich dann aber seinem Schicksal.

Wir hetzten zu seinem Wagen, er verstaute die Einkäufe und los ging es.

Er beachtete nur die roten Ampeln, alle anderen Verkehrsregeln brach er.

»Übst du schon für Italien?«, stöhnte ich, als er einen Bordstein touchierte.

Er grinste und trat aufs Gas.

Der Wilhelmplatz war das Zentrum von Dorstfeld – umgeben von kleinen Geschäften, einer Kneipe, einem Ärztehaus und einem Bestattungsunternehmen. Auf den Bänken Rentner, Trinker und Hartzer. Niemand beachtete die Einsatzwagen der Polizei, die am Platz vorbei den Nazi-Kiez anfuhren. Nazi-Kiez – so hatten die Bewohner ihre Straßen genannt und diesen Namen in großen Buchstaben auf die Rückwand einer Halle geschrieben, um ihr Revier zu markieren. Die Provokation blieb nicht unerwidert: Unter Polizeischutz hatten vermummte Straßenmaler den Schriftzug übersprüht und jetzt war dort *Our colours are beautiful* zu lesen. Die Aktion hatte die Nazis in Rage gebracht.

Wayne wartete vor dem rot-weißen Absperrband. Aber nicht nur er. Medienvertreter, Bewohner mit Handys und schwarz gekleidete junge Männer und Frauen aus der Szene, unter ihnen auch der bleiche dickliche Mann, der sich für die Partei *Die Rechte* im Rat der Stadt tummelte.

»Die Leiche liegt neben dem Müllcontainer hinter der Sichtschutzwand«, informierte uns Wayne. »Männer von der Müllabfuhr haben sie gefunden. Die dachten zuerst, dass da jemand seinen Rausch ausschläft. Bis sie das Loch in seinem Kopf sahen.«

»Also ein Mann«, schloss ich messerscharf. »Ist er schon identifiziert?«

»Ich hab noch nichts mitbekommen.«

Polizeibeamte und Sanitäter kamen hinter dem Sichtschutz hervor und ließen zwei Kriminaltechniker mit einem Transportsarg passieren. Wayne machte sich bereit.

Ich pirschte mich an den Pressepolizisten heran, doch der war zugeknöpft und vertröstete mich auf den Nachmittag.

Ich entdeckte Kleist im Gespräch mit einem Polizeibeamten, davor zwei Nazis mit ihren Handys. Einer filmte oder fotografierte, der andere tippte Nachrichten.

Der Sarg war inzwischen verstaut, der Leichenwagen entfernte sich. Der Himmel war bewölkt und es nieselte. Die Schaulustigen zerstreuten sich. Fotografen, Blaulicht-Filmer und Radioreporter packten ihre Sachen und verschwanden. Lediglich die Einsatzwagen der Polizei blieben, um den Tatort zu bewachen.

»Irgendwie müssen wir rauskriegen, wer der Tote ist«, sagte ich.

»Da kann ich helfen.« Überrascht blickten wir Kleist an.

»Und wer ist es?«

»Ich erzähl's dir im Auto«, versprach er.

»Ich fahr dann schon mal in die Redaktion, Grappa«, lächelte Wayne. »See you later.«

Wir überquerten den Wilhelmplatz. Kleists Auto war auf den ersten Blick unbeschädigt, obwohl ein Sticker der *Gewerkschaft der Polizei* auf der Kofferraumklappe prangte. Glück gehabt.

»Also, wer ist der Tote?«

»Reimer.«

»Wie bitte?«

»Ich habe eben einen meiner ehemaligen Polizeischüler getroffen, der jetzt bei der Kommission Bandenkriminalität arbeitet, zu der auch Reimer gehörte, bevor er Leiter der *Soko Rechts* wurde. Der junge Kollege hat die Leiche gesehen und

Reimer erkannt«, berichtete Kleist. »Dem fehlt ja am linken Mittelfinger das obere Glied.«

Wieder in der Redaktion

In der Redaktion wunderten sich die Kollegen über mein unerwartetes Auftauchen. Ich erklärte, dass ich meinen Urlaub vorerst abgebrochen hatte.

»Es geht eben nicht ohne dich, Grappa-Baby«, grinste Simon.

»Es wäre ohne mich gegangen, wenn du dich nicht irgendwo rumgetrieben hättest«, gab ich zurück.

»Ich war beim Arzt«, behauptete er. »Magnetresonanztomografie, auch MRT genannt.«

»Und? Alles frisch bei dir?«

»Aber sicher.«

Ich sah an ihm hinab. »So richtig gesund siehst du aber nicht aus. Wenn du reden willst ...«

»Ist klar, Mutter Teresa.«

Ich wandte mich ab, fuhr den PC hoch und begann:

Leiche auf dem Nazi-Kiez: Polizeirat Reimer ermordet

Von Maria Grappa

Der Tote lag neben einem Müllcontainer in dem von Neonazis bevölkerten Stadtteil Dorstfeld. Nach ersten Erkenntnissen wurde der erfahrene Polizist und ehemalige Leiter der *Soko Rechts* in den Kopf geschossen. Der Nazi-Kiez wurde abgeriegelt, um Spuren sicherzustellen. Die Ermittler halten sich noch bedeckt – dass es sich um Reimer handelt, erfuhr das *Tageblatt* aus sicherer Quelle. Weiterer Fakt: Der Fundort der Leiche ist nicht der Ort der Tat. Reimer war kürzlich von seinen Aufgaben freigestellt worden, weil er in Verdacht stand, zu enge Verbindungen zu den Kreisen zu haben,

> gegen die er seit Jahren ermittelte – ob es nun kriminelle
> Banden oder rechtsradikale Gruppen waren. Der Verdacht
> wurde allerdings nicht verifiziert. Wir berichten weiter.

Ich entschied mich für das Foto aus dem *Nebukadnezar*, das Hannah Mawardi, Ludwig Kahl und Reimer an der Bar zeigte. Dazu noch Waynes Bilder vom Nazi-Kiez: die Sichtschutzwand, die zahlreichen Polizisten, der Transport des Sarges in den Leichenwagen und eine Totale vom Wilhelmplatz. Ich stellte den Text auf die Homepage und auf die Facebook-Seite.

Eine halbe Stunde später ergänzte ich den Artikel um eine Neuigkeit: Die Bundesanwaltschaft in Karlsruhe hatte die Ermittlungen nach dem sogenannten Evokationsrecht an sich gezogen, weil es sich um ein staatsgefährdendes Delikt handeln könnte. Man arbeite aber vertrauensvoll mit dem Bundeskriminalamt und den örtlichen Ermittlern zusammen – so hieß es.

Die Identität des Toten wurde bestätigt und auch, dass Reimer neben den Müllcontainern nicht getötet, sondern nur abgelegt worden war.

Am Abend – eine Stunde vor den *Tagesthemen* – schickte der *Sturmbund 18* unter der Überschrift *Wir kriegen euch alle!* ein Bekennerschreiben:

> *Ein Volksverräter weniger. Und das ist nur der Anfang.*
> *Korrupte Bullenschweine und Ausländerzecken an die*
> *Wand. Gegen die Abschaffung des deutschen Volkes!*

Unter dem Text ein Foto von Reimer mit einer Waffe an der Schläfe und einem Schild in den Händen: *Ich bin ein Volksverräter!*

Das Bild erinnerte an die Zeit des linksradikalen Terrors der *Roten Armee Fraktion*. Arbeitgeberpräsident Schleyer war genau in dieser Pose von den RAF-Leuten abgelichtet und anschließend ermordet worden. War die Ähnlichkeit der Bilder Absicht? Ich dachte nicht weiter darüber nach, die Terroraktionen der RAF lagen Jahrzehnte zurück.

Die *Tagesthemen* brachten das Foto, allerdings mit verpixeltem Gesicht. Ich hätte auch Bedenken gehabt, Reimer in dieser Notsituation zu zeigen. Angst verzerrte sein Gesicht. Hatte er geahnt, dass man ihn erschießen würde? Was waren seine letzten Gedanken gewesen? Er war offensichtlich zwischen die Fronten geraten und hatte das mit dem Leben bezahlt. Doch welche Fronten waren das? Und war er wirklich korrupt gewesen? Hatten ihn seine ehemaligen Freunde getötet, weil er ihnen nicht mehr nützen konnte?

Ich schilderte Kleist meine Gedanken, doch er hielt sich bedeckt.

»Natürlich sind die Ermittlungsbehörden nicht immun gegen finanzielle Verlockungen«, gab er zu. »Aber das sind nur Einzelfälle.«

Damit war ich nicht zufrieden. Es gab auch andere als finanzielle Gründe für Polzisten, vom richtigen Weg abzuweichen. »Was ist mit dem Polizeiausbilder, der seine Schüler und Schülerinnen beim Schießtraining auffordert, fleißig zu üben – wegen der vielen ›Gäste‹ in Deutschland? Oder mit dem Staatsanwalt, der eine Anzeige wegen antisemitischer Morddrohungen bearbeiten soll und stattdessen dem Sohn der bedrohten Familie rät, nicht mehr offen gegen Rassismus aufzutreten? Und in Berlin haben Polizeischüler in einer Chatgruppe den Holocaust verherrlicht und rassistische Mordaufrufe geteilt. Alles nur Einzelfälle oder driftet die Stimmung in diesem Land immer weiter nach rechts?«, fragte ich.

»Die meisten Kollegen machen eine gute Arbeit«, entgegnete Kleist. »Und eine gefährliche Arbeit gegen ein geringes Monatsgehalt. Das achte ich. Und ich hoffe, dass du es auch tust.«

Eine Zunge in Padua

Geborgenheit im Ritual der morgendlichen Redaktionskonferenz. Ich war wieder da und rehabilitiert. Damm nahm das zum Anlass, den demokratischen Rechtsstaat zu loben, den Unschuldige nicht zu fürchten brauchen. Ich verzichtete darauf, Gegenbeispiele aufzuzählen.

»Der Mord an Reimer ist natürlich unser Hauptthema in den nächsten Tagen«, legte Damm fest. »Die Bundesanwaltschaft steht unter politischem Druck. Der *Spiegel* fragt in seiner nächsten Titelgeschichte, ob die Ermittlungsbehörden auf dem rechten Auge blind sind. Und liefert entsprechende Beispiele. Die Grünen bereiten eine Kleine Anfrage im Bundestag vor. Die AfD freut sich klammheimlich über den Mord, weil ihr jetzt noch mehr Dumme auf den Leim gehen. Frau Grappa, wie viele Zeilen brauchen Sie?«

»Kommt drauf an, was es Neues gibt«, entgegnete ich reserviert.

»Angeblich soll es heute ein vorläufiges Obduktionsergebnis geben«, erklärte der Verleger. »Tipp vom Präsidenten. Wer unterstützt Frau Grappa?« Damm ließ den Blick über die Kollegen schweifen.

»Ich«, sagte Mareike. Das war eine gute Lösung.

»Und Herr Pöppelbaum steht Gewehr bei Fuß«, nickte Damm zufrieden. *Gewehr bei Fuß*. Das war sprachlich dubios und militärisch konnotiert. Doch Damm war Jäger und hatte seine Flinte auf manches Tier in den Tropen gerichtet und abgedrückt.

»Sonst noch Ideen, wie wir unsere letzten Abonnenten beglücken könnten?«

Bärchen Biber meldete sich. »Vergangene Nacht gab es einen Einbruch in eine Kirche. Die Diebe haben einen Knochensplitter des Heiligen Antonius von Padua geklaut. Der Pfarrer ist untröstlich und appelliert an die Täter, die Reliquie zurückzubringen.«

»Meinst du das ernst?«, fragte Simon Harras.

»Aber sicher, das ist 12. Jahrhundert. Antonius ist der Schutzpatron der Menschen, die etwas suchen, und wird von vielen Katholiken verehrt.«

»Und wie kommt der Knochensplitter zu uns?«, fragte Mäggi.

»Keine Ahnung. Aber früher war es üblich, Heilige auseinanderzunehmen und ihre Einzelteile zu verscheuern. Damit hat die Kirche eine Menge Kohle gemacht. Antonius' Zunge wird zum Beispiel in Padua aufbewahrt. Viele glauben an die Kraft von Leichenteilen.«

»Igitt.« Mäggi schüttelte sich. »Was für ein dummer Aberglaube.«

»Manche spielen ja auch Lotto«, widersprach Bärchen. »Das ist genauso dumm.«

»Das Leben ist eben bunt«, meinte Damm. »Eine Story ist das auf jeden Fall. Dann mal ran, Herr Kollege Biber.«

»Der Heilige wird heute noch verehrt. Manche Reiseveranstalter bieten sogar Single-Wallfahrten nach Padua an. Als Patron der Suchenden hilft er nämlich auch bei der Partnersuche.«

»Partnersuche? Hast du den Knochensplitter geklaut, Stella?«, fragte Simon grinsend. »Hast du die Typen bei *Parship* schon alle durch?«

Stella zeigte ihm den Stinkefinger, blieb aber sonst ruhig. Nur in ihren Augen glühte Wut.

»Musste das sein, Herr Harras?«, fragte Damm leicht angewidert.

In den nächsten drei Stunden überschlugen sich die Ereignisse. Kleist meldete sich: Die beiden Beamten, die das Kokain im Kofferraum meines Golfs ›gefunden‹ hatten, hatten nun zugegeben, von Reimer angestiftet worden zu sein, mich als Drogensüchtige zu diffamieren. Sie waren im Rahmen der Mordermittlungen erneut befragt worden. Das Kokain hatten sie sich aus der Asservatenkammer ›geliehen‹. Auch wenn es keine Rolle mehr spielte, war ich erleichtert.

Am Nachmittag gab der Generalbundesanwalt die ersten Ergebnisse der Obduktion bekannt. Der Kopfschuss war *todesursächlich*, wie es so charmant in der Mail hieß. Das war keine Überraschung.

Im Blut des Geschädigten wurde eine hohe Dosis Kohlenmonoxid gefunden, die auf den Konsum von Shisha-Tabak zurückzuführen sein könnte. Ob Frank R. die Substanzen freiwillig zu sich genommen hat, ist unklar.

Reimer hatte also kurz vor seinem Tod noch Shisha geraucht. Im *Nebukadnezar*?

Ich wählte die Handynummer von Dr. Ali Mawardi, die ich noch immer im Kopf hatte.

»Ich kann jetzt nicht sprechen«, sagte er. »Wir können uns aber heute Abend treffen.«

Das klang gut. Ich schlug das *Nebukadnezar* als Treffpunkt vor.

»Warum muss es das *Nebukadnezar* sein? Es gehört meinem Vater.«

»Das erkläre ich Ihnen, wenn wir uns sehen«, versprach ich.

Die Neuigkeiten zum Reimer-Fall inklusive Bekennerschreiben waren schnell zusammengestellt. Mareike fasste die bisherigen Ereignisse zusammen, Wayne bastelte an einer Fotostrecke. Da das Foto von Reimer mit dem *Volksverräter*-Schild inzwischen mehrfach unverpixelt bei den Privatsendern gezeigt worden war, verzichteten auch wir darauf, das Gesicht zu verfremden. Ganz wohl war mir nicht, aber Wayne meinte, ich solle mich nicht so anstellen.

Nur gute Jungs

Das *Nebukadnezar* war die am meisten angesagte Shisha-Bar in der Stadt. Sie lag zentral an einer vierspurigen Straße, die die City umrundete. Ein großes, verglastes Ladenlokal mit bequemen tiefen Polstern im Freien, die von einer riesigen Markise überdacht wurden. Auf der Straßenseite gegenüber das deutsche Restaurant *Pfeffermühle* mit der gutbürgerlichen Speisekarte mit Krüstchen, Ratsherrenschnitzel und Spiegelei. Daneben der Kiosk der *Bergmann-Brauerei*, an dem die Menschen auch bei schlechtem Wetter Schlange standen.

Ich drückte die Tür zur Bar auf. Ein süßlicher, aber nicht unangenehm riechender Qualm schlug mir entgegen. Keine orientalische Einrichtung. Alles wirkte cool und modern. Auf jedem Tisch stand eine Shisha-Pfeife, ein mit Wasser gefülltes vasenähnliches Glasgefäß, auf dessen Spitze vier glühende Kohlen lagen, die den Tabak erhitzten. Durch Ziehen am Schlauchmundstück wurde die heiße Luft durch den Tabak gezogen und zu Rauch. Der sprudelte dann durch das Wasser in der gefüllten Glaskugel. Das kühlte den Rauch ab und er konnte eingeatmet werden. Wo der Genuss dabei lag, würde mir für immer verschlossen bleiben.

Ein junger Mann näherte sich mit einer Shisha-Pfeife in den Händen. Ich winkte ab.

»Ich warte noch auf jemanden«, sagte ich und bestellte ein Wasser.

Die Atmosphäre war einschläfernd, die Shisha-Wolken waberten durch den Raum. Ich roch Minze, Weihrauch, Zitrone, fruchtige und süßliche Aromen. Ein Gemisch aus arabischen Jammerklängen und Hardrock knallte aus einer Beschallungsanlage. Einige Tische waren von jungen, schwarzhaarigen Frauen besetzt, die interessiert jeden Mann musterten, der an ihnen vorbeiging. Sie waren sehr schön und perfekt überschminkt. Augenbrauen breit wie Balken, Wimpern so lang, dass sie damit im Sitzen den Tisch abwischen konnten. Auch sie zogen am

Schlauch ihrer Pfeifen. Ab und zu überprüften sie ihr Make-up in einem Handspiegel. Über allem eine schwarze Decke mit zahlreichen weiß schimmernden elektrischen Sternen.

Mawardi erschien, entdeckte mich und setzte sich zu mir. Der Kellner begrüßte ihn mit Handschlag. Beide unterhielten sich kurz auf Arabisch, dabei fiel der Blick auch auf mich.

»Wollte er wissen, wer ich bin?«, fragte ich.

»Man beobachtet die Fremden hier, auch wenn es diskret geschieht«, antwortete er. »Ich habe ihm gesagt, dass Sie von der Presse sind und eine Shisha-Bar besuchen wollten. Es macht sowieso keinen Sinn, zu lügen. Mein Vater hat Sie auf der Beerdigung meiner Frau gesehen und hätte Sie auf dem Video wiedererkannt.«

»Welches Video?«

Er deutete auf einen großen Spiegel. »Dahinter ist ein Raum, von dem aus alles beobachtet werden kann. Der Spiegel ist durchsichtig. Alle Fremden werden gefilmt. Man will keine Spione im Haus.«

»Das ist ja prima«, jubelte ich. »Wenn Reimer kurz vor seinem Tod hier war, ist er vielleicht auf dem Video zu sehen. Die Ermittler werden sich freuen!«

Mawardi lachte. »Sie sind vielleicht naiv, Frau Grappa. Glauben Sie, dass wir Polizei und Staatsanwaltschaft in irgendeiner Form helfen?«

Er hatte ›wir‹ gesagt. Die Distanzierung von seiner Familie war wohl doch nicht so endgültig, wie er mir hatte weismachen wollen.

»Bei einer Razzia wird der Raum elektronisch abgesichert. Die Polizei braucht dann eine Weile, bis sie die Dinge findet, die sie finden will.«

»Gibt es hier oft Razzien?«

»Nein. *Das Nebukadnezar* ist eine moderne Shisha-Bar, in der die Strafgesetze bekannt sind. Außerdem hat man ja Freunde – wie diesen Herrn Reimer. Auch wenn sie kostspielig sind.«

»Was meinen Sie damit?«

»Die Shisha-Bars in der Stadt werden regelmäßig überprüft. Der Zoll interessiert sich für unversteuerten Tabak, die Steuerfahndung für Geldwäsche und die Kripo für den kriminellen Rest inklusive Personenüberprüfung wegen vorliegender Haftbefehle. Im *Nebukadnezar* war immer alles in Ordnung, weil Reimer meinen Vater rechtzeitig über jede Polizeiaktion informiert hat.«

Der Kellner brachte Mawardis Shisha-Pfeife: Mango-Maracuja.

»Haben Sie schon mal geraucht?«, fragte er.

»Ich habe mal gekifft«, antwortete ich. »Da war ich siebzehn und es ist mir gar nicht gut bekommen. Seitdem habe ich keine Laster mehr.«

»Ach ja?« Er versuchte ein Lächeln. Seine Mimik war durch die Brandnarben im Gesicht verzerrt und angsteinflößend. Ich trank von meinem Wasser. Mawardi nuckelte an der Pfeife.

»Seit wann hat Reimer Geld von Ihrem Vater genommen?«

»Nicht so lang«, antwortete Mawardi. »Und vor ein paar Wochen ist er ausgestiegen – als er wusste, dass er zum Leiter der *Soko Rechts* gemacht werden sollte. Vater hat getobt und ihn unter Druck gesetzt.«

»Woher wissen Sie das alles?«, fragte ich. »Ich dachte, es gibt keinen Kontakt mehr zwischen Ihnen und Ihrer Familie.«

Er nahm einen langen Zug Mango-Maracuja. Das Wasser sprudelte und spiegelte das Licht wider. Es sah fast romantisch aus.

»Ich habe Kontakt zu meinem Neffen Amar aufgenommen. Er ist der Sohn meiner Schwester Leila und der Lieblingsenkel meines Vaters.«

»Ist das der, der die Westfalenhalle gemietet hat für ein Konzert mit Justin Timberlake, das nie stattfand?«

»Ja, er hat viel Humor«, antwortete Mawardi. »Er ist mit einer Bewährungsstrafe davongekommen, muss aber Schadenersatz leisten. Amar ist ein lustiger Junge, für den das Leben ein Spiel ist. Wir haben uns immer gut verstanden.«

Draußen dunkelte es. Die Lichter der vorbeifahrenden Autos erhellten die Bar, in der es immer voller wurde. Durch den Shisha-Qualm war mir leicht schummrig, obwohl die Lüftungsschlitze in der Decke zu arbeiten schienen.

»Wie wirkt das Zeug eigentlich?«, murmelte ich. »Mir ist ein bisschen schlecht.«

»Beim Shisha-Rauchen können in der Tat Übelkeit, Schwindel und Kopfschmerzen entstehen«, dozierte Ali Mawardi. »Die werden durch die Kohlenmonoxide ausgelöst, die hochgefährlich sind. Man muss Wasserpfeife rauchen können. Bei Anfängern kann es zu großen Problemen kommen, die sogar tödlich enden können. Die Gefahr wird oft unterschätzt.«

Ich zog ein Foto aus der Tasche. Es zeigte Reimer. »Könnten Sie ein paar Leute fragen, wann er zum letzten Mal hier war?«

»Sie werden keine Antwort bekommen«, prophezeite der Arzt. »Auf solche Fragen wird traditionell geschwiegen oder gelogen. Außerdem hat sich gestern schon die Polizei danach erkundigt. Niemand hat ihn hier gesehen.«

»Die Polizei war gestern da? Wurde der Raum hinter dem Spiegel durchsucht?«

»Aber natürlich. Mein Cousin Ibrahim hat den Beamten alles gezeigt, was sie sehen durften.«

»Ich verstehe. Was darf ich von dem, was ich heute von Ihnen erfahren habe, veröffentlichen?«, fragte ich.

»Lassen Sie bitte meinen Neffen aus dem Spiel. Er ist ein guter Junge.«

»Ja, ja«, seufzte ich. »Im Mawardi-Clan gibt es nur gute Jungs. Betrüger, Abzocker, Geldwäscher, Schutzgelderpresser, Körperverletzer und Steuerhinterzieher. Und dann und wann fahren diese guten Jungs auch mal zwei Menschen tot, wenn sie mit ihren Luxuskarren protzen wollen. Alles nur ein Riesenspaß.«

»Was ist denn mit Ihnen los?«, fragte Mawardi verdattert.

Was redete ich da? Ich musste hier raus, bevor ich noch weitere irre Sätze von mir gab.

»Mir bekommt der Qualm nicht«, keuchte ich. »Ich muss an die Luft. Danke für das Gespräch, Herr Mawardi. Rufen Sie mich an, wenn es etwas Neues gibt.« Ich verabschiedete mich.

Die Bar war inzwischen rappelvoll und die Männerquote hatte sich erhöht. Ich kämpfte mich zum Ausgang durch und drückte die Tür auf. Luft! Es war kurz nach zweiundzwanzig Uhr und Männer eines Sicherheitsdienstes entschieden, wer noch reindurfte. Gesichtskontrollen und flüchtiges Abtasten nach Waffen. Hier würde sogar ich eine Knarre reinschmuggeln können.

Ich wählte Kleists Nummer und erklärte ihm japsend, wo ich war und mit wem. Er erkannte sofort, in welcher Lage ich mich befand.

»Ich frage dich jetzt nicht, warum du dich mit einem Mawardi in einer Shisha-Bar rumtreibst«, versprach er. »Aber überleg dir schon mal die Antwort. Und jetzt bleibst du einfach an der frischen Luft und wartest auf mich. Rede mit niemandem mehr. In zehn Minuten bin ich da.«

Ich atmete einige Male frische Luft, schaute nach rechts und nach links und blickte in die Augen von Maxim Becker!

Der war noch hagerer geworden und trug einen dunklen Vollbart. Die Krücken hatte er abgelegt und offensichtlich seinen Kleidungsstil geändert. Der bürgerliche Anzugmann hatte sich zum total schwarz gewandeten Racheengel gewandelt. Auf dem Kopf eine eng anliegende Kappe, eine schwarze Lederhose, ein T-Shirt mit Buchstaben, die ich nicht lesen konnte, weil eine lederne Weste sie teilweise verbarg.

Er war genauso überrascht wie ich. »Was machen Sie denn vor dieser Shisha-Bar?«, stotterte ich.

»Ich warte auf Einlass«, erwiderte er. »Der Laden gehört dem Vater der Mörder meiner Familie.«

»Ich weiß. Und?«

»Mich interessiert, wie Mörder damit klarkommen, dass sie zwei Menschen auf dem Gewissen haben. Ich bin sehr oft hier. Soll ich Ihnen schildern, was ich beobachte?« Er wartete meine Antwort nicht ab, sondern legte los: »Die kommen fast jeden Abend hierher mit großem Hallo und in Begleitung ihrer Anhängerschaft. Sie haben einen eigenen Platz in der Bar, der für sie frei gehalten wird. Dann rauchen sie, trinken Alkohol, tippen auf ihren Handys, grölen, lachen und gehen dann irgendwann mit einer Frau weg. Oder mit einem Kumpel. Manchmal steigen sie auch in ihre Karren, geben Gas und starten zu einem Autorennen über den Wall. Und die Polizei schaut zu.«

»Warum quälen Sie sich so?«

»Ich quäle mich nicht«, entgegnete Becker. »Qual ist ein Gefühl. Ich fühle nichts mehr.«

»Holen Sie sich Hilfe«, riet ich ihm. »Sonst gehen Sie vor die Hunde.«

Wahrheit oder Pietät

»Warum dieser Treff in der Bar?«, fragte Kleist, als wir zu Hause waren.

»Wegen Reimer. Er hatte Shisha-Substanzen im Blut. Er verkehrte im *Nebukadnezar*. Ich wollte wissen, wann er zum letzten Mal da war und ob der Clan mit seinem Tod zu tun hat.«

»Und? Hast du es erfahren?«

»Nein. Und jetzt sag nicht, dass ich mir das vorher hätte ausrechnen können«, sagte ich. »Zu einer journalistischen Recherche gehört, dass man sich vor Ort informiert. Der Laden ist im Besitz des alten Mawardi und sein verstoßener Sohn Ali hat mir alles erklärt und mir noch einiges zu deinem Kollegen Reimer erzählt. Der hat Mawardi vor jeder Razzia gewarnt und dafür Geld bekommen. Er ist erst ausgestiegen, als er

Leiter der *Soko Rechts* werden sollte. Und ich habe alles exklusiv.«

»Du glaubst diesem Sohn?« Kleist blieb skeptisch.

»Ja. Er steht zu seinen Beschuldigungen gegen Reimer und nimmt in Kauf, es sich mit seinen Leuten zu verderben.«

»Das willst du alles schreiben?«, fragte er. »Reimer ist tot. Es wird gegen ihn nicht mehr ermittelt und er kann nicht mehr bestraft werden. Er wird in allen Ehren bestattet. Die Kollegen sammeln schon für einen Kranz und sogar der Innenminister hat sich angesagt.«

»Und? Reimer hat sich von Mawardi schmieren lassen, und zwar monatelang. Soll das unter den Tisch fallen?«

»Maria! Der Mann ist von Nazis hingerichtet worden!« Kleist sprang auf und stieß dabei gegen den Tisch. Mein Weinglas fiel um.

»Verdammt!«

Ich hatte ihn selten so wütend gesehen.

Er riss mehrere Blätter von einer Küchenrolle, wischte die Flüssigkeit vom Tisch und fluchte dabei. »Reimers Frau verliert womöglich die Pension, wenn ihr Mann als korrupt geoutet wird! Sie hat Multiple Sklerose im Endstadium.«

»Und deshalb soll die Wahrheit vertuscht werden? Ich fasse es nicht, dass du da mitmachst.«

»Du mit deinem verdammten Wahrheitsfimmel!«, rief er, trat gegen einen Stuhl und verließ die Küche.

Kurze Zeit später hörte ich die Haustür zufallen.

Auf der Durchreise

Am Morgen stand ich früh auf. In meinem Kopf dröhnte noch die laute Musik vom Abend in der Bar und meine Kleider rochen nach Shisha-Düften. Der Platz in meinem Bett war leer geblieben.

In der Küche fand ich einen Zettel. *Bin für ein paar Tage*

in Italien unterwegs. Auch gut, dachte ich trotzig, soll er sich in bella Italia abkühlen.

Schmitzens Bäckerei öffnete um sieben Uhr. Ab acht Uhr gab es Frühstück. Ich machte mich fertig und düste los.

»Frau Grappa, wie isses?«

»Muss. Und selbst?«

»Muss. Frühstück? «

»Ja.«

»Wo isser denn?«

»Unterwegs. Er hat geerbt und guckt sich das mal an.«

»Dazu musser los?«

»Ja. Nach Italien. Zwei Häuser und Grundstücke – auch Weinberge.«

Anneliese Schmitz bekam runde Augen. »In echt jetzt?«

»In echt.«

»Dann isser ja eine gute Partie, der Herr Doktor.«

»Isser.«

Die Glocke an der Ladentür schepperte. »Ich muss. Die Leute wollen ihr Zeugs. Kaffee kommt gleich.«

Ich setzte mich ins Bistro.

Außer mir gab es nur noch einen Gast. Die alte Frau saß reglos vor ihrem Streuselkuchen und starrte durch das Fenster auf die Straße. Sie hatte schneeweißes Haar, ein fein modelliertes Gesicht und war sehr mager. Ihre Lippen waren grellrot geschminkt, wie man es in Paris bei sehr alten Frauen sieht, die ihre Jugend längst hinter sich gelassen haben, ohne es zu bemerken. Am Tisch lehnte ein zusammengeklappter Rollator. Vor ihr lag das *Tageblatt.*

Ich ging zu ihr. »Hallo, haben Sie die Zeitung schon gelesen? Kann ich sie haben?«

Sie hob den Kopf und lächelte mich mit wasserblauen Augen an. »Aber natürlich.«

»Danke. Sind Sie öfter hier?«

»Nur, wenn ich auf der Durchreise bin.«

»Ach so. Wohin wollen Sie denn?«

»Wieder zurück.« Sie reichte mir die Zeitung.

Ich nahm sie, blieb noch eine Weile stehen, doch die Frau ignorierte mich.

Frau Schmitz wartete an meinem Tisch, in der Hand einen Pott Kaffee.

»Wer ist die Frau?«, fragte ich.

»Sie ist dement«, antwortete die Bäckerin und stellte den Kaffee ab. »Sie lebt in dem Pflegeheim zwei Straßen weiter.«

»Dann ist sie nicht auf der Durchreise?«

Frau Schmitz winkte ab. »Das erzählt sie jedem. Aber vielleicht stimmt es ja auch – nur anders.«

»Anders?«

»Sie ist fast neunzig«, erklärte sie leise. »In dem Alter hat man nur noch ein Ziel – den Tod.«

Ich spürte Tränen in meinen Augen, hustete und behauptete, mich verschluckt zu haben.

»Ich bring mal das Frühstück«, kündigte Frau Schmitz an. »Du siehst aus, als könnteste was Kräftiges gebrauchen.«

Ich schluckte. Hatte sie etwas bemerkt? Vielleicht die Bilder gesehen, die an mir vorbeirauschten? Ich, in zwanzig oder dreißig Jahren, gebrechlich, dement, einsam und vergessen?

Nein, tobte es in meinem Inneren, das will ich nicht. In der Schweiz gab es Sterbehilfevereine, bei denen man entsprechende Pillen erhalten und mit denen man schmerzlos abtreten konnte. Und vielleicht würde selbstbestimmtes Sterben sogar endlich legal sein, wenn ich dran war.

Glücklicherweise störte Frau Schmitz meinen Depressionsschub und tischte auf.

»Was ist los, Frau Grappa?«, unterbrach sie irgendwann das Schweigen.

»Mir ist der Spaß an meinem Beruf abhandengekommen«, gestand ich.

»Das hab ich auch in regelmäßigen Abständen«, lächelte sie. »Immer nur Backen, Brötchen schmieren und mich mit Kunden rumärgern ... Da kannste schon ma depressiv werden.

135

Doch wenn ich dann den Duft von den Broten rieche, wenn ich die aussem Ofen hole, bin ich wieder glücklich.«

Die alte Frau gegenüber erhob sich langsam, klappte den Rollator auf und bewegte sich zum Ausgang.

»Bis morgen früh, Frau von Sternheim«, rief Anneliese Schmitz. »Einen schönen Tag wünsche ich Ihnen. Ich bring Sie nach draußen.«

Im *Tageblatt* nahm Carsten Bibers Artikel über den gestohlenen Knochensplitter des Heiligen Antonius von Padua eine komplette Seite ein. Bärchen hatte den Fall geschildert und den Reliquienhandel der katholischen Kirche auf höchst amüsante Weise kritisiert. Er addierte die Knochenteile des Heiligen, die sich in Kirchen, Klöstern und Privathaushalten befanden. Danach hatte Antonius zu Lebzeiten fünf Schlüsselbeine, drei Hüften und vier Oberschenkelknochen besessen.

Auch andere Gestalten aus der Historie waren so vermarktet worden:

Haare, Zähne und Tränen von Christus, heiliges Blut in Flaschen, aus der Krippe gefallenes Heu und Stroh und Marias Haar in allen möglichen Schattierungen. Im Mittelalter machte der Vatikan aus dem Kleinhandel einen florierenden Großhandel und stellte Echtheitszertifikate aus – gegen viel Geld. An Knochen herrschte kein Mangel, es war die Zeit der Kriege und Kreuzzüge. Die Katakomben in Rom waren gut gefüllt und man brauchte sich nur zu bedienen. Wer jedoch glaubt, dass Reliquien in der katholischen Kirche heutzutage keine Rolle mehr spielen, der irrt: 2014 wurde am italienischen Gardasee ein Schaugefäß mit Blut des heiligen Papstes Johannes Paul II. aus einer Wallfahrtskirche gestohlen. Der Marktwert dieser Blutreliquie ist allerdings gering, es zählt der ideelle Wert.

»Das hat dein Bärchen aber nett erzählt«, sagte Frau Schmitz, die mich beim Lesen beobachtet hatte. »Bei *Bares für Rares* hat neulich jemand ein Reliquienkreuz für 42.000 Euro verkauft. Da waren drei Holzsplitter innen drin, die von dem Kreuz Jesu abgeschabt worden sein sollen. Noch 'n paar Brillis drum rum und fertig. Und dann gibt es ja noch die heilige Vorhaut.«

»Was bitte?«, fragte ich.

»Hab ich gelesen. Die Juden werden ja beschnitten und die Vorhaut vom kleinen Jesus wurde aufgehoben. Im Mittelalter haben gleich mehrere Kirchen die Haut gleichzeitig ausgestellt und die Leute haben die angebetet! Irre, was?«

»Muss das sein, Frau Schmitz? Ich hab grad gefrühstückt«, würgte ich.

Knall auf Fall

Der Generalbundesanwalt lud zur Pressekonferenz ein. Die Themen: *Ergebnisse der Razzia gegen den* Sturmbund 18, *Mord an Polizeirat Frank R. und Aufklärung des Messerangriffs auf einen hochrangigen Polizeibeamten.*

Wayne und ich starteten früh, um uns Plätze zu sichern. Der Innenminister hatte sich angekündigt, um seine Null-Toleranz-Strategie zum x-ten Mal zu feiern und sich mit den Erfolgen der Ermittler zu schmücken. Das war ihm zu gönnen, denn in den letzten Monaten hatte der CDU-Minister jede Menge Prügel kassiert. Der Platz vor dem Präsidium war abgesperrt, die Einfahrt durch Spezialkräfte gesichert. Fernsehsender, Radio, jede Menge Schreiberlinge und Neugierige vor dem Gebäude. Hinter der Glasfassade waren weitere Sicherheitskräfte auf den einzelnen Etagen zu erkennen. Der Saal, in dem gewöhnlich die Pressekonferenzen stattfanden, befand sich im dritten Stock.

Wir zeigten unsere Presseausweise vor und ein Beamter leitete uns Richtung Fahrstuhl. Wir schwebten aufwärts. Vor dem Saal erneute Kontrollen.

»Ist es nicht langsam gut?«, maulte ich, als eine Beamtin meine Tasche kontrollierte und mich abtastete.

»Ich befolge nur unsere Vorschriften«, gab sie zurück.

Wayne ließ alles über sich ergehen, ohne zu meutern.

»Hallo, Frau Grappa! Schön, Sie mal wieder zu treffen.«

Ich kannte den Kollegen, der mit wehendem Trenchcoat auf mich zukam, gefolgt von einem Kamerateam – aber woher? Auf den Mikros prangte das Logo eines Privatsenders.

Leider fiel mir der Name des jungen Mannes nicht ein und ich brachte nur ein karges »Sie mich auch« heraus. Wayne grinste.

»Jean-Luc Schäfer«, half der Kollege meiner Erinnerung nach. »Früher Radio, inzwischen Chefreporter fürs Politmagazin *Knall auf Fall*. Und Sie? Immer noch fürs Käseblatt aktiv?«

»Nein, ich serviere die Schnittchen auf der Pressekonferenz.«

»Für mich bitte vegan«, zwinkerte er. »Schönen Tag noch. Die Arbeit ruft.«

»So ein Affe«, murmelte ich.

»*Knall auf Fall*? Muss man die Sendung kennen?«, fragte Wayne.

»Nur, wenn du zu den Fans von *Bauer sucht Frau* gehörst. Das ist derselbe Sender.«

»Alles klar.«

Der Innenminister schien gut gelaunt, schüttelte Hände und machte Small Talk. Schnittbilder fürs Fernsehen.

Der Generalbundesanwalt und der Polizeipräsident setzten sich, der Polizeipressesprecher prüfte das Mikro. Ich musterte die Namensschilder auf dem Tisch. Vertreter des Bundesamtes für den Verfassungsschutz und des Bundeskriminalamtes würden ebenfalls anwesend sein. Nach und nach füllten sich die Plätze. Die Fernsehteams richteten ihre Lampen ein. Nur Männer, fiel mir auf. Frauen spielten beim Schutz unserer Gesellschaft vor politischen Gewalttätern offenbar kaum eine Rolle. Oder doch: Eine junge Frau erschien, sie legte aber nur die Pressemappen auf den Tisch.

Der Pressesprecher räusperte sich: »Wie Sie wissen, hat der Generalbundesanwalt die Ermittlungen gegen zahlreiche Beschuldigte wegen staatsgefährdender Straftaten an sich gezogen. Dazu gehören unter anderem zwei politisch motivierte Morde, ein versuchter Mord und der Angriff auf eine Ausstellung.«

Er übergab an den Innenminister. »Fast 13.000 Menschen gehören in Deutschland zur gewaltbereiten rechtsextremen Szene. Die Globalisierung des Rechtsterrorismus stellt die Sicherheitsbehörden vor neue Herausforderungen. Neonazis lassen wir keine Freiräume. Die rechte Szene muss damit rechnen, dass wir das fortsetzen werden. Ein Beispiel dafür ist die erfolgreiche Razzia gegen die rechte Szene in dieser Stadt.«

Der Generalbundesanwalt übernahm. »Bei einer Razzia gegen Gewalttäter im gesamten rechtsradikalen Spektrum haben wir den Druck auf gewaltbereite Staatsfeinde erhöht. Dazu zählen wir Gruppen wie den *Sturmbund 18*, die Partei *Die Rechte*, die *Alternative für Deutschland*, die *Identitäre Bewegung* und andere Netzwerke. Wir haben nicht nur die Treffpunkte, sondern auch die Privatwohnungen von rechtsextremen Gefährdern durchsucht, Beweismaterial beschlagnahmt, Verfahren eingeleitet und Internetportale geschlossen. Fünfzehn Personen befinden sich in Untersuchungshaft. Die Ermittlungen gestalteten sich kompliziert, weil es sich um die Privatwohnungen der Verdächtigen handelt und wir richterliche Verfügungen beibringen mussten. Das hat Zeit gekostet. Auch die Geheimhaltung der Aktion war nicht einfach zu bewerkstelligen.«

Ich horchte auf. Spielte er auf undichte Stellen bei der Polizei an? Auch der Polizeipräsident verzog das Gesicht.

»Bei der Überprüfung der Wohnungen haben wir zahlreiche Gegenstände beschlagnahmt. Dazu finden Sie Näheres in der Pressemappe. Nur so viel: Neben Waffen, Sprengstoff, Bankunterlagen haben wir eine sogenannte Todesliste mit Namen und Adressen von demokratischen Politikern, Zivilpersonen, linken Aktivisten und unliebsamen Journalisten gefunden. Eine der festgenommenen Personen hat bei ihrer Vernehmung ausgesagt, die Namensliste diene dazu, Volksverräter im Konfliktfall schnell zu identifizieren, um sie zu liquidieren.«

Geraune im Saal. Pfui-Rufe.

»Wird diese Liste veröffentlicht?«, rief ein Kollege.

»Wir wissen noch nicht, wie wir damit verfahren«, antwortete der Polizeipräsident. »Wir wollen kein Klima der Angst schaffen.«

»Lassen Sie uns zu den einzelnen Fällen kommen«, übernahm der Vertreter des Bundeskriminalamtes. »Wir haben ein Geständnis im Fall Kleist, das ist der Beamte, der mit dem Messer angegriffen wurde. Ein einschlägig bekannter Rechtsextremist hat zugegeben, den Geschädigten überfallen zu haben, bezeichnet den Angriff allerdings als ein Versehen. Sein Ziel war eigentlich eine hiesige Journalistin, die sich in ihren Artikeln kritisch mit der rechtsradikalen Szene auseinandersetzt. Der Beschuldigte bestreitet eine Tötungsabsicht und behauptet, er habe der Frau nur Angst machen wollen. Es wurde U-Haft angeordnet.«

Ups. Viele Augen richteten sich auf mich. Jean-Luc Schäfer winkte mir aufmunternd zu.

»Kommen wir zum Mord an unserem Kollegen Reimer. Die Umstände seines Auffindens kennen Sie ja alle – wenn nicht, finden Sie die Infos dazu ebenfalls in der Pressemappe. Wir haben in der Wohnung eines Beschuldigten das Schild mit dem Text *Ich bin ein Volksverräter* gefunden, das der Kollege in die Kamera halten musste. Es gibt Informationen, dass Herr Reimer bestechlich gewesen sei. Er soll Informationen über Polizeiaktionen an einen arabischen Clan weitergegeben haben. Aufgrund der Gerüchte ist er kurz vor seinem Tod von seinem Posten suspendiert worden.«

»Haben Sie Reimer noch dazu befragt?«, fragte ein Journalist.

»Dazu kam es nicht mehr«, antwortete der Polizeipräsident.

»Da Herr Reimer Opfer eines feigen Mordes mit Hinrichtungscharakter geworden ist, sind die Ermittlungen gegen ihn eingestellt worden. Er wird in den nächsten Tagen in allen Ehren und unter Teilnahme des Herrn Innenministers bestattet. Seine Mörder verfolgen wir weiterhin mit aller Strenge. Es ist eine sechsköpfige Mordkommission eingerichtet worden.«

»Er hatte Rückstände von Shisha-Tabak in der Lunge«, sagte ich. »Ermittelt man auch in diese Richtung? Seine Kontakte zu arabischen Familienclans sollen bestens gewesen sein.«

»Alles nur Hörensagen und selbst wenn: Gegen Tote ermitteln wir nicht. Bei uns stehen die Lebenden im Vordergrund.«

Das war deutlich.

»Lassen Sie mich noch einen Blick in die Zukunft werfen«, übernahm der Innenminister. »Die rechtsextremistische Szene bewegt sich dynamisch, es gibt viele örtliche, sogenannte Kampfgruppen, die selbstständig Aktionen ausführen. Man könnte fast sagen: Jedes Dorf hat seine eigenen Nazis. Noch sind sie nicht clever vernetzt. Der politische Diskurs hat sich besonders in den letzten Monaten verschärft. Das liegt auch an den Provokationen der AfD. Was noch vor zehn Jahren unsagbar gewesen wäre, wird heute ungeniert ausgesprochen. Dabei werden Grenzen überschritten, Grundwerte wie die Menschenwürde infrage gestellt oder klar rassistische Gedanken geäußert. Manche haben die Nazi-Terminologie so verinnerlicht, dass sie sogar dieselben Begriffe benutzen, die im Dritten Reich an der Tagesordnung waren.«

Die anschließenden Fragen der Kollegen hielten sich in Grenzen, alle hatten es eilig, die sozialen Medien, die Onlinezeitungen und die Mittagssendungen zu bedienen.

Sollte ich Kleist in einer Handynachricht mitteilen, dass sein Angreifer gestanden hatte? Oder ihn anrufen?

Ich kam zu keiner Entscheidung, denn Chefreporter Jean-Luc Schäfer steuerte auf mich zu. »Frau Grappa! Das Opfer der Messerattacke, die Ihnen galt, war Ihr Freund? Ich würde gern mit ihm sprechen. Können Sie einen Kontakt herstellen?«

»Nein, er ist im Ausland.«

»Kann ich dann einen O-Ton mit Ihnen machen? Für mein Magazin.«

»Und was wollen Sie wissen?«

»Was das mit Ihnen gemacht hat«, erklärte er.

»Ich hab mich total gefreut, dass die Neonazis endlich auf mich aufmerksam geworden sind.«

»Wie bitte?«

Ich hatte es geschafft, den Kollegen zu irritieren.

Wayne, der nicht in seiner Sichtweite war, lachte und fasste sich an den Kopf.

»Aber Ihr Freund ist doch verletzt worden … und Sie stehen offenbar auf der Abschussliste der Nazis und sind dem Tod sozusagen von der Schippe gesprungen. Und Sie freuen sich darüber?«

Heilige Einfalt! Ich mochte keine Leute, die meine Gags nicht verstanden.

Wer steht auf der Todesliste?

In der Redaktion machte ich mich an die Arbeit und sortierte die Fakten. Langsam wurde es unübersichtlich. Jetzt stand ich vielleicht sogar auf einer rechtsradikalen Abschussliste. War der Kerl, der Kleist erwischt und mich gemeint hatte, im Besitz dieser Liste? Existierte irgendwo ein Plan, wer in welcher Reihenfolge dran sein sollte? Jeder durchgeknallte Neonazi konnte meine Adresse kopieren und sich zu mir auf den Weg machen – keine schöne Vorstellung.

Ich versuchte, Kleist zu erreichen, doch vergebens. Auch die Mailbox war nicht geschaltet. Im Radio wurde für den Abend eine Sondersendung mit Diskussionsrunde angekündigt. Mit dabei der Innenminister, der örtliche Polizeipräsident, ein Extremismusforscher, ein politischer Journalist und ein Bundestagsabgeordneter der AfD.

»Bist du fertig, Grappa?«, fragte Biber. »Wir brauchen deinen Text für die Internetseite. Ich soll gegenlesen, sagt Damm.«

»Noch zehn Minuten«, bat ich. »Hat Wayne die Fotos zusammen?«

»Alles gut. Sag mal, stehst du wirklich auf der Todesliste dieser braunen Kotzbrocken?«

»Ich weiß es nicht.«

»Hoffentlich erfährst du es nicht erst, wenn du tot bist«, murmelte er.

»Die Nazis haben zurzeit andere Sorgen«, entgegnete ich. »Ihre Führungskräfte sind festgenommen und der Druck auf sie wird weiter erhöht.«

»Du redest schon wie der Innenminister. Ich an deiner Stelle würde drei Wochen Urlaub nehmen und ganz weit wegfahren.«

Hätte ich haben können, dachte ich, wenn ich mit Kleist nicht gezankt, sondern ihn nach Italien begleitet hätte.

Mein Handy klingelte. Ich hoffte auf Kleist, wurde aber enttäuscht. Eine Staatsanwältin war dran. Sie lud mich zu einem Gespräch ein.

»Um diese Uhrzeit?«, fragte ich irritiert. Normale Beamte hatten längst Feierabend.

»Ich gehöre zur Mordkommission Reimer und kenne zurzeit keinen Feierabend. Melden Sie sich an der Pforte der Staatsanwaltschaft, ich hole Sie dann ab.« Sie nannte mir ihren Namen. Mila Schubart.

Ich wartete eine Weile, wählte die Nummer der Justizbehörden, ließ mich mit der Staatsanwaltschaft verbinden und verlangte Frau Schubart zu sprechen. »Sie rufen außerhalb unserer Geschäftszeiten an«, so die Auskunft.

»Versuchen Sie es bitte trotzdem.«

Ich bekam die Staatsanwältin ans Telefon. »Ich wollte nur wissen, ob es Sie wirklich gibt«, erklärte ich. »Kleine Vorsichtsmaßnahme. Wir sehen uns gleich.«

Ein Treffen am Europabrunnen

Fünf große kräftige Männer warteten auf dem Platz vor dem Gebäude der Staatsanwaltschaft. Sie waren aus Bronze und waren in der Zeit angeschafft worden, als die Kommunen noch Geld für Kunst am Bau ausgaben. Die Skulpturen hatten auch einen Namen: *Annäherung*.

Ich erinnerte mich noch gut an die Einweihung vor rund zwanzig Jahren und an die Kritik kulturferner Zeitgenossen, denen 185.000 Mark für so etwas zu viel waren. Was der Titel *Annäherung* allerdings mit der Arbeit einer Staatsanwaltschaft zu tun hat, war mir weder damals noch heute klar.

Ich quälte mich die vielen Stufen zum Eingang hoch und merkte, wie kraftlos ich war.

Hinter einem Fenster aus Panzerglas saß der Pförtner, der bereits wusste, dass Frau Schubart jemanden einbestellt hatte.

Für kurze Zeit steckte ich in der Sicherheitsschleuse fest. Durch die Scheibe sah ich sie auf mich zukommen: eine ältere, gemütlich wirkende Frau in einem schlecht sitzenden Kostüm und Gesundheitsschuhen, die mich an meine Handarbeitslehrerin erinnerten. Ob diese Frau die Richtige war, den Mord an Reimer aufzuklären?

»Schön, dass es geklappt hat, Frau Grappa«, begrüßte sie mich. Ihr Händedruck war fester, als ich es erwartet hatte. Sie ging voraus zum Aufzug. Auf dem Weg dorthin hob sie ein achtlos weggeworfenes Papiertaschentuch vom Boden auf und bugsierte es in einen Mülleimer.

»Solche Schweine!«, sagte sie angeekelt. Vor dem Lift gab es einen Desinfektionsautomaten, in den sie ihre Hände steckte. »Sie auch?«, fragte sie.

Ich tat ihr den Gefallen.

Ihr Büro war aufgeräumt und schmucklos, die Topfpflanze auf der Fensterbank stand kurz vor dem Ableben.

»Die Kantine ist geschlossen und der Kaffee aus dem Automaten ist ungenießbar«, sagte sie. »Ich kann Ihnen aber ein Glas Leitungswasser anbieten.«

Ich lehnte ab. Zu Hause wartete eine Flasche Rosé auf mich.

»Wie gesagt, es geht um den Fall Reimer. Wir stellen uns die Frage, wie es den Beschuldigten gelungen sein könnte, Herrn Reimer in ihre Gewalt zu bringen. Ich denke, dass Sie uns dazu Angaben machen können. Deshalb möchte ich unser Gespräch mit einer Videokamera aufnehmen. Das erleichtert das spätere Protokoll und verhindert Missverständnisse. Sind Sie damit einverstanden?«

»Also ist das hier kein informelles Gespräch, sondern eine Vernehmung?«, wunderte ich mich.

»Das weiß ich erst, wenn ich Ihre Antworten kenne, Frau Grappa.« Sie lächelte maliziös.

»Ich habe nichts gegen eine Videoaufzeichnung.«

Sie drückte auf eine Fernbedienung, die Kamera über dem Tisch blinkte.

»Was wir bisher wissen, ist, dass Reimer am Abend seiner Hinrichtung kurz in einer Shisha-Bar war.«

»Im *Nebukadnezar*?«

»Ja. Er war dort häufiger Gast. Danach verliert sich seine Spur.«

»Was sagt denn seine Frau?«

»Frau Reimer liegt seit einer Wochen in einer Klinik und kann keine Angaben zur Sache machen.«

»Und was wollen Sie von mir?«

»Hatten Sie am Tattag Kontakt zu ihm?«

»Nein!«, entgegnete ich. »Reimer war für mich journalistisch nicht mehr interessant. Er war suspendiert und sozusagen aus dem Verkehr gezogen.«

»Haben Sie mit ihm telefoniert oder gemailt?«

»Auch nicht.«

»Wir haben seinen Mail-Account überprüft und eine Mail von Ihnen gefunden.«

»Von mir?«, fragte ich verdattert.

»Ja, von Ihnen«, bestätigte die Staatsanwältin. »Sie bitten ihn um ein Treffen an dem Abend, als er verschwand und kurze Zeit später zu Tode kam.«

»So ein Blödsinn«, rief ich. »Ich habe so eine Mail nicht geschrieben!«

Sie legte mir ein Papier vor.

Ich las:

Guten Tag, Herr Reimer, ich würde Sie gern noch heute Abend treffen. Ich habe Informationen, die Sie vielleicht interessieren und die zu Ihrer Rehabilitation führen könnten. 20 Uhr am Europabrunnen. Antworten Sie nicht auf diese Mail. Gruß

Als Absender war meine Redaktions-E-Mail-Adresse angegeben.

Ich schob Schubart das Blatt zurück. »Ich kenne diese Mail nicht und habe sie nicht verfasst.«

»Also sind Sie nicht am Europabrunnen gewesen und haben sich nicht mit Reimer getroffen?«

»Nein, verdammt noch mal! Da hat jemand meinen Namen und meinen Account missbraucht, um Reimer zu erwischen. Welches Motiv sollte ich haben, jemandem anzubieten, ihn zu rehabilitieren?«

»Ja, das Motiv ist nebulös. Ich dachte, dass Sie das vielleicht klären können. Sind Sie bedroht worden? Haben Ihnen die Neonazis Geld geboten? Hatten Sie eine private Rechnung mit Reimer offen?«

»Frau Schubart, denken Sie doch mal nach. Ich weiß, dass E-Mails gespeichert und zurückverfolgt werden können. Glauben Sie wirklich, ich bin so blöd, dass ich unter meinem Namen eine Mail an einen Mann verfasse, der kurz danach ermordet wird?«

»Vielleicht ist das der Trick – weil man Sie nicht für so blöd hält«, lächelte sie.

»Kriegen Sie doch erst mal raus, von welchem Rechner oder Handy die Mail abgesetzt worden ist«, riet ich ihr.

Sie seufzte. »Wir haben die IP-Adresse überprüft. Es handelt sich um Ihren Redaktionsrechner im Großraumbüro.«

Die Staatsanwältin teilte mir mit, dass ich von einer Zeugin zu einer Beschuldigten wegen Beihilfe zum Mord ›aufgestiegen‹ war. Immerhin durfte ich nach Hause gehen, weil sie bei mir keine Fluchtgefahr sah.

Erst im Auto bemerkte ich, dass meine Knie zitterten. In solchen Schwierigkeiten war ich noch nie gewesen. Zum Glück musste ja nicht ich meine Unschuld, sondern die Staatsanwaltschaft meine Schuld beweisen.

Trotz der späten Zeit rief ich Wayne an und berichtete. Er war schockiert. »Wenn die Mail von deinem Redaktionsrechner abgeschickt wurde, haben wir ein Maulwurfproblem. Dann will dich jemand fertigmachen.«

»Das ist schon mal schiefgegangen«, sagte ich. »Allerdings – die Mail ist am Montagnachmittag abgeschickt worden, gegen sechzehn Uhr. Am selben Abend wurde Reimer erschossen. Und wo war ich?«

Er überlegte. »Richtig, Grappa! Du warst in Urlaub!«

»Eben.«

»Was sagt denn dein Freund dazu?« fragte Wayne.

»Er ist unterwegs im Ausland. Er weiß noch von nichts.«

Sprechchöre

Die Neonazis, die nicht im Knast saßen, hatten alles mobilisiert, was geistig zu ihnen gehörte. Sprechchöre skandierten: »Wer Deutschland liebt, ist Antisemit«, »Wenn wir wollen, schlagen wir euch tot!«, »Der Staat Israel ist unser Unglück«, »Hier marschiert der nationale Widerstand« und »Araber-Gangs raus aus Deutschland.«

Die Organisationen der Gegendemonstranten hatten sich

zusammengeschlossen und doppelt so viele Menschen auf den Bahnhofsvorplatz gebracht.

Ich war nicht live dabei, sondern zu Hause. Das Lokalradio war mit einem Ü-Wagen vor Ort.

Ich frühstückte die Reste von Knäckebrot und kratzte den letzten Honig aus dem Glas. Selbst drei Becher Kaffee konnten mich nicht auf die Beine bringen. Zurück im Bett, zog ich die Decke über den Kopf. Irgendwann schlief ich wieder ein.

Erst nachmittags bekam die Polizei die Lage in den Griff. Davor waren Autos in Flammen aufgegangen, rechte und linke Demonstranten waren eingekesselt worden, zahlreiche abgeführt, manche hatten sich an eingeschlagenen Schaufensterscheiben verletzt. Einige Salven Tränengas waren abgefeuert worden. Zum Glück hatte der BVB kein Heimspiel, sonst wäre alles noch viel chaotischer ausgegangen.

Simon Harras, Mareike und Wayne hatten Wochenenddienst. Die Jungredakteurin schilderte den Schlagabtausch mit Esprit und doch sachlich.

»Wenn wir wollen, schlagen wir euch tot!« – Antisemiten rüsten auf

Mit dem Slogan ›Freiheit für unsere Volksgenossen‹ forderten etwa fünfzig Anhänger rechtsradikaler Gruppen die Freilassung von Anhängern aus der Untersuchungshaft. Gleichzeitig hetzten sie gegen Juden und Ausländer. Ihnen standen hundert Antifaschisten, Demokraten, Gewerkschafter und engagierte Bürger gegenüber. Noch größer war die Polizeipräsenz: Mehrere Spezialkommandos, angefordert vom Generalbundesanwalt, machten das Treffen vor dem Bahnhof ›komplett‹.

Die Rechten hatten volksverhetzende Flyer und Transparente mitgebracht. Die Polizei zog ein großes Plakat aus dem Verkehr und nahm zwei Personen vorläufig fest.

Am Sonntag gingen die Kundgebungen weiter. Die Radikalen änderten ihre Taktik. Sie traten überall im Stadtgebiet in kleinen Gruppen auf, verteilten ihre Flyer mit den Hetzsprüchen, besprühten Wände, Schaufenster und Reklametafeln mit Hakenkreuzen und SS-Runen und zogen weiter. Am Borsigplatz wurden sie allerdings von rund zwanzig jungen Männern erwartet, die nicht nur einen Migrations-, sondern auch einen Kampfsporthintergrund hatten. Die Nazis bekamen ordentlich Prügel, Flyer und Spraydosen wurden einkassiert. Als die Polizei auftauchte, war der Spuk bereits vorbei.

Wayne hatte die Fotos zu der Geschichte und berichtete mir am Telefon davon. »Mareike schreibt den Bericht. Sie ist sehr engagiert. Du hast sie gut angelernt, Grappa.«

»Hab ich nicht. Das macht sie ganz allein.«

»Hast du schon mit Damm gesprochen?«, fragte er.

»Ich gehe morgen früh bei ihm vorbei«, antwortete ich. »Ich rechne damit, dass er mich von der Arbeit freistellt.«

»Das hatten wir doch schon.«

»Meine Feinde werden immer besser«, gab ich zu. »Jetzt haben sie sogar schon einen Denunzianten in der Redaktion.«

»Wir werden auch immer besser.« Es klang entschlossen.

»Was meinst du?«

»Ich habe mir was ausgedacht. Lass dich überraschen.«

Bienen füttern

Noch vor der Konferenz bat ich Verleger Damm um ein Gespräch. Ich schilderte ihm die Lage, in der ich war: verdächtigt der Beihilfe zum Mord – ausgelöst durch eine Mail, die ich angeblich vom Redaktionsrechner an das Opfer geschickt hatte.

»Und Sie waren an diesem Tag wirklich nicht in der Redaktion?«, fragte er.

»Die Mail wurde während meiner Beurlaubung abgeschickt«, antwortete ich. »Ich war gar nicht im Haus.«

»Weiß die Staatsanwaltschaft das schon?«

»Nein. Mir war das gar nicht bewusst, dass ich ein Alibi habe.«

»Haben Sie einen Anwalt?«

Ich verneinte. »Ich denke nicht, dass ich einen brauche.«

»Ich sage unserem Justiziar Bescheid ...«, er suchte nach Worten, »... auch weil es in diesem Haus offenbar jemanden gibt, der Sie mit falschen Anschuldigungen zu Fall bringen will. Ich weiß ja, dass es in unserer Redaktion ab und zu atmosphärische Störungen gibt, aber das geht zu weit. Kennen Sie den berühmten Spruch von Hoffmann von Fallersleben?«

»Welchen?«, fragte ich, obwohl ich gar keinen von ihm kannte.

»*Der größte Lump im ganzen Land, das ist und bleibt der Denunziant*«, zitierte Damm.

»So sehe ich das auch.«

»Wer weiß von den Beschuldigungen gegen Sie?«, fragte er.

»Nur Wayne Pöppelbaum.«

»Gut. Die anderen sollten auch nichts wissen. Sonst wird der Spion gewarnt, und das wollen wir doch nicht.«

Gleich sagt er *Waidmannsheil*, dachte ich.

»Waidmannsheil, Frau Grappa.«

»Und?«, flüsterte Wayne, als ich im Großraumbüro auftauchte. »Hat er dich gefeuert?«

»Nein. Ich erzähle es dir nach der Konferenz. Bis dahin: Psst.«

Wir nahmen den Weg zum Konferenzraum. Vor uns die Kollegen. Mäggi, Simon, Mareike, Bärchen, Stella, Susi und Sarah. Wer von ihnen ist es?, schoss es mir durch den Kopf.

»Ich begrüße die lieben Kollegen zum Wochenanfang«, sagte Damm jovial. »Ich wünsche uns allen eine arbeitsreiche und harmonische Woche. Fangen wir gleich mit dem leidigen Hauptthema der vergangenen Tage an: Was gibt es Neues von unseren braunen Freunden, Frau Grappa?«

»Nachlese von den Aufmärschen gestern, Stellungnahme des Polizeipräsidenten und vielleicht ein Interview mit dem Oberbürgermeister zum Thema *Nazi-Hochburg Bierstadt*«, antwortete ich. »Ich frage außerdem in der Mordsache Reimer nach Neuigkeiten.«

»Das Interview mit dem OB ist eine gute Idee«, lobte Damm. »Das könnte ich selbst übernehmen. Mareike, Sie könnten die Nachlese machen, das Thema haben Sie ja schon bearbeitet. Weitere Ideen?«

Bärchen meldete sich. »Vergangene Nacht gab es einen SEK-Einsatz gegen eine Libanesin wegen jahrelangen Sozialleistungsbetrugs. Die fuhr rotzfrech mit einem Luxussportwagen bei der Agentur für Arbeit vor. Das fiel einem Mitarbeiter auf, er meldete es der Polizei und die durchsuchte die Eigentumswohnung der Frau, die natürlich nicht ihr, sondern einem Verwandten gehört. Fette Schmuckstücke, Luxushandtaschen, zwei Macheten und Waffen wurden mitgenommen. Die Dame ist dann auch noch ausfallend geworden, hat die Beamten geschlagen und angespuckt. Kommen also noch Angriff auf Polizeibeamte und Widerstand dazu. Und jetzt seid ihr bestimmt nicht überrascht, dass die Frau mit Nachnamen Mawardi heißt und eine Verwandte vom Clan-Boss ist.«

»Gibt es Fotos?«, fragte Damm.

»Ja, die Polizei hat die Beute abgelichtet. Sie schicken uns die Bilder am Nachmittag.«

»Gibt es vielleicht auch ein Thema, das uns mit dieser schrecklichen Welt versöhnt? Gerettete Katzenbabys, eine arme alte Frau, die den Lotto-Jackpot geknackt hat, oder gar einen Politiker, der seine Wähler nicht belügt?«

Wow. Damm konnte Ironie. Das hatte er unseren munteren Streitereien zu verdanken.

»Ich habe ein Thema, doch es hat nichts mit Kultur zu tun, sondern mit Umwelt«, sagte Mäggi.

»Umwelt gehört auch zur Kultur«, entschied Damm.

Mäggi befeuchtete ihre Lippen und strich sich durchs Haar.

Das machte sie immer, wenn sie unsicher war. »In der Fußgängerzone hängt ein Kaugummiautomat, in dem es aber keine Kaugummis gibt. Es ist ein Bienenfutterautomat.«

»Die kleinen Racker werfen Geld in den Kasten und bekommen dann Futter?«, grinste Harras.

Die Vorstellung brachte uns zum Lachen.

»Es ist ein Bienenfutterautomat und kein Bienenfütterautomat«, korrigierte Mäggi. »Schon mal was vom Bienensterben gehört?«

»Die sterben seit Jahren – immer und immer wieder.«

»Wenn es keine Bienen mehr gäbe, würden die Pflanzen nicht bestäubt und wir hätten keine Früchte an den Bäumen«, blaffte sie ihn an.

»Ich esse sowieso nix Gesundes.«

»Das merkt man dir an.«

»Schluss jetzt«, ging Damm dazwischen. »Mir gefällt das Thema. Erzählen Sie weiter, Frau Kollegin.«

»Flächenversiegelung, Monokulturen, steinerne Vorgärten und massiver Einsatz von Pflanzenschutzmitteln machen es den Bienen immer schwerer«, erklärte Mäggi. »Für fünfzig Cent spuckt der Automat Blumensamen in einem Plastikdöschen aus, die im nächsten Frühjahr ausgesät werden können. Dann haben die Bienen, aber auch andere Insekten, Nahrung.«

»Sie sind ja voll im Thema, dann sollten Sie den Artikel auch verfassen«, meinte Damm. »Vierzig Zeilen plus Fotos.«

Er verteilte die Pflichtthemen und schloss die Konferenz.

»Ich brauche einen Kaffee, kommst du mit?«, fragte Wayne.

Ich folgte ihm. Noch keine Gäste in der Kantine. Er holte zwei Milchkaffees.

»Und? Was hast du dir ausgedacht?«, fragte ich.

»Auf deinem Schreibtisch steht ein großer Keramikbecher, in dem du deine Stifte aufbewahrst. Er steht rechts neben dem Monitor. In diesem Becher steht ein neuer Stift. Er sieht aus wie ein schwarzer Kugelschreiber und er taugt auch zum Schreiben. Aber zugleich ist er eine Kamera mit Bewegungsmelder, die alles aufzeichnet, was sie sieht, und direkt an mein Handy weiterleitet, wo die Bilder gespeichert werden. Drahtlos und ohne Blinker. Das Ding heißt Spy-Cam.«

Hauptsache, Italien

Zeugen hatten Reimer letzten Montag gegen zwanzig Uhr am Europabrunnen gesehen. Er war in Begleitung von zwei Männern gewesen und hatte mit ihnen einen dunklen Lieferwagen bestiegen. Dieses Fahrzeug sowie weitere Zeugen suchten die Ermittler nun. Der Text der Pressemitteilung lautete:

Leider konnten die Zeugen keine weiteren Angaben zu dem Kleintransporter machen. Auch das Nummernschild ist unbekannt. Es soll sich aber um ein älteres Modell mit Schiebetür handeln. Der Geschädigte wollte sich offensichtlich mit einer Person am Europabrunnen treffen, wurde aber entführt und wenig später getötet. Bei den kriminaltechnischen Untersuchungen wurden Spuren von Dieselkraftstoff, Bier und Glassplittern an der Leiche gefunden. Der Generalbundesanwalt hat eine Belohnung von fünftausend Euro für Hinweise ausgesetzt, die zur Ergreifung der Täter führen.

Ich entdeckte die kleine Spy-Cam, die Wayne installiert hatte. Sie war wirklich sehr dezent und die kleine Linse war nur zu identifizieren, wenn man wusste, wonach man suchen sollte. Natürlich war ich jetzt ständig im Bild und auf Waynes Handy präsent. Das Bildmaterial auszuwerten würde eine langweilige Arbeit werden.

Ich reicherte die neuen Fakten mit den schon bekannten Ermittlungsergebnissen an und stellte den Artikel online. Wenig später hatte ich Ali Mawardi am Telefon. Er zeigte sich enttäuscht, dass ich noch nichts über Reimers enge Verbindung zum Clan geschrieben hatte.

»Reimer ist von den Nazis hingerichtet worden. Gegen ihn wird nicht mehr ermittelt«, erinnerte ich den Arzt.

»Es geht ja nicht nur um ihn, sondern auch um meinen Vater. Auch er hat sich strafbar gemacht. Fortgesetzte Bestechung eines Beamten.«

»Ihr Vater kommt schon noch an die Reihe«, versprach ich. »Wenn Sie ihm wirklich schaden wollen, gehen Sie zur Polizei und packen dort aus. Zum Beispiel darüber, wo er sich aufhält, damit der Haftbefehl endlich vollstreckt werden kann.«

»Dann kann ich mich gleich selbst erschießen.«

»Ich verstehe Sie nicht, Herr Mawardi«, sagte ich. »Sie wollen Ihrem Vater schaden, aber andere sollen Ihnen die Arbeit abnehmen. Wie nennt man das? Feige?« Ich beendete das Gespräch.

»Wir haben jede Menge Mails und Leserbriefe zu den Neonazi-Aktionen. Auch Facebook quillt über«, rief mir Stella zu. »Soll ich das alles mal kürzen und zusammenstellen?«

Dass sie sich freiwillig für eine Arbeit interessierte, war ungewöhnlich.

»Ja, mach mal. Dann haben wir eine Reserve im Schrank. Wie ist denn der Tenor?«

»Ungefähr halbe-halbe«, antwortete sie. »Viele haben Verständnis dafür, dass man was gegen die vielen Ausländer machen muss. Besonders, wenn sie sich nicht an unsere Gesetze halten.«

»Wer straffällig wird, muss vor Gericht und seine gerechte Strafe bekommen, egal, ob Ausländer oder Biodeutscher«, sagte ich. »Und wenn Nazis einen Menschen hinrichten, gehören sie in den Knast.«

»Und warum kriegen so viele Ausländer nur Bewährungsstrafen und werden nicht abgeschoben?«, fragte sie.

»Stella, ich kann dir jetzt nicht die Grundzüge unserer Ausländerpolitik erklären. Aber: Wohin soll man einen Flüchtling abschieben, der erschossen wird, wenn er in das Land zurückkehrt, aus dem er vor dem Krieg geflüchtet ist?«

Sie gab auf. »Ich mach mich dann mal an die Leserseite.«

»Und ich geh mal kurz in die Kantine.«

Auf dem Weg dorthin begegnete mir Harras.

»Ich brauche einen Kaffee. Kommst du mit?«, fragte ich. »Das Büro ist fast leer, nur Stella arbeitet wie eine Besessene an der Leserseite.«

»Ich hol nur kurz meine Sachen und komme nach. Du kannst mir schon mal einen Latte holen, Grappa.«

Als er sich zehn Minuten später zu mir gesellte, war der Kaffee kalt, was ihn aber nicht störte.

»Ich hab mal recherchiert«, sagte er.

»Du? Wie kommt's?«

»Ich mache mir Sorgen um meine Zukunft.«

»Ich mache mir auch Sorgen um deine Zukunft.«

»Danke, Grappa.«

»Worum geht es?«

»Damm wird die Zeitung dichtmachen, dann sind wir alle arbeitslos«, sagte er. »Deshalb habe ich mich tatsächlich bei der Pressestelle des BVB beworben.«

»Und? Erfolgreich?«

»Wenn ich will, kann ich im nächsten Jahr in der Fanabteilung anfangen – in der Projektarbeit.«

»Was machen die?«

»Zum Beispiel so was wie die Aktion *Kein Bier für Rassisten.* Da wurden mehrere hunderttausend Bierdeckel verteilt. Erinnerst du dich?«

»Sicher. Und so was willst du machen? Bierdeckel verteilen?«

Er stöhnte auf. »Sei doch nicht so begriffsstutzig, Grappa. Ich verteile keine Bierdeckel, sondern denke mir solche Aktionen aus. Hast du dir denn schon überlegt, was du machen wirst?«

»Einen langen Urlaub – und dann gucke ich weiter«, antwortete ich ausweichend.

»Wer sich das leisten kann.«

»Ich überlege auszuwandern.«

»Und wohin?«

»*Kennst du das Land, wo die Zitronen blühn, im dunkeln Laub die Goldorangen glühn, ein sanfter Wind vom blauen Himmel weht, die Myrte still und hoch der Lorbeer steht?* Stammt von Goethe.«

»Nee, ich sage lieber: *Mailand oder Madrid – Hauptsache, Italien*«, grinste er.

»Ach, das stammt doch von dem berühmten Lyriker Lothar Matthäus«, erkannte ich.

»Mensch Grappa, das war Andi Möller!«

Reimer-Mord: 5.000 Euro Belohnung für Hinweise

Die Mordkommission Reimer fahndet nach einem dunklen Lieferwagen, in dem das Mordopfer entführt worden sein soll. Zeugen haben zwei Männer gesehen, die mit dem ehemaligen Leiter der *Soko Rechts* in dem gesuchten Fahrzeug wegfuhren. Der 55-jährige Ex-Polizeirat wurde kurz danach mit einem Kopfschuss getötet, seine Leiche auf dem Nazi-Kiez im Stadtteil Dorstfeld abgelegt. Einen Tag später bekannte sich die rechtsterroristische Kampfgruppe *Sturmbund 18* zu der Tat. Das Motiv ist noch unklar. Gerüchten zufolge soll der Tote enge Kontakte zum arabischen Mawardi-Clan gehabt und sie mit Informationen über Polizeiaktionen versorgt haben. Entsprechende Ermittlungen gegen Reimer wurden allerdings eingestellt.

Damm las den Artikel gegen und ich veröffentlichte ihn. Bei Facebook fühlten sich selbst ernannte Fahnder sofort angesprochen und stellten hanebüchene Thesen zu dem Fall auf, viele wollten einen dunklen Lieferwagen in der Stadt gesehen haben, was ja nicht ungewöhnlich war, und die Hobby-Denunzianten gaben den *Ausländerschweinen* die Schuld an dem Mord und hielten den Bekennerbrief für eine Fälschung. Ich löschte die Hass-Posts und deaktivierte mal wieder die Kommentarfunktion.

Die Prüfung meiner Mails ergab nichts Neues. Feierabend.

Gute Tante Serafina

»Ich habe den ganzen Abend nur eine gesehen – dich, Grappa!«, maulte Wayne am Telefon. Er hatte das Video ausgewertet, das die Spy-Cam ihm aufs Handy geschickt hatte.

»Tut mir leid. Komme ich denn wenigstens gut rüber?«

»So wie immer. Immerhin hab ich festgestellt, dass sogar der Ton brauchbar ist. Ich konnte deine Telefonate mithören. Auch deine Appelle an deinen Lebensabschnittsgefährten, sich doch mal zu melden. Habt ihr Probleme?«

»Er ist unterwegs in Italien. Großtante Serafina ist dahingeschieden.«

Wayne pfiff durch die Zähne. »Gibt es was zu erben?«

»Das klärt er gerade.«

»Schlaf gut, Grappa.«

Ich hatte schon immer einen leichten Schlaf. Ein Geräusch an der Haustür weckte mich, der Bewegungsmelder sprang an und ich saß senkrecht im Bett. Es war weit nach Mitternacht.

Ich rannte zur Tür. »Wer ist da?«

»Maria, ich bin es!«, rief Kleist draußen vor der Tür und schloss auf.

Ich atmete tief aus. Meine Hände zitterten, mein Atem japste und ich hatte weiche Knie.

Er umarmte mich. »Ganz ruhig. Es ist alles in Ordnung. Ich hab nicht geklingelt, weil ich dich nicht wecken wollte. Krieg ich einen Kaffee?«

Fünf Minuten später stöhnte die Kaffeemaschine.

»Was macht deine Wunde?«, fragte ich.

»Alles in Ordnung.«

»Der Täter, der dich verletzt hat, ist gefasst. Der Anschlag galt mir, weil ich eine üble Vertreterin der Lügenpresse bin.«

»Ich weiß. Mila Schubart hat mich kontaktiert.«

»Dann ist der Frau Staatsanwältin immerhin gelungen, was ich nicht geschafft habe: Kontaktaufnahme mit dir«, stellte ich fest.

»Ich war sauer auf dich, weil du dich in Sachen Reimer so störrisch gezeigt hast«, entgegnete er. »Als sie mir aber erzählte, dass sie gegen dich wegen Beihilfe zum Mord ermittelt, hab ich die Reise abgebrochen. Das spricht doch für mich, oder nicht?«

Er schaute mich so treuherzig an, dass ich lachen musste.

»Möchtest du ein paar Fotos von Tante Serafinas Häusern sehen?«, fragte er. »Mailand und Positano bei Neapel. Positano ist traumhaft. Die Stadt und mein Haus *Casa Marcella* – auf einem Felsen über dem Meer. Marcella war Serafinas Tochter, die früh gestorben ist. Guck mal hier!«

Er blätterte die Fotos auf. Mir verschlug es fast den Atem, so schön waren Haus und Umgebung. Insgeheim hatte ich mit einer verfallenen Ruine gerechnet, in die noch viel Geld gesteckt werden musste, bevor sie bewohnbar sein würde. »Und das gehört alles dir?«

»Ja, der Testamentsvollstrecker hat es mir mehrfach versichert. Es liegen keine Belastungen auf dem Haus oder auf den Grundstücken drum herum. Ich hatte nur wenig Zeit, entspannt durch die Gassen zu flanieren, weil ich meistens beim Notar saß. Da gibt es eine Kirche mit einer Kuppel aus Majolikafliesen und einen Wanderweg, der *Pfad der Götter* heißt. Wanderer können darauf von Positano aus andere Städte der Amalfi-Küste erreichen.«

Wandern? Bitte nicht, dachte ich. »Kann man da auch mit dem Cabrio hinfahren?«

Er lachte. »Kann man. Ich bin schon einen Teil der Strecke

abgefahren – sehr hübsch mit kleinen Bars, Restaurants und vielen steilen Weinbergen.«

»Und Mailand?«

Er tippte auf seinem Tablet. »Hier. Die *Villa Visconti,* genannt nach der Mailänder Herrscherfamilie Visconti-Sforza aus dem 15. Jahrhundert. Die Grundmauern stammen aus der Zeit der Renaissance, doch die Villa wurde im Laufe der Jahrhunderte immer wieder vergrößert. Sie liegt ziemlich zentral und damit leider mitten im Stadtverkehr. Es gibt zwar einen stillen und relativ kühlen Innenhof, doch die Lage ist nicht ideal. Die Kulturverwaltung von Mailand möchte die Villa kaufen. Daher habe ich den Notar und einen Makler gleich mit Verkaufsverhandlungen beauftragt.«

»Und die Weinberge? Wo sind die?«

»Im Chianti-Classico-Gebiet. Sie sind langfristig verpachtet und das kann auch so bleiben. Der Weinbauer macht gute Weine und die Besitzer werden mit großzügigen Deputaten bedacht.«

»Das gefällt mir«, schwärmte ich. »Wein für lau, den man nicht selbst pflücken, sondern nur trinken muss. Wie fühlst du dich als Großgrundbesitzer?«

»Die Vorstellung eines entspannten, finanziell sorglosen Lebens gefällt mir immer besser. Und jetzt gehen wir schlafen.«

Ein Krokodil im Phoenix-See

»Was ist los, Grappa?«, fragte Bärchen auf dem Weg zur Konferenz. »Du siehst so entspannt aus. Hattest du Sex?«

»Wo denkst du hin? Ich hab von dir geträumt und das war verdammt lustig.«

»Erzähl!«

»Später«, sagte ich, denn Wayne steuerte auf uns zu. An seiner Miene und der geröteten Gesichtsfarbe erkannte ich, dass er mir etwas zu sagen hatte.

»Es hat geklappt«, flüsterte er. »Wir müssen reden. Sofort nach der Konferenz.«

Das hörte sich gut an.

Ich war mit meinen Gedanken woanders, als Damm die Themen abfragte. Bärchen Biber sprach etwas an, das schon vor Tagen offiziell angekündigt worden war. Die SPD, die in der Stadt seit Menschengedenken die Mehrheit im Rat hatte, der Gewerkschaftsbund und die Kirchen hatten sich zum *Bündnis gegen Rechts* zusammengeschlossen. Heute war eine große Demonstration im Nazi-Kiez geplant.

»Die Polizeipräsenz wird immens sein«, erklärte Biber. »Man rechnet mit heftiger Gegenwehr der Braunen.«

»SPD, Gewerkschaften und Kirchen? Da werden die Nazis vor Angst schlottern«, meinte Harras verächtlich. »Ich lach mich schlapp.«

»Immerhin ein Signal, das die breite Bevölkerung versteht«, meinte Damm.

»Die Einzigen, die es wirklich ernst meinen, sind die Antifaschisten. Die haben verstanden, um was es geht«, machte Simon weiter. »Auge um Auge, Zahn um Zahn. *Der Fuchs ist schlau und stellt sich dumm – beim Nazi ist es andersrum.* Und dann gibt es richtig was auf die Fresse. Die Sozis und die Gewerkschaften, die bringen den Grill mit. *Bratwurst gegen Rechts.* Und die Kirchenfuzzis skandieren: *Mit Gott gegen Nazis.*«

»Danke, Herr Kollege, dass Sie uns an Ihrer simplen Weltsicht teilhaben lassen«, unterbrach ihn Damm. »Ich hätte es aber gern ein bisschen differenzierter. Ich denke, das bekommt Herr Biber hin.«

Bärchen strahlte.

War es wirklich so schlimm, wenn das alles hier in Zukunft nicht mehr stattfinden würde? Ich träumte mich weg in Kleists positanisches Paradies.

»Frau Grappa? Alles in Ordnung?«, fragte Damm.

»Sorry, ich war in Gedanken.«

»Lassen Sie uns wissen, was Sie umtreibt?«

»Ich grübele darüber nach, wie wir etwas Schwung in die Mordermittlungen bringen können, Herr Damm«, log ich.

»Ja, der Generalbundesanwalt ist nicht sehr beweglich. Sonst noch Themen?«

Mäggi meldete sich. »Der Leiter des WDR-Landesstudios Albert Dachmann ist jetzt eine Frau.«

Stille. War sie verwirrt oder hatte sie sich versprochen?

»Ihr braucht gar nicht so zu gucken«, grinste sie. »Albert Dachmann hat sich als Frau geoutet. Ein Jahr vor der Rente. Ich hab das hier mal ausgedruckt.«

Sie schob einige Blätter auf den Konferenztisch. *Studioleiterin Albertine Dachmann* – war dort zu lesen. *WDR-Transgender-Chefin: Ein Mensch lebt 62 Jahre lang als Mann, dann entscheidet sie sich, als Frau zu leben. Albertine Dachmann, Leiterin des WDR-Studios Essen, spricht über ihr Coming-out. Nur zu Hause und im engen Freundeskreis traute sie sich, eine Frau zu sein.*

Ein Foto zeigte den früheren Herrn geschminkt, mit blutroten langen Fingernägeln und in hochhackigen Schuhen. Das sieht nicht wirklich gut aus, dachte ich, denn der Kollege war um die zwei Meter groß und spindeldürr.

Harras starrte auf das Foto und begann loszulachen. »Diese Welt ist ein verdammtes Irrenhaus«, prustete er.

»Also, ich finde es gut, wenn der WDR seine Frauenquote in Führungspositionen auf diese Weise erhöht«, sagte ich ernst. »Aber die Garderobe sollte Frau Albertine noch etwas aufpimpen in Richtung modern.«

»Ob er in dem Outfit auch vor die Kamera tritt?«, fragte Mareike. »Das wäre ja mal lustig.«

»Ich würde gern einen Bericht dazu machen«, meldete sich Mäggi.

»Und wie würde dieser Bericht aussehen?«, fragte Damm. Auf seiner Stirn hatten sich Schweißtropfen gebildet.

»Ein Interview mit Albertine Dachmann über ihren leidvollen Weg zur eigenen Identität«, lächelte Mäggi. »Wie schlimm muss es sein, im falschen Körper zu stecken? Sie musste einen Mann spielen und war in Wirklichkeit eine Frau.«

»Ich fühl mich auch seit Langem im falschen Körper«, jammerte Simon. »Eigentlich bin ich ein Krokodil und möchte im Phoenix-See leben. Wer hilft mir?«

»Thema abgelehnt«, entschied Damm. »Wir müssen nicht jeden Blödsinn mitmachen, nur weil er politisch korrekt erscheint.«

Sachen packen und Hausverbot

In meinem Büro nahm Wayne die Spy-Cam aus der Jackentasche und verband sie mit dem Computer.

Mein leerer Bürostuhl im Großraumbüro. Davor die Schreibtischplatte mit der Tastatur. Von der Seite tritt eine Person an den Tisch. Weiblich. Das Gesicht ist nicht zu erkennen. Eine Hand mit aufgeklebten Fingernägeln hebt die Tastatur hoch. Darunter befindet sich der Zettel mit meinem Passwort.

Dem ehemaligen Passwort, denn ich hatte es geändert. Die Frau setzt sich auf den Stuhl. Es ist Stella. Unverkennbar. Sie versucht, meinen PC zu starten. Vergeblich. Sie stutzt, versucht es erneut. Ohne Erfolg. »Scheiß-Grappa!«, zischt sie. Wütend haut sie auf die Tasten. Sie zieht ihr Handy aus der Tasche, drückt eine Nummer, wartet und sagt: »Lulu? Ich komm nicht rein. Sie hat ihr Passwort geändert.«

Hinter Stella taucht eine Gestalt auf. »Was machst du denn an Grappas PC?«, fragt Harras.

»Grappa hat mich gebeten, etwas für sie zu installieren.«

»Dich?«, lacht Simon. »Du holst doch sonst für jeden

*Mist den technischen Support. Also, was soll das? Willst
du ihr was anhängen?«*
*»Das geht dich nichts an, du Loser«, zischt sie, steht auf
und verschwindet.*
*Simon schaut auf den Monitor, schüttelt den Kopf und
geht aus dem Bild.*

»Stella hat dich reingeritten«, stellte Wayne fest. »Und sie hatte
schon wieder was vor. Sie hat nur nicht mit Simon gerechnet.«

»Dieses verdammte Biest. Jetzt müssen wir nur noch rauskriegen, wer Lulu ist. Er oder sie scheint der Auftraggeber zu
sein.«

»Ich werde sie fragen.«

»Sie wird sich rausreden.«

»Nicht, wenn wir sie überraschen. Lass mich mal machen.«

Wayne griff zum Telefon und ließ sich mit Damm verbinden.

Wenig später bat mich Damms Vorzimmerdame ins Chefbüro.
Zu meiner Überraschung saß Stella schon am Besuchertisch.

»Das trifft sich ja gut«, sagte Damm. »Die Kollegin Stella
hatte das Bedürfnis, mit mir zu sprechen. Wiederholen Sie
doch bitte Ihre Beobachtung.«

Stella strich sich den Rock glatt. »Ich habe Simon Harras
heute früh an Grappas Computer erwischt. Er wollte irgendwas eingeben oder so. Als ich ihn fragte, was er da macht,
wurde er frech. Er wollte dann weg, als ich ihm drohte, der
Frau Grappa von dem Vorfall zu erzählen. Daraufhin hat er
gesagt, dass er mich fertigmachen würde, wenn ich was verrate.«

Das war dreist. Über ihre sonnenbankgebräunten Wangen
perlten einige Tränchen.

»Wir sollten Herrn Harras dazuholen«, schlug ich vor.
»Dann kann er uns etwas über sein Motiv erzählen. Vielleicht
ist alles ganz harmlos. Das wäre nur fair.«

»Der lügt doch, wenn er den Mund aufmacht«, krähte Stella ganz obenauf.

»Wieso glaubst du, dass er etwas Schlimmes vorhatte?«

»Das hab ich gespürt.«

Damm bat seine Sekretärin, Simon ins Büro zu bitten. Niemand sprach, während wir auf ihn warteten.

Er war überrascht, uns zu sehen. »Oh, tagt hier der Oberste Gerichtshof?«, witzelte er.

»Stella, bitte wiederholen Sie Ihre Anschuldigung.«

Simon hörte der Redaktionssekretärin zu, schaute ungläubig und schüttelte den Kopf. »Es war genau andersrum«, sagte er leise. »Stella hat versucht, Grappas PC zu starten. Aber es hat nicht geklappt.«

»Das war klar, dass du den Spieß umdrehst, du verdammter Scheißkerl!«, schrie sie.

»Vielleicht kann ich bei der Wahrheitsfindung behilflich sein«, sagte Damm. Er drückte die Fernbedienung seines Fernsehgerätes und startete den Film, den Wayne aufgenommen hatte.

»Grappa hat mich gebeten, etwas für sie zu installieren.«
»Dich?«, lacht Simon. »Du holst doch sonst für jeden Mist den technischen Support. Also, was soll das? Willst du ihr was anhängen?«

Simon schaute mich an und sichtbar fiel eine schwere Last von ihm ab. Ich lächelte ihm zu.

Damm stoppte das Video. »Das ist ein sehr aufschlussreicher Film, nicht wahr?«, sagte Damm in Richtung Stella. »Sie sind fristlos gekündigt und haben ab sofort Hausverbot für das Verlagsgelände. Packen Sie Ihre Sachen und verschwinden Sie.«

Er bestellte den Sicherheitsdienst. Der Mann erschien und wurde angewiesen, Stella zu ihrem Arbeitsplatz und zu ihrem Spind zu begleiten und zu verhindern, dass sie sich an ihrem Computer oder Schreibtisch zu schaffen machte.

Ich trat auf Stella zu. Ihr Make-up war zerlaufen und der angeklebte Wimpernkranz hing schief. »Warum machst du das, Stella? Hast du in meinem Namen die Mail an Reimer abgeschickt und ihn zum Europabrunnen gelockt? Wer ist Lulu? Dein Auftraggeber?«

»Ich wusste nicht, dass sie ihn umbringen würden«, heulte sie. »Tut mir leid, Grappa.«

»Nicht, Frau Grappa«, stoppte Damm mein Verhör. »Das ist jetzt Sache der Polizei.«

Schneller Abschied

Fassungslos und stumm sahen Biber, Mäggi, Mareike und Susi zu, wie Stella ihre persönlichen Dinge zusammenpackte und gesenkten Kopfes das Büro verließ.

»Was war das?«, fragte Mäggi.

»Stella ist entlassen worden. Sie hat versucht, Simon und mich fertigzumachen.«

Wenig später wurden wir alle in den Konferenzraum zitiert. Neben Damm hatte der Justiziar des Verlages Platz genommen.

Damm fasste die Ereignisse kurz zusammen und erwähnte auch das Video und Stellas Geständnis.

Ihre beiden Kolleginnen Susi und Sarah waren besonders schockiert. »Das hat sie sich nicht allein ausgedacht«, schniefte Sarah.

»Das sehe ich auch so«, sprang ihr Susi zur Seite. »Sie hat sich doch nie für Politik und so interessiert.«

»Gegen mich wird wegen Beihilfe zum Mord ermittelt«, erinnerte ich.

»Das hat sich bald erledigt«, teilte der Justiziar mit. »Ich werde mit der Staatsanwältin sprechen.«

»Und mir wollte sie die Sache anhängen!«, sagte Simon. Er hatte wieder eine normale Gesichtsfarbe.

»Sie hat einen neuen Kerl. Das hat bestimmt der ihr eingebrockt!«, behauptete Sarah.

»Mutmaßungen bringen uns nicht weiter«, stellte Damm fest. »Und jetzt widmen wir uns wieder mit Freude unserer Arbeit.«

»Kennt eine von euch den Namen von Stellas neuem Freund?«, fragte ich Sarah und Susi später im Büro.

»Nee. Daraus hat sie ein Geheimnis gemacht. Er soll ein hohes Tier in der Politik sein«, entgegnete Sarah.

»Der Innenminister?«, tippte ich. »Der würde wenigstens optisch zu ihr passen.«

»Ist das nicht der mit dem Triefauge?«, grinste Susi. »Du lässt aber auch nichts aus, Grappa. Kein Wunder, dass Stella dich so lieb hat.«

»Wovon soll Stella denn jetzt leben?«, sinnierte Sarah.

Simon schaute über seinen Monitor. »Für den Strich ist sie zu alt. Vielleicht Klos putzen im Flüchtlingsheim?«

»Schandmaul!« Ich warf einen Kugelschreiber nach ihm.

»Du bist hart im Einstecken«, meinte Kleist am Abend. »Und im Austeilen.« Es klang fast bewundernd. »Erst schieben sie dir Kokain unter, dann wollen sie dich abstechen. Und dann sollst du geholfen haben, Reimer hinzurichten. Wie hältst du das seelisch aus?«

»Berufsroutine. Aber so schlimm wie jetzt war es lange nicht«, gab ich zu. »Dabei sehne ich mich nach Ruhe. Ich werde alt. Gibt es in Positano auch Verbrecher?«

»Kaum. Nur Bandenkriminalität, Geldwäsche, mafiöse Strukturen, Immobilienbetrug, Prostitution und Korruption«, antwortete er.

»Prima!«, rief ich begeistert. »Dann werden wir uns dort gleich wie zu Hause fühlen.«

Zähne aufsammeln

Die Vorstellung von einem ruhigen Leben in der Sonne des italienischen Südens gefiel mir immer besser. Doch sobald ich mich diesem Gefühl hingab, tauchte plötzlich die Angst auf, in tödlicher Langeweile zu verblöden. Ich brauchte eine Aufgabe, ein Ziel, das mich anspornte und dem ich nachstreben konnte. Aber ich konnte nichts außer Schreiben und Leute ausfragen. Und Italienisch sprach ich auch nicht.

Kleist betrat die Küche. »Was machst du denn für ein Gesicht?« Er drehte das Radio an.

Die Neun-Uhr-Lokalnachrichten waren gerade zu Ende: »Und jetzt zum Wetter. Auch an diesem Sommertag bleibt es trocken. Temperaturen bis zu 28 Grad. Mehr zur großen Razzia der letzten Nacht in der Shisha-Bar *Nebukadnezar* mit mehreren Verletzten nach der Musik.«

Ich rief sofort vom Festnetz in der Redaktion an und bekam Bärchen an die Strippe. »Ich hatte zwar Bereitschaft, aber wir wissen trotzdem noch nicht viel«, erklärte er. »Die Bullen haben den Laden auf den Kopf gestellt, jede Menge unversteuerten Tabak sichergestellt und Schusswaffen gefunden. Es soll auch Festnahmen gegeben haben. Der Laden ist geschlossen.«

»Ich kümmere mich drum. Nur noch schnell einen Kaffee, dann bin ich da.«

»Wayne hat Bilder gemacht. Der Inhaber hat uns reingelassen. Sieht aus wie nach einem Bombenangriff.«

Mein Handy meldete sich. Ich erkannte die Nummer von Ali Mawardi und wimmelte Biber ab.

»Ja?«

»Haben Sie von der Razzia gehört?«

»Ja. Was wissen Sie darüber?«

»Ich war dabei. Die Polizei hat meinen Cousin Ibrahim aus fadenscheinigen Gründen festgenommen. Und sie ist sehr brutal vorgegangen«, empörte er sich.

»Fadenscheinig? Immerhin wurden Waffen gefunden und unversteuerter Tabak!«

»Ein Polizist hat eine schwangere Frau zusammengeschlagen und sie gewürgt!«

»Herr Mawardi«, sagte ich. »Ich verstehe Sie nicht. Warum hängen Sie plötzlich so an Ihrer Familie? Wollen Sie wieder zurück in den Schoß Ihrer Lieben?«

»Ich hasse unnötige Polizeigewalt.«

»Ich auch«, sagte ich. »Aber solche Vorwürfe tauchen im Zusammenhang mit Razzien immer auf. Alle sind unschuldig, nur die Polizei ist brutal und übergriffig.«

»Ich habe die Bedrohung mit meinem Handy aufgenommen. Wollen Sie mal hören? Moment! ›So, das ist tätlicher Widerstand, da geht's innen Bau jetzt für. Dann kannste die Schwangerschaft im Gefängnis machen. Drehst du jetzt noch einmal durch, hau ich dir was in die Schnauze. Hast du mich verstanden? Noch ein Mucks, dann hau ich dir ein paar ins Gesicht, dass du deine Zähne von der Straße aufsammeln kannst.‹ – Haben Sie das gehört, Frau Grappa? Ist das ein angemessenes Verhalten gegenüber einer Frau, die ein Kind erwartet?«

»Nein. Das geht wirklich nicht. Ich brauche die Handyaufnahme und eine eidesstattliche Erklärung von Ihnen als Zeuge und einen Kontakt zu der Frau.«

»Den Film schicke ich Ihnen per Messenger und die eidesstattliche Erklärung liefere ich nach. Sind Sie heute Nachmittag zu erreichen?«

»Auf jeden Fall.«

Polizeiwillkür in der Bar

Der Polizeiskandal war Hauptthema in der Konferenz. Ich berichtete von dem Übergriff auf die Frau.

»Was hat eine Schwangere denn nachts in einer verräucherten Shisha-Bar zu suchen?«, fragte Damm missbilligend. »Das arme Baby tut mir jetzt schon leid.«

»Der Polizist soll sie gewürgt und geschlagen haben«, sagte ich. »Der Angriff ist von einem Zeugen mit dem Handy aufgenommen worden.« Ich zückte mein Mobiltelefon, stellte den Lautsprecher auf die höchste Stufe und spielte den Mitschnitt ab.

Alle hörten gebannt zu.

»Kennt die Polizei das Video?«

»Das weiß ich nicht, aber sie werden es kennen, wenn ich es ihnen geschickt habe.«

»Auf die Stellungnahme bin ich gespannt«, sagte Bärchen.

»Vielleicht ist der Polizist von der Frau beschimpft worden«, wandte Simon ein. »Und er ist einfach durchgeknallt.«

»Das geht trotzdem nicht. Polizisten müssen sich im Griff haben«, entgegnete Damm. »Das lernen sie in der Ausbildung. Ich werde mit unserer Rechtsabteilung Kontakt aufnehmen.«

»Muss der Justiziar neuerdings zustimmen, wenn wir kritisch über die Polizei berichten?«, fragte ich erstaunt.

»Nein, aber ein juristischer Rat kann nicht schaden.«

»Der Zeuge, der gefilmt hat, wird eine eidesstattliche Versicherung abgeben und die Aussage der betroffenen Frau werde ich auch bekommen.«

Das Opfer der Polizeiwillkür hatte viel zu erzählen. Leider auf Arabisch. Doch Ali Mawardi übersetzte und ich hatte keinen Grund zu glauben, dass er das Gesagte verfälschte. Malika war eine Marokkanerin mittleren Alters mit sehr lauter Stimme, die mir Kopfweh verursachte und die Kantinenbesucher in die Story unfreiwillig miteinbezog. Sie zeigte die Prellungen im Gesicht und die blauen Flecken an den Armen, brach zwischendurch in Tränen aus und streichelte ihren schwangeren Bauch. Wayne machte Fotos und fühlte sich sichtlich unwohl dabei.

»Was hat sie denn zu dem Polizisten gesagt, bevor er sie auf den Boden gedrückt und verletzt hat?«

Mawardi übersetzte meine Frage. Malika setzte einen längeren Redeschwall ab, den Mawardi so wiedergab: »Das weiß sie nicht mehr, weil sie so aufgeregt war.«

»Sie waren doch dabei, sonst hätten Sie die Aufnahme nicht machen können«, erinnerte ich mich. »Also – was hat sie gesagt?«

»Scheißbulle, Arschficker, mein Mann wird dich töten.«

»Na ja«, meinte ich. »Die wichtigsten deutschen Worte kennt sie dann ja schon.«

Beim Wort »Arschficker« war Malika aufmerksam geworden. Prompt giftete sie Mawardi an, doch der brachte sie mit ein paar lauten arabischen Worten wieder zur Raison.

»Egal, was sie gesagt hat, der Polizist hat sich nicht korrekt verhalten. Deshalb werden wir ausführlich darüber berichten«, sagte ich.

»Danke, Frau Grappa. Hier ist meine eidesstattliche Erklärung, dass ich den Film persönlich bei der Razzia gedreht habe und Zeuge der Beschimpfungen und Tätlichkeiten war.«

»Dürfen wir ein Foto von Frau Malika machen?«

Er fragte und sie stimmte zu. Bereitwillig zeigte Malika der Kamera Blessuren und Babybauch. Dazu würde ich das Video auf der Homepage und bei Facebook online stellen und der Drops wäre gelutscht.

»Ich hau dir was in die Schnauze« – Razzia in der Shisha-Bar *Nebukadnezar*: Polizist soll schwangere Frau misshandelt haben

Von den Verbalttacken des Polizeibeamten, der eine schwangere Frau zudem tätlich angegriffen haben soll, existiert ein Handymitschnitt, der von einem Zeugen (Name der Redaktion bekannt) aufgezeichnet worden ist. Die Bilder sind unscharf, aber die Worte sind eindeutig. Der Ermittler war während einer Razzia mit einer Besucherin der Shisha-Bar *Nebukadnezar* aneinandergeraten. Die Vorwürfe: Der Beamte soll die Frau geschlagen, gewürgt und bedroht haben. Er habe sie im Hinterhof des Cafés mehrere Minuten mit dem Bauch auf den Boden gedrückt, obwohl die 36-Jährige ihn auf ihre Schwangerschaft aufmerksam gemacht hatte. Das Opfer, Malika S. (Foto), schildert bei einem Besuch in der Redaktion ihre »Begegnung« mit dem Polizeibeamten dem *Tageblatt* und zeigt ihre Verletzungen (siehe Fotos). Sie will ihrerseits Anzeige gegen den Beamten erstatten.

Das Video zeigt zwar nur verschwommene Bilder, doch die Drohung gegen die Frau ist gut zu hören: »Drehst du jetzt noch einmal durch, hau ich dir was in die Schnauze. Hast du mich verstanden? Ein Mucks, dann hau ich dir ein paar ins Gesicht, dass du deine Zähne aufsammeln kannst.«

Die Polizei hat direkt nach der Razzia mitgeteilt, dass die Frau wegen Angriffs auf einen Polizeibeamten, Beleidigung und Widerstands angezeigt worden ist. Die Verletzungen habe die Beschuldigte erlitten, weil sie sich massiv gegen ihre Fixierung gewehrt und den Polizeibeamten beleidigt habe – so die Pressestelle. Der Polizist hatte der schwangeren Frau mehrfach ins Gesicht geschlagen, was die Polizei einräumte. Zugleich hat die Polizei ein Ermittlungsverfahren gegen den Beamten eingeleitet, das aus Neutralitätsgründen von einer anderen Polizeibehörde bearbeitet wird.

Die Stimmung in der Redaktion war nach der fristlosen Entlassung von Stella auf merkwürdige Weise frostig. Natürlich hatte sie sich ihren Abschuss selbst zuzuschreiben, aber sie gehörte seit Jahren zum Inventar und bediente die Rolle einer zickigen älteren Schachtel, die ihre futsche Jugend durch tätowierte Fußkettchen, überdimensioniertes Make-up und Sonnenbank-Missbrauch kompensieren wollte.

Die Streitereien zwischen Simon und ihr waren zwar heftig gewesen, aber fast schon ein lieb gewonnenes Ritual im redaktionellen Alltag.

»Was machst du denn für ein Gesicht?«, fragte Mäggi.

»Mir geht Stella nicht aus dem Kopf.«

»Wie bitte? Die wollte dich fertigmachen!«

»Aber warum?«

Mäggi seufzte. »Weil sie ein rachsüchtiges dummes Stück ist? Hast du etwa Mitleid mit ihr?«

»Nicht wirklich. Ich möchte nur wissen, wer ihr die Mail diktiert und sie dazu gebracht hat, sie von meinem Rechner abzuschicken«, entgegnete ich.

»Lass das doch die Polizei rausfinden.«

»Die werden mir das Ergebnis ihrer Ermittlungen nicht auf die Nase binden. Ich fahre morgen früh zu Stella.«

Pflücke dem Tag

Vor ihrem Wohnhaus wählte ich Stellas Telefonnummer. Sie meldete sich und ich legte auf. Sie war also da. Als jemand das Haus verließ, schlüpfte ich durch die Tür. Sie wohnte im dritten Stock eines alten Gebäudes, das bei der letzten Sanierungswelle vergessen worden war.

Die Türen zu den Wohnungen hatten undurchsichtige Glasscheiben, davor tummelten sich Kinderwagen, Rollatoren und kleine und große Schuhe. Manche waren sauber und standen in Reih und Glied, andere waren dreckig und achtlos auf einen Haufen geworfen worden. Solche Schuhparaden hatten schon zu langwierigen Nachbarschaftskriegen und Gerichtsurteilen geführt.

Ich erkannte Stellas Wohnung an den hochhackigen Schuhen neben der Fußmatte. Die hatte die Aufschrift *Carpe diem*. Übersetzt: *Pflücke den Tag*. Oder auf Ruhrpöttisch: *Pflücke dem Tag*. Ein Appell, das Leben zu genießen. Der inflationär gebrauchte Spruch des antiken Dichters Horaz war überaus beliebt, weil er so gebildet klang.

Ich klingelte. Ein Schlurfen hinter der Tür, dann erschien sie – mit einem Glas Sekt in der Hand. Ungeschminkt, barfuß, mit wirrem Haar und halb geschlossenen Augen in Jogging-hose und Schlabbershirt.

»*Carpe diem*, Stella«, begrüßte ich sie. »Darf ich reinkommen?«

»Was willst du denn hier, Grappa?« Die Artikulation war nicht sauber. Sie stieß einen unwirschen Laut aus, ließ mich aber ein. Ich folgte ihr durch den Flur in die Küche.

»Biste jetzt froh, Grappa, dass ich raus bin?«

»Wenn ich ehrlich bin, ja!«

»Und jetzt willste gucken, wie dreckig es mir geht?«

»Ich will wissen, wer dich angestiftet hat. Dein neuer Freund?«

»Das geht dich nichts an.«

»Doch. Also, wer ist es?«

»Hau ab! Oder ich hole die Bullen.«

»Stella! Du wanderst in den Knast. Du hast dafür gesorgt, dass die Nazis jemanden entführen und töten konnten!«

Sie fiel auf einen Stuhl. »Lulu Kahl«, schluchzte sie. »Er hat mich drum gebeten. Aber ich wusste nicht, dass das zu Mord führt. Angeblich hat der Typ ihm Geld geschuldet und war auf Tauchstation gegangen. Lulu wollte ihm ein bisschen einheizen.«

»Kahl? Wie bist du denn an den geraten?«

»Mein Auto sprang nicht an und er ist zufällig vorbeigekommen und hat es wieder flottgemacht.« Sie nahm noch einen Schluck Sekt.

»Zufällig? Der Kerl hat auf dich gewartet.«

»Egal. Der hat sich sowieso verpisst.« Sie verdrückte ein paar Tränen. »Er geht nicht an sein Telefon und in seiner Wohnung ist er auch nicht. Was soll ich denn jetzt machen, Grappa? Ohne Job und so?«

»Melde dich arbeitssuchend. Das machen andere auch. In unserem Staat verhungert keiner. Vielleicht kannst du Damm ja überreden, dass er die fristlose Kündigung in eine fristgerechte umwandelt. Dann sieht nicht jeder sofort, dass du Scheiße gebaut hast.«

»Aber charmant war der Lulu«, sinnierte sie.

»Der Typ ist einer der schlimmsten Neonazis des Landes«, widersprach ich. »Mehrfach vorbestraft und rechtskräftig verurteilt wegen Volksverhetzung.«

»Politik interessiert mich nicht.«

Hund mit Hitler-Schnäuzer

Wieder zurück in der Redaktion informierte ich Staatsanwältin Mila Schubart über meinen Besuch bei Stella und deren Kontakt zu Ludwig Kahl. Sie war vom Verlagsanwalt über Stellas Mailaktion zwar informiert worden, hatte sie aber noch nicht vernommen.

»Ich helfe gern«, behauptete ich. »Falls Sie noch mal eine qualifizierte Recherche brauchen, sagen Sie einfach Bescheid.«

»Ihren Sarkasmus können Sie sich sparen, Frau Grappa«, entgegnete sie. »Wir sind die Staatsanwaltschaft und können nicht spontan in eine Privatwohnung marschieren und Menschen vernehmen. Herr Kahl wird zur Fahndung ausgeschrieben. Seine möglichen Aufenthaltsorte wollen wir überprüfen und gegebenenfalls überwachen.«

Ich hätte ihr sagen können, dass sie, als es um mich ging, sehr viel eifriger und schneller gehandelt hatte, verzichtete aber darauf. Es gab andere Baustellen, um die ich mich kümmern wollte.

Jungredakteurin Mareike schraubte an einer Story rund um die Messe *Hund und Pferd*, die alljährlich in den Westfalenhallen stattfand. Ausnahmsweise ging es nicht um vollgekackte Wiesen oder von Kläffattacken genervte Anwohner, sondern um den angeblichen Rassenwahn der Besucher und Veranstalter. Ankläger war die hartgesottene Tierrechtsorganisation *PETA*, die den Vorwurf erhob, dass Hunde nicht nach ihrem Charakter, sondern nach rassespezifischen Merkmalen ausgewählt wurden. Das sei rassistische Diskriminierung.

»Die spinnen doch total«, schimpfte Mareike und hielt ein Plakat hoch.

Das Bild zeigte einen weißen Malteserhund mit Hitlerschnurrbart. Dazu der Satz: *Rassenwahn? Falsch bei Menschen. Falsch bei Hunden!*

»Die PETA will vorschreiben, dass sich die Leute ihren Fifi aus dem Tierheim holen müssen und nicht mehr zum Züchter rennen dürfen. Was ist bloß los in diesem Land? Alles wird bemeckert, jeder Arsch will anderen vorschreiben, was sie zu tun und zu lassen haben«, zürnte Mareike. »Neulich hat eine russische Influencerin dazu aufgerufen, streunende Tiere zu überfahren, damit sich die CO_2-Bilanz verbessert. Um die sollte sich PETA mal kümmern!«

»Nimm diese PETA-Leute einfach nicht ernst«, schlug ich vor. »Schreib eine pointierte Glosse und stell das Foto von dem Hitler-Köter daneben.«

»Dann hab ich aber die PETA an der Hacke!«

Ich zuckte die Schultern. »Das musst du dann eben aushalten.«

Am Nachmittag wurde Ludwig Kahl zur Fahndung ausgeschrieben. Staatsanwältin Schubart hatte dann doch rasch gehandelt. Vermutlich, um keine schlechte Presse zu bekommen. Ich schrieb eine sachliche Meldung für die Onlinezeitung.

Prompt demonstrierte eine Stunde später eine Handvoll Neonazis vor dem Polizeipräsidium mit Schmähungen wie »Ein Baum, ein Strick, ein Pressegenick!«, »Tod den Volksverrätern« und »Wir kriegen euch alle!«.

Eine Meldung lohnte sich nicht. Langsam wurde die Geschichte journalistisch öde. Ich packte meine Sachen zusammen und rief zu Hause an. »Hast du Lust, italienisch essen zu gehen?«

»Gute Idee. Ich studiere gerade die kampanische Küche. Viel Fisch, Meeresfrüchte und Pasta ohne Ende.«

»Wären wir nur schon da«, sinnierte ich.

»Dann kommst du mit?«

»Erst mal zum Gucken, ja.«

Zu gucken hatte ich wenig später was anderes: Jemand hatte sich meinen alten Golf vorgenommen, mit dem Wort *Pressefotze* und einem Hakenkreuz geschmückt, das Stoffdach aufgeschlitzt und die Reifen zerstochen.

Wir gingen nicht essen. Kleist bestellte Pizza und ich betrauerte die Verletzungen meines alten Golf.

»Kauf dir ein neues Auto«, schlug er mir vor.

»Nein. Ich will nur den!«, trotzte ich.

»Der kommt eh nicht mehr durch den TÜV. Du solltest realistisch sein.«

»Ich liebe dieses Auto. Ich will kein anderes.«

»Die Reparatur wird viel teurer, als ein anderes zu kaufen. Vandalismusschäden sind nur von einer Vollkaskoversicherung gedeckt.«

»Das ist mir egal.«

»Du bist trotzig wie ein kleines Kind«, seufzte er. »Der Golf ist fast zwanzig Jahre alt.«

»Ich will damit wenigstens noch den Täter, der meinem Auto das angetan hat, überfahren.«

»Welch frommer Wunsch«, stellte Kleist grinsend fest. »Langsam passt du dich den Leuten an, über die du berichtest.«

Es war illusorisch, den oder die Täter zu finden. Die Kamera, die den Parkplatz vor dem Verlagshaus im Auge hatte, zeigte zwei vermummte Personen, die sich meinen Golf schnell und zielorientiert vornahmen. Sie waren nicht zu identifizieren. Einer der beiden hatte das Ergebnis der Attacke fotografiert und ich rechnete damit, das Foto auf irgendeiner rechtsradikalen Seite im Internet wiederzufinden.

Damm bot mir für die Übergangszeit einen Verlagswagen an. »Mein guter Jagdfreund ist Chef der BMW-Niederlassung in der Stadt. Wenn Sie mal was ganz Feines brauchen, Frau Grappa«, zwinkerte er. »Er macht Ihnen bestimmt einen guten Preis, wenn ich ihn bitte. So ein Flitzer mit sechs Zylindern würde Ihnen gut stehen.«

»Danke«, strahlte ich. »Dann kann ich den Rollator ja wieder abbestellen.«

»Sie immer mit Ihren Scherzen, Frau Grappa. Wie wär's denn, wenn wir ein Foto von Ihrem Golf bringen? In der Spalte *In eigener Sache*?«

»Lieber nicht«, entgegnete ich. »Dann fühlen sich diese dreckigen Nazis noch gebauchpinselt und nehmen sich womöglich Ihren Luxusgeländewagen vor, der immer so auffällig vor dem Haupteingang parkt.«

Das leuchtete ihm ein.

Schnuggi und Marlene sind tot

»Zwei Unbekannte haben zwei Schweineköpfe vor einer Moschee abgelegt«, teilte mir Wayne mit. »Ich fahre da mal hin, bevor die Köppe weggeschafft werden. Ihr müsst leider ohne mich konferieren.«

»Wo, zum Teufel, bekommt man denn Schweineköpfe her?«, fragte Bärchen Biber in der Konferenz.

»Vom Schlachthof«, wusste Harras. »Oder vom Metzger deines Vertrauens. Meine Oma hat früher aus Schweineköpfen Sülze gemacht. Hab ich als Kind gern gegessen. Mit Meerrettich und Gürkchen. Lecker!«

»Igitt«, würgte Mäggi.

»Wer kümmert sich drum?«, fragte Damm. »Mareike?«

Die Jungredakteurin verzog das Gesicht. »Ich bin Vegetarierin«, muffelte sie.

»Sie sollen die Schweineköpfe nicht essen, sondern über sie schreiben«, entgegnete Damm ungehalten. »Oder verletzt das etwa Ihre vegetarischen Gefühle? Ich denke nicht! Vierzig Zeilen plus Bilder. Erklären Sie unseren Lesern, warum Schweine und Muslime ein so gestörtes Verhältnis haben. Juden übrigens auch.«

»Warum krieg ich immer diese ekligen Themen?«, klagte Mareike nach der Konferenz.

»Das Leben ist nun mal ein Kessel Buntes«, gab ich zurück. »Dazu gehören auch geköpfte Schweine. Stell dich nicht so an. Trink einen Kaffee und mach dich an die Arbeit.«

Sekretärin Susi kam angelaufen. »Ich weiß, wo die Köpfe herkommen«, behauptete sie. »Hier!«

Sie reichte uns eine Mail. Ein Biobauer an der Grenze zum Münsterland beklagte den Tod von zweien seiner frei laufenden Schweine. Sie waren vor drei Tagen auf der Wiese von Unbekannten getötet worden. Die Täter hatten die Körper einfach liegen gelassen und nur die Köpfe mitgenommen. Der Bauer hatte der Mail zwei Fotos aus besseren Tagen angehängt. Sie zeigten Schnuggi und Marlene – fröhlich auf der Weide herumtollend.

»Jetzt musst du nur noch die Fotos vergleichen, Mareike. Dann haben die toten Säue einen Namen und können in allen Ehren beerdigt werden«, grinste Simon.

»Ihr könnt mich mal«, rief Mareike und verschwand.

»Hier ist noch eine Mail«, rief Susi ihr hinterher. »Der Staatsschutz ermittelt wegen der Schweineköpfe. Ist das nicht lustig?«

»Nein, ist es nicht«, entgegnete ich. »Das ist eine rechtsradikale Provokation. Und spätestens da wird es politisch.«

»Ach so«, staunte Susi.

Der Verlags-Yeti war relativ neu, noch unbeschriftet und er fuhr sich prima. Kein Klemmen beim Treten der Kupplung, kein Knattern beim Gasgeben und kein Quietschen beim Bremsen. Vielleicht sollte ich mich doch von meinem Golf verabschieden. Auch Autos altern – alles hat eben seine Zeit.

Ich nahm die Bundesstraße, die in den Norden der Stadt führte. Mich interessierte, ob die Polizei auf die Idee gekommen war, auch Stellas Wohnung zu überwachen, um Ludwig »Lulu« Kahl zu erwischen. Da traf es sich gut, dass ich nicht in meinem stadtbekannten Golf Cabrio unterwegs war.

Langsam bog ich in die Straße ein, an deren Ende der Altbau stand, in dem Stella wohnte. Auf den ersten Blick nichts Auffälliges. Oder handelte es sich bei den zwei rauchenden Männern um Polizisten in Zivil?

Ich parkte den Yeti fünfzig Meter vom Haus entfernt auf der Straßenseite gegenüber und stieg aus. Ohne vor dem Türöffnen in den Rückspiegel zu schauen – sonst hätte ich das Motorrad bemerkt, das sich näherte. Der Fahrer reagierte und schlug einen Haken, um nicht gegen die Tür zu knallen. Die Maschine legte sich fast waagerecht in die Kurve, der Fahrer bekam sie jedoch wieder in den Griff.

»Dämliche Fotze«, schrie der Mann, zeigte einen Stinkefinger und fuhr weiter.

Ich fuhr dem Mann nach. Fotze. Ein beliebter Begriff bei arabischen Rappern und deutschen Neonazis. Na, warte.

Im Kreisverkehr am Borsigplatz bog das Motorrad in ein Gewerbegebiet ein. Besser gesagt, ein ehemaliges Gewerbegebiet. Entsprechend verkommen und verfallen waren die Gebäude. Jede Menge Plastikmüll, kaputte Autos, Graffiti auf jeder freien Fläche, zerstörte Glasscheiben. Ich verriegelte das Auto von innen. Bloß nicht aussteigen, schwor ich mir. Aus etwa fünfzig Metern Entfernung konnte ich den Fahrer beobachten. Vor einem heruntergekommenen Haus kletterte er von der Maschine, schaute in meine Richtung, zog den Helm vom Kopf, drehte sich dann aber um, weil sich ein zweiter Mann näherte. Den zweiten kannte ich nicht, den Fahrer aber schon: Es war Ludwig Kahl. Ich zückte mein Handy und knipste drauflos. Die Männer verschwanden hinter einer Tür. Mit zitternden Knien startete ich den Motor.

In der nächsten Querstraße stoppte ich und rief die Nummer 110 an. Danach informierte ich Wayne, der zurück in der Redaktion war. Er machte sich sofort auf den Weg.

Eine halbe Stunde später kam mir eine Armada von Polizeifahrzeugen mit Blaulicht, aber ohne Martinshorngetöse entgegen.

Ich wendete und folgte dem Tross.

Lulu lernt fliegen

Ein Spezialkommando mit entsprechender Ausrüstung riegelte das Gelände ab. Das geschah schnell und lautlos. Ich fuhr so nah heran, wie es ging, parkte und stieg aus, das Handy immer griffbereit. Ob die beiden Männer noch in dem Haus waren? Das Motorrad stand jedenfalls noch da.

»Verlassen Sie die Gefahrenzone!«, wies mich ein Beamter an.

»Nein. Presse. Ich habe Ihnen den Tipp gegeben und jetzt will ich sehen, was hier abgeht.«

»Wir übernehmen keine Verantwortung, wenn Ihnen etwas passiert.«

»Achtung, Achtung, hier spricht die Polizei. Verlassen Sie sofort das Gebäude mit erhobenen Händen!«

Nichts rührte sich. Die Aufforderung wurde mehrfach wiederholt – ohne Erfolg. Nach unendlich langen Minuten näherten sich vier Polizisten in schusssicherer Kleidung der Hausfront.

Ich machte Fotos, die vermutlich unscharf sein würden, denn meine Hand zitterte. Aber besser als nichts.

Plötzlich öffnete sich die Tür – zuerst nur einen Spalt, dann ganz. Ludwig Kahl wurde ins Freie geschoben. Um die Taille trug er einen Sprengstoffgürtel.

Er hob die Hände und schrie: »Nicht schießen! Nicht schießen! Haut ab, sonst sprengt der mich in die Luft. Und euch auch! Haut ab, um Gottes willen!«

Die Polizisten nahe am Haus bekamen per Funk die Anweisung, sich zurückzuziehen. Langsam leerte sich der Straßenabschnitt. Ich zog mich auch zurück, behielt das Haus aber im Auge. Kahl hatte seinen Platz nicht verlassen.

Breitbeinig starrte er Richtung Polizei, dann drehte er sich langsam Richtung Haus. »Ich hab dich nicht verraten!«, schrie er. »Das musst du mir glauben!«

Eine Detonation katapultierte das Handy aus meiner Hand. Mein Trommelfell vibrierte und mir flog fast die Frisur weg.

Ich rannte hinter eine Mauer und duckte mich. Mir war übel. Ich bin zu alt für solche Nummern, dachte ich zum wiederholten Mal. Nie wieder, ich schwöre es!

Keine Ahnung, wie lange ich die graffitiverzierte Wand anstarrte, aber irgendwann rappelte ich mich hoch.

»Grappa, da bist du ja!«, rief Wayne von Weitem. »Ich dachte schon, du hättest was abgekriegt!«

»Mir geht es gut. Was ist denn passiert?«, stammelte ich.

»Ludwig Kahl wird gerade von der Straße gekratzt«, antwortete Wayne. »Sein Kamerad hat ihn in die Luft gesprengt.«

»Und wo ist der Kerl?«

»Abgehauen. Mit einem dunklen Lieferwagen mit Dresdner Kennzeichen. Es werden gerade Straßensperren an den Autobahnauffahrten eingerichtet.«

Wir warteten auf offizielle Infos der Polizei, doch es kam nichts. Wayne überprüfte meine Handyfotos, die meisten waren wie erwartet unscharf, mithilfe von Photoshop konnte die Qualität aber erheblich verbessert werden. Kahl war danach sogar zu erkennen, sein Mörder ebenfalls. Er war groß und breit, hatte tätowierte Unterarme und trug eine eng anliegende schwarze Kappe. Er ähnelte eher einem Rocker als einem Neonazi.

»Gar nicht mal so schlecht, Grappa«, lobte Wayne. »Mal schauen, ob die Bullen ein besseres Bild des Mörders haben.«

»Als die Polizei kam, war der Typ im Haus. Aber er dürfte eine fette Strafakte in der Szene haben«, sagte ich. »Der Mann ist ein Profi.«

»Sollen wir der Polizei das Foto überlassen?«

Ich überlegte. »Ich lade es gleich zusammen mit meinem Artikel ins Internet. Ungepixelt. Dann haben sie es sowieso.«

»Was ist mit dir? Du bist ziemlich blass um die Nase.«

»Alles ist gut. Ich bin nur unterzuckert«, behauptete ich. »Und ich brauche einen Kaffee.«

Mit einem Pott Kaffee und zwei Nussriegeln bewaffnet machte ich mich an die Arbeit und schrieb. In meinem Mailaccount fand ich eine kurze Pressemitteilung des Generalbundesanwaltes. Der dunkle Lieferwagen war in Dresden als gestohlen gemeldet worden. Die Fahndung lief.

Ex-Feuerwehrchef durch Explosion getötet – Mörder auf der Flucht

Exklusivbericht von Maria Grappa

Ludwig Kahl (63, Foto) ist tot. Die letzten Minuten seines Lebens verbrachte der bekennende Neonazi und frühere Feuerwehrchef der Stadt in einem heruntergekommenen Haus in einem verlassenen Gewerbegebiet (Foto). Hier traf er sich mit einem Mann, der kurze Zeit später sein Mörder wurde.

Kahl wurde wegen verschiedener Delikte polizeilich gesucht. Eine Spur führte zu dem Haus, das der rechtsextremen Szene als Stützpunkt diente.

Die Polizei umstellte das Gelände und forderte die beiden Männer auf, sich zu ergeben. Dann ging alles sehr schnell: Kahl wurde von seinem Gesinnungsgenossen vor das Haus geschickt – mit einem Sprengstoffgürtel um die Taille. Er verlangte den Rückzug des Spezialkommandos, dem nachgekommen wurde. Der Mann im Haus zündete die Sprengladung trotzdem und Kahl starb.

Der Unbekannte konnte im Chaos der Detonation in einem dunkelblauen Lieferwagen flüchten. Das Fluchtauto war in Dresden als gestohlen gemeldet.

Der Kleintransporter könnte auch eine Rolle bei dem Mord

am ehemaligen Leiter der *Soko Rechts*, Frank Reimer (Foto), eine Rolle gespielt haben. Der Polizeirat war im Nazi-Kiez in Dorstfeld erschossen aufgefunden worden. Die rechtsterroristische Kampfgruppe *Sturmbund 18* hat sich zu der Tat bekannt und Reimer als ›Volksverräter‹ bezeichnet.

Ludwig Kahl war in der Stadt kein Unbekannter. Bis vor zehn Jahren löschte das SPD-Mitglied als ranghöchster Feuerwehrmann Großbrände, später legte er sie im übertragenen Sinne: Noch im Amt marschierte er bei Nazi-Demonstrationen mit, hielt rechtsradikale Reden und verbreitete Hass. Die Ermittlungen laufen auf Hochtouren.

Biber las den Artikel gegen. »Klasse, Grappa«, meinte er.

»Ich bin gerührt«, lächelte ich. »Ein Lob von deinen Lippen tut immer wieder gut. Dafür übernehme ich auch deinen Wochenenddienst und recherchiere weiter. Ist das okay?«

»Brauchst du nicht. Ich mache den Routinekram und du kannst dich auf deine Neonazi-Saga konzentrieren«, sagte er. »Morgen wird die Hölle los sein: Die Helene-Fischer-Sommershow wird aufgezeichnet, es ist Wochenmarkt, in den Westfalenhallen treffen sich die bundesweiten Biobauern und die Antifa demonstriert gegen den Thor-Steinar-Klamottenladen. Und ich befürchte, dass die Nazis wegen Kahls Tod ordentlich Randale machen werden. Damm hat Wayne verpflichtet und Mareike ist auch an Bord. Wir haben also volles Haus.«

Ich setzte den Artikel auf die Zeitungsseite für morgen, postete ihn auf der Homepage und bei Facebook. Die ersten Reaktionen der Leser führten dazu, dass ich wie so oft in den letzten Wochen die Kommentarfunktion ausschaltete. Die Anhänger rechtsradikaler Gruppen bedauerten Kahls Tod und unterstellten der Polizei, ihn in die Luft gesprengt zu haben. *Rache für Kahl* – war noch einer der gemäßigten Kommentare, mit *Tod den Bullenschweinen* ging es schon heftiger zur Sache.

Feierabend. Vor dem Großkampftag morgen musste ich noch ein paar Stunden schlafen.

Kleist war über das Geschehene bereits im Bilde. Ihm gefiel nicht, dass ich Kahl verfolgt hatte. »Was hätte da alles passieren können!«

»Ja, Mami«, sagte ich und zog ihn ins Schlafzimmer.

Ein Storch mag Eierlikör

Die Demo der Antifaschisten mit etwa hundert Teilnehmern gegen den Klamottenladen in der City begann relativ früh. Bei *Thor Steinar* kleidete sich der modebewusste Neonazi ein. Das Sortiment zitierte den vorchristlichen Germanen-Kult mit den entsprechenden Runen der heidnischen Mythologie. Das Lokalradio berichtete live von der Demo und bekam auch den Vermieter des Ladenlokals vors Mikrofon. Der behauptete gegenüber dem Radioreporter, über den Tisch gezogen worden zu sein und nicht gewusst zu haben, wen er sich ins Haus holte.

Der ostdeutsche Betreiber des Ladens stellte klar, dass er keineswegs vorhatte, sich wieder zurückzuziehen, nur weil ein paar linke Gruppen Radau machten. Er hoffe auf ein Bombengeschäft, sagte er. Bisher wurde die Marke außerhalb Ostdeutschlands hauptsächlich im Internet vertrieben, der Laden in Bierstadt war der erste im Westen.

Spannend wurde es, als Jusos mit *Storch-Heinar*-T-Shirts vor dem Laden auftauchten. Sie persiflierten den *Thor-Steinar*-Kult, denn Heinar war ein Storch, der an einer ›Froschfleisch-Intoleranz‹ litt und eine Vorliebe für Eierlikör hatte. Er trat mit Stahlhelm, Scheitel und Hitlerbärtchen auf. Die Satire der Jusos war ein Hit geworden. Auch so konnte man Faschos beikommen.

Bei vielen Tassen Kaffee hintereinander wartete ich auf Neuigkeiten zum Mord an Kahl.

Endlich kam die Mail mit dem Obduktionsergebnis und weiteren Informationen, die überraschten: Kurz bevor Kahl von dem unbekannten Mann in die Luft gesprengt worden war, hatte ihn ein tödlicher Schuss in den Kopf getroffen. Die Kugel stammte aus derselben Waffe, mit der Reimer hingerichtet worden war. Die Ermittler gingen jetzt davon aus, dass der Mörder von Kahl auch der Mörder von Reimer war.

Bei dem Gebäude in der nördlichen Innenstadt handelt sich um einen Stützpunkt der rechtsterroristischen Gruppe Sturmbund 18. *In dem Haus wurden jede Menge Waffen, Sprengstoff, Schlagstöcke und Propagandamaterial beschlagnahmt. Ein Tresor, in dem wohl Bargeld gelagert worden war, stand offen und war leer. Einige Geldscheine fanden sich noch auf dem Boden. Es gab mehrere Computer und zahlreiche Aktenordner,* so hieß es in der Pressemitteilung. Außerdem hatten die Beamten zahlreiche Hinweise auf weitere geplante Anschläge gefunden.

Die Fahndung nach dem Lieferwagen war bisher ergebnislos geblieben. An die Mail hatte man ein Foto von einem baugleichen Fahrzeug angehängt. Die Sonderkommission war Tag und Nacht erreichbar, um Hinweise aus der Bürgerschaft entgegenzunehmen. Alle einschlägig bekannten Treffpunkte von rechten Gruppen wurden überwacht.

»Wir werden den Krieg gegen die demokratische Gesellschaft mit aller Härte beenden«, versprach der Generalbundesanwalt.

Mein Telefon klingelte. Es war Simon, der sich von dem Helene-Fischer-Konzert meldete. »Hier ist Zoff, Grappa«, berichtete er außer Atem. Im Hintergrund lautes Gebrüll und Knallgeräusche. »Nazisympathisanten haben neben der Bühne ein riesiges Transparent ausgerollt. *Tod den Volksverrätern!*

185

Und Bengalos sind auch gezündet worden. Die Show ist zurzeit unterbrochen.«

»Ich dachte, es gibt strenge Einlasskontrollen!«, wunderte ich mich.

»Wohl nicht streng genug«, entgegnete Harras. »Ich schicke dir ein paar Handyfotos.«

»Danke, ich seh die Bilder schon bei Facebook.«

Es war nicht das erste Mal, dass die Einlasskontrollen am Westfalenstadion nicht funktionierten. Warum bekamen die Veranstalter das nicht in den Griff? Waren die Einlasskontrollen zu lasch oder ›übersahen‹ rechtslastige Ordner die in Einzelteile zerlegten Spruchbänder und die gefährlichen Bengalos, die immer wieder für Störungen sorgten?

Eigentlich musste jeder Bewerber für einen Posten als Einlasskontrolleur die Anforderungen der Deutschen Fußballliga erfüllen. Die Heimspiele des BVB waren ja gewissermaßen die Musterveranstaltungen für die Versammlung großer Menschenmengen. Zu den Anforderungen gehörten die Vorlage eines polizeilichen Führungszeugnisses, die Angabe einer Sozialversicherungsnummer und der Nachweis von mindestens zehn Stunden Ausbildung. Bei den Fußballspielen musste der Verein das überprüfen. Wer da bei Musikveranstaltungen zuständig war, wusste ich nicht. Das Ordnungsamt? Der Veranstalter?

Die Realität sah anders aus. Das Lokalfernsehen hatte über die BVB-Ordner einen Film gemacht. Wenige Stunden vor Beginn des Schlagerspiels des BVB gegen Bayern München hatte eine Versuchsperson namens Julian beim Verein als Ordner angeheuert. Er hatte weder ein Führungszeugnis noch konnte er Vorkenntnisse im Sicherheitsdienst vorweisen. Auch die Sozialversicherungsnummer blieb er schuldig. Man stellte ihn dennoch ein. Nach Ende des Dienstes drückte man ihm dreißig Euro in die Hand – das waren fünf Euro pro Stunde –, weit weniger als der damalige Mindestlohn in Höhe von acht Euro und fünfzig Cent.

186

Ich fasste die Anforderungen an den Ordnerjob in einem Kasten zusammen und stellte ihn auf die Homepage. Die restlichen Infos würde Harras liefern.

Frau Fischers Show wurde übrigens ohne Unfälle aufgezeichnet. Damit war für ihre Fans die Welt wieder im Lot.

Kleist war es unterdessen gelungen, alle Staus in der Stadt zu umfahren, um beim Italiener eine hübsche Kollektion Antipasti zu besorgen. Das war eine strategische Glanzleistung, denn im Radio liefen ständig Verkehrshinweise, die vor verstopften Straßen, gesperrten Wegen und Gefahr vor Demonstranten warnten.

Wir packten die Häppchen auf zwei Teller und setzten uns vor den Fernseher. Im TV war eine Sendung zum Thema *Terror-Nazis rüsten auf* angekündigt worden. Danach folgte die unvermeidliche Talkshow mit den üblichen Experten. Der Extremismusforscher durfte genauso wenig fehlen wie die nach Proporz ausgewählten Politiker. Nur diejenigen, über die man redete, waren nicht anwesend. Es war also eine Diskussion über Rechtsextremismus ohne Rechtsextreme.

Wenn ein Sender den Mut hatte, Provokationen zuzulassen – zum Beispiel durch die AfD –, bekam er Prügel von Gutmenschen und Rundfunkräten. Als könnte man extreme Ansichten totschweigen, indem man ihnen den Fernsehauftritt verweigerte.

Ich holte mir noch eine Flasche Bardolino und griff zu: gegrilltes Gemüse, Tomaten mit Basilikum und Mozzarella, Oliven und Bruschetta.

»Das kannst du bald jeden Abend haben«, murmelte Kleist und drehte den Ton hoch.

Im TV erklärte ein Politikwissenschaftler, dass es zwischen den Verbrechen des *Sturmbunds 18* und denen der arabischen Clans Übereinstimmungen gab: »Das haben die Neonazis vom sogenannten Islamischen Staat übernommen: Jeder Einzelne kann sich selbst bewaffnen und einen Anschlag ausüben. Er mietet sich ein Auto, fährt in eine Gruppe und tötet und verletzt Menschen. Er ruft dabei allerdings nicht *Allahu akbar*, sondern *Heil Hitler*.«

Nach anderthalb Stunden Dauerberieselung mit Bildern und Tönen schwirrte mir der Kopf. Oder lag es am Wein? Ich forschte nicht weiter nach.

Heimattreuer Mörder

In der Nacht zum Sonntag wurde der dunkelblaue Lieferwagen auf einem Parkplatz an der Autobahn 45 entdeckt, nicht weit von der Stadt entfernt. Der Fahrer war verschwunden. Die Ermittler vermuteten, dass er in ein anderes Fahrzeug umgestiegen war. Zeugen gab es nicht – so hieß es in der Pressemitteilung.

»Jetzt dauert es nicht mehr lange und wir wissen, wer der Kerl ist«, meinte Kleist bei Frühstück. »Irgendwo wird er seine DNA hinterlassen haben.«

So war es dann auch. Drei Stunden später wurden die Ergebnisse eines Schnelltests bekannt gegeben. Der Mörder von Ludwig Kahl hatte jetzt einen Namen. Er hieß Wigald Rauh, war fünfunddreißig Jahre alt und in Dresden gemeldet. Er hatte eine Polizeiakte und gehörte der Nazi-Kameradschaft *Heimattreu 88* an. Die Zahl 88 stand für zwei Mal der achte Buchstabe des Alphabets, also das H, und war die Abkürzung des Heil-Hitler-Grußes. Rauh war wegen Volksverhetzung, Landfriedensbruch, Körperverletzung, Widerstand und Diebstahl vorbestraft und hatte schon mehrere Gefängnisstrafen abgesessen.

»Er hat sich weiterentwickelt«, stellte Kleist lapidar fest. Ich las weiter.

Im Wagen wurden Spuren von Frank Reimers Blut und Glassplitter gefunden. Sie passen zu den Glasspuren an

Reimers Leiche. Wir gehen davon aus, dass Kahl und Rauh Reimer entführt, später im Auto erschossen und auf dem Nazi-Kiez abgelegt haben. Die Fahndung nach Rauh wird europaweit ausgedehnt.

Ich füllte meinen Kaffeebecher und googelte das Leben des Wigald Rauh. Journalisten einer Antifaseite führten ihn auf einer Art Hitparade der gefährlichsten Rechtsterroristen auf Platz 12. Rauh war in einem Kaff im Sauerland geboren worden, radikalisierte sich schon als Jugendlicher, fiel schnell durch überdimensionierte Brutalität auf, hatte es aber nicht in die Führungsetage seiner Gruppe *Heimattreu 88* geschafft. Diesen Mangel machte er damit wett, dass er bei Demos härter zuschlug als seine Kameraden. Vor dem Bierstädter Rathaus hatte er in jüngster Zeit Flugblätter verteilt und Polizisten angegriffen. Davon gab es sogar ein Foto. Es zeigte Wigald Rauh und Nazi-Opa SS-Eddi, wie sie nebeneinander die Fäuste heben.

SS-Eddi und das Glück

Die warme Frühlingssonne gab dem Antlitz von SS-Eddi eine milde Note. Die Glasperlen, eingeknüpft in die schütteren Barthaare, glitzerten im Licht. Romantik pur. Der alte Mann saß auf dem Wilhelmplatz auf seiner Lieblingsbank, rechts neben sich eine Flasche Bier, zwischen den Beinen den Spazierstock, der ihm schon oft gute Dienste geleistet hatte – als Gehhilfe und als Waffe. Schon einige Male war der Stock durch beherzte Schläge auf die Schädel von Antifaschisten und Demokraten ›geadelt‹ worden. Das *Tageblatt* hatte in schöner Regelmäßigkeit über Eddi und seine zahlreichen Konflikte mit der Exekutive und der Judikative berichtet.

Von seiner Bank aus hatte SS-Eddi die Geschehnisse in seinem Nazi-Kiez voll im Blick. Geradeaus das Ärztehaus, daneben die Apotheke, die überaus deutsche Kneipe *Haus*

Schmidt und ein Bestattungsunternehmen. Zur rechten Hand gegenüber der Straße ein metallenes gelbes Mahnmal aus stilisierten Davidsternen. Dort hatte früher die Dorstfelder Synagoge gestanden, die im Dritten Reich von SS-Eddis politischen Vorfahren zerstört worden war. Das Monument war für ihn zwar ein Ärgernis, erinnerte ihn aber auch daran, dass noch viel Arbeit getan werden musste. *Wer Bierstadt liebt, ist Antisemit …* Dieser Spruch wurde immer wieder bei Demonstrationen skandiert und nur wenige wussten, dass SS-Eddi diesen griffigen Slogan erfunden hatte, auch wenn der Reim lyrisch etwas unsauber war.

Der von seniler Bettflucht geplagte Eddi lebte bei seiner neunzigjährigen Mutter, die von der Szene ehrfurchtsvoll SS-Mami genannt wurde. Gerüchten zufolge machte sie ihm jeden Morgen das Frühstück: zwei Spiegeleier aus deutscher Bodenhaltung, Fleischwurst ohne Knoblauch und ein oder zwei Bierchen. Dazu der Nazi-Toast, der in der Szene Furore gemacht hatte: Auf jeder Brotscheibe prangte das Hakenkreuz. SS-Mami hatte einen normalen Toaster von einem Jünger ihres Sohnes umarbeiten lassen.

Den Mittagstisch nahm SS-Eddi später bei der Tafel ein, das entlastete Mutti. Die Speisung für Bedürftige wurde aus öffentlichen Mitteln und Spenden finanziert. Wenn Eddi dort auftauchte und mit seinem Gehstock wedelte, traten die Wartenden zurück. Sie wussten, was sie diesem Mann schuldig waren.

Auch die *Agentur für Arbeit* passte sich an und schickte ihm die Stütze gleich aufs Konto, ohne dass er zum Gespräch antreten musste wie die anderen Hartz-IV-Kunden. Man habe Angst vor ihm, verteidigten sich die Arbeitsberater. Es hatte eben praktische Vorteile, ein mehrfach vorbestrafter Neonazi zu sein. Manchmal spazierte Eddi auch inkognito – getarnt mit Sonnenbrille und Hut – zu den Kundgebungen seiner ideologischen Gegner und pfiff sich eine SPD-Bratwurst mit roter Soße rein. Oder auch zwei.

SS-Eddi hatte mich längst bemerkt. Ich überquerte den Wilhelmplatz und steuerte die Bank an. Ob er noch wusste, dass ich von der Presse war?

»Ist hier noch frei?«, fragte ich und deutete auf den Platz neben ihm.

»Sieht so aus«, brummte er und stellte die leere Bierflasche auf die Erde.

»Schönes Wetter heute«, lächelte ich. »Ein Tag zum Ausspannen.«

»Was wollen Sie?«

»Ihnen Fragen stellen.«

Er schlug auf den Handgriff seiner Gehhilfe. »Versiffte Lügenpresse.«

»Sie können frei entscheiden, ob Sie mir antworten.«

Zwei junge Männer näherten sich, stellten sich schweigend hinter die Bank. Einer machte sein Handy aufnahmebereit, der andere reichte Eddi eine volle Bierflasche.

Die Fragen zu stellen, die ich im Kopf hatte, war sinnlos geworden. Vor den Ohren seiner Jünger würde ich nichts erfahren. Was hatte ich erwartet? Dass er mir von seiner Männerfreundschaft zu Rauh erzählte und mir danach seinen Aufenthaltsort verriet? Wie naiv war ich?

»Ihre Fragen?«

»Ich habe nur eine Frage«, stellte ich klar. »Und die heißt: Sind Sie glücklich?«

Er stutzte, drehte sich zu seinen Bodyguards hinter der Bank um und befahl: »Verpisst euch mal!«

Die Jungs in meinem Nacken gehorchten und trollten sich – aber nur bis zur nächsten Hauswand.

»Also, noch mal, sind Sie glücklich?«

»Warum fragen Sie das?«

»Weil ich es mich interessiert«, antwortete ich. »Seit dreißig Jahren in einem demokratischen und freiheitlichen Staat zu leben, muss für Sie ja eine tägliche Qual sein.«

Er nahm einen kräftigen Schluss aus der Bierpulle, setzte sie ab, rülpste und sah an mir vorbei. Ich folgte seinem Blick und bemerkte eine Gestalt, die einen Rollator vor sich herschob und sich uns näherte. Die Frau war alt, mager und ging leicht gebückt. Ihre Haare verbarg sie unter einem tief ins Gesicht gezogenen beigefarbenen Hut. Im Transportkorb des Rollators erkannte ich eine Kik-Plastiktüte, die oben zusammengeknotet war.

Ihr Laufrad berührte jetzt fast meine Knie. »Was willst du von meinem Jungen?«, fauchte sie mich an.

»Geh nach Hause, Muddi«, befahl Eddi.

Ich musste grinsen und das mochte SS-Muddi gar nicht. Sie hielt mir drohend die Faust vor die Nase. »Lach nicht, du Volksschädling! Sonst hol ich die SS und du kommst in die Gaskammer, du Judensau!«

Einer der Aufpasser hinter der Bank kam heran und führte SS-Mami fort. Ihr Zetern war noch eine Weile zu hören.

»War Ihre Mutter immer schon so oder hat sie das von Ihnen gelernt?«

»Gehen Sie weg!«

»Haben Sie eine Ahnung, wo sich Ihr Freund Wigald Rauh befindet?«

»Er ist jedenfalls nicht so weit weg, dass er Sie nicht erwischen könnte, wenn Sie noch so ein paar Fragen stellen«, knurrte SS-Eddi.

»Dann ist er also in der Gegend?«

»Hau endlich ab, du Zecke!«

Der zurückgebliebene Bodyguard hatte die Gestik seines Chefs interpretiert und baute sich wieder neben mir auf. Ein eindeutiges Zeichen für mich, zu verschwinden.

Abschied und Angriff

So schwer es auch war: Ich musste Abschied nehmen. Mein Golf Cabrio war hin. Nicht allein durch die Attacke der Neonazis, sondern auch aufgrund seines Alters. Ich hatte ihn zur Autowerkstatt meines Vertrauens abschleppen lassen. Dort riet man mir von einer Reparatur ab. Die Graffiti und das aufgeschlitzte Dach waren nicht die einzigen Probleme, auch Kupplung, Bremsen, Sitzheizung und Reifen mussten repariert oder sogar erneuert werden.

Ich sah zu, wie der Golf auf einen Transporter Richtung Polen geladen wurde.

Ich zerdrückte ein paar Tränchen. Kleist reichte mir ein Taschentuch.

»Und womit fahre ich jetzt?«, schniefte ich. »Den Verlags-Yeti muss ich irgendwann zurückgeben.«

»Soll ich mich nach einem passenden Auto für dich umsehen?«, fragte er sanft.

»Ja, mach mal. Ich will aber wieder ein Cabrio. Und keine Automatik. Dafür bin ich noch nicht alt genug.«

»Ich kümmere mich«, versprach er.

Der Autotransporter verließ den Parkplatz. Mein Golf war der schönste Schrotthaufen zwischen den Fiats, Opels und Fords. Die Sonne spiegelte sich im schwarzen Lack. Mir war's schwer ums Herz.

»Ich wusste gar nicht, dass du so sentimental sein kannst«, wunderte sich Kleist. »Aber es gefällt mir. Fahren wir ins Bistro und frühstücken?«

»Gut, dass ihr da seid«, empfing uns Frau Schmitz. In ihrem Gesicht standen Ärger und Empörung. »Ich muss euch was erzählen. Aber zuerst hol ich euch Kaffee. Frühstück auch?«

»Jep.«

»Dauert ein bisschen. Ich bin schon wieder allein im Laden«, rief sie uns im Laufen zu. »Die Brötchen müssen gleich raus.«

»Nur keine Hektik«, sagte ich und zu Kleist gewandt: »Sollen wir sie mitnehmen nach Italien?«

Er lachte. »Mach am besten eine Liste.«

Die Bäckerin kam mit dem Kaffee.

»Wo ist Donka?«, fragte ich.

»Im Mutterschaftsurlaub. Und ob sie wiederkommt, weiß ich nicht.«

»Du willst allein weitermachen, Frau Schmitz?«

»Ich verkauf den Laden.«

»Das sagst du seit Jahren.«

»Diesmal mach ich wirklich Schluss«, sagte sie trotzig. »Es wird immer schlimmer hier inne Ecke. Gestern kamen ein paar Bälger, ließen sich Teilchen einpacken und dampften ab, ohne zu löhnen. Ich hinterher und da haut mir so eine kleine Kackbratze vors Bein. Ich wär fast gefallen. Guck ma!« Sie bückte sich und zog das Hosenbein hoch. Ein blauer Fleck zog sich vom Schienbein bis zum Knie.

»Da waren sogar Mädchen dabei. Und blond waren die nicht, Frau Grappa. Und auf Deutsch haben sie sich auch nicht unterhalten. Denen möchte ich nicht in zehn Jahren begegnen. Und jetzt sach mir nix von Einzelfällen.«

Ich seufzte. »Hast du die Polizei gerufen?«

»Nee, das bringt doch nix. Dazu erzähl ich euch gleich noch was«, kündigte Frau Schmitz an. »Ich hol das Frühstück. Momentchen.«

»Also, was ist los?«, fragte ich, als sie kurz darauf den Tisch vollgestellt hatte.

»Ich hab einen Kunden, der will immer frisches Ciabatta für sein Weinkontor im Kaiserstraßenviertel. *Feiner Wein* heißt der Laden. Davor sind sechs Kundenparkplätze. Das Gelände gehört ihm. Vor drei Wochen sind nebenan im Haus Araber eingezogen. Leute mit fetten Karren. Und die stellen ihre Karren jetzt immer auf den Kundenparkplätzen von dem Weinladen ab.«

»Hat Ihr Kunde die Leute mal angesprochen?«, fragte Kleist.

»Hatter. Die haben ihn ausgelacht, ihm Prügel angedroht und weiter dort geparkt. Dann hatter die Bullen geholt. Doch plötzlich waren da zwanzig Araber und haben Krawall gemacht. Die Polizisten sind dann sofort wieder weg.«

»Und dann?«

»Nix. Die Araber parken weiter, wo sie wollen, und die Polizei schert sich nicht drum«, erklärte Frau Schmitz. »Ende der Geschichte. Und jetzt dachte ich, Frau Grappa, dass du mal was drüber schreibst. Wie diese Typen unsere Gesetze verarschen und über Polizei, die den Schwanz einzieht vor dem Pack.«

Ich biss in mein Brötchen und überlegte. Die Story war gut, bediente aber die weitverbreiteten Vorurteile: Deutsche müssen sich vom muslimischen ›Pack‹ alles gefallen lassen, die Ordnungsmacht lässt sich einschüchtern und der deutsche Bürger fühlt sich alleingelassen und wählt die AfD. Aber wenn es die Wahrheit war, gehörte es in die Zeitung.

»Ich kümmere mich drum«, versprach ich.

Nach dem Frühstück machten wir einen Umweg und schauten uns die Situation vor dem Weinladen an. Anneliese Schmitz hatte nicht übertrieben. Alle sechs Parkplätz waren belegt. Maserati, Mercedes S-Klasse, zwei BMW Cabrios, Porsche Cayenne samt Aufklebern mit arabischen Schriftzeichen und ein Ford Ka mit BVB-Plakette.

»Der Ford gehört dem Weinhändler, wetten?«, tippte ich.

»Ich wette nicht dagegen.«

Das Haus, in dem die Autobesitzer wohnen sollten, war neueren Datums.

Ich schrieb mir Hausnummer und Straße auf, fotografierte die Karren, das Klingelschild und die Hausfront. Das reichte zunächst für eine erste Recherche. Hinter zwei Fenstern verschwanden Köpfe.

Ich startete den Yeti, setzte Kleist zu Hause ab und fuhr Richtung Redaktion.

Schnee von gestern?

Die Bundesanwaltschaft war übers Wochenende nicht untätig gewesen und hatte die Ergebnisse ihrer Arbeit in einer Pressemitteilung zusammengefasst. Man hatte die Wohnung des toten Ludwig Kahl auf den Kopf gestellt und belastendes Material vielerlei Art gefunden. Darunter waren auch Beweise für die Gerüchte, dass Kahl nicht nur beste Beziehungen zur Polizei unterhalten, sondern auch gute Freunde im Mawardi-Clan hatte. Neu war, dass Kahl rege Kontakte zu ausländischen Neonazi-Gruppen pflegte. Er stand in engem Austausch mit dem *National Socialist Movement*, der größten Neonazigruppe in den USA, und zu der internationalen Vereinigung *Blood & Honour*. Darüber hinaus hatte er Neonazi-Treffen in Skandinavien und Ungarn besucht.

Kahl war auch in den sozialen Medien aktiv gewesen – schrieb der Generalbundesanwalt. *Er legte sich zahlreiche Nicknamen zu und chattete in rechtsradikalen Gruppen und im Darknet, aber auch in Singlebörsen. Darin suchte er Helfer und Helferinnen, die er mit kleineren Aufgaben betraute, die den gesellschaftlichen Frieden in unserem Land stören sollten.*

Und eins seiner Opfer hieß Stella, dachte ich, und die sollte mich ausschalten. Aber: Schnee von gestern.

In der Konferenz bekam ich fünfzig Zeilen, um die Neuigkeiten zusammenzustellen. Ich vergewisserte mich bei der Pressestelle der Polizei, dass es noch immer keine Spur von Wigald Rauh gab.

»Haben Sie SS-Eddi schon vernommen?«, fragte ich. »Rauh und Eddi kennen sich.«

»Das dürfte uns bekannt sein«, antwortete der Pressemann. »Aber ob er vernommen worden ist, wird aus ermittlungstaktischen Gründen nicht preisgegeben.«

»Jaja, die berühmten ermittlungstaktischen Gründe!«, sagte

ich. »Ich habe mit SS-Eddi gesprochen und er hat angedeutet, dass Rauh noch in der Gegend sein könnte.«

»Auch das haben wir auf dem Schirm, Frau Grappa.«

»Immerhin hab ich der Polizei den Tipp gegeben, der zu Wigald Rauh führte«, erinnerte ich. »Da könnten Sie ruhig etwas offener für meine Fragen sein.«

»Deshalb dürfen wir Sie aber nicht bevorzugen, Frau Grappa. Ich halte mich nur an die Vorschriften. Schönen Tag noch.« Der Pressesprecher beendete das Gespräch.

»Kommst du nicht weiter, Grappa?«, fragte Harras.

»Das geht mir alles zu langsam«, motzte ich.

»Geduld war noch nie dein Ding«, nickte er. »Noch einen Kaffee, bevor wir mit der Arbeit anfangen?«

Ich folgte ihm. So kuschelig war Simon selten. Irgendwas wollte er von mir.

»Ich hab einen Brief von Stella bekommen.«

Na also, jetzt war es raus. »Ach?«

»Sie hat mich um Verzeihung gebeten.«

»Interessant. Dich bittet sie um Entschuldigung, weil sie mich reinreiten wollte?«

»Sie glaubt nicht, dass du ihre Gründe verstehst«, entgegnete Simon.

»Da hat sie verdammt recht«, nickte ich.

»Die Staatsanwaltschaft will sie anklagen.«

»Das ist ja wohl das Mindeste!«

»Willst du ihren Brief lesen?«

»Nein. Kein Interesse«, wehrte ich ab. »Verzeih du ihr doch, du Friedensengel.«

»Mal sehen.«

Carpe diem oder so

Seit dem Morgen hatte sich vor dem Laden *Feiner Wein* nicht viel geändert. Der Ford Ka war weg, ein BMW ebenfalls.

Wayne fotografierte die Fassade des Geschäftes, das Schild *Kundenparkplatz* und die Protzkarren.

Eine altmodische Klingel schepperte, als wir den Laden betraten. Durch einen Kettenvorhang trat ein Mann auf uns zu. Er stellte sich als Klaus Winter vor.

»Guten Tag«, sagte ich und zeigte meinen Presseausweis. »Wir haben gehört, dass Sie Ärger mit Ihren Nachbarn haben.«

»Welchen Nachbarn?«, fragte er leicht irritiert.

Ich deutete auf den Parkplatz.

Er verstand. »Ach so. Kommen Sie bitte mit nach hinten ins Büro.«

Dort saß eine junge Frau – seine Tochter, wie der Weinhändler erklärte. Er bat sie, in den Verkaufsraum zu gehen.

»Ein Gläschen Prosecco?«, fragte er dann uns.

»Nicht um diese Uhrzeit«, antwortete ich. »Erzählen Sie. Ein bisschen weiß ich von Ihrer Brotlieferantin Frau Schmitz.«

»Ja, die Frau Schmitz hat mir schon gesagt, dass sie jemanden vom *Tageblatt* kennt. Aber ich weiß nicht, ob ich Ihnen das alles erzählen soll. Die Typen bedrohen mich und schlagen mir irgendwann den Laden kurz und klein.«

»Welche Typen?«, fragte ich. »Die nebenan im Haus?«

»Ja. Al-Tani, Bin Hafa, Omeirat – oder wie sie alle heißen. Omeirat ist der Schlimmste.«

»Sie müssen sich entscheiden, ob Sie sich wehren wollen oder klein beigeben«, sagte ich. »Wenn ich Ihren Fall beschreibe, werden die Araber erst recht sauer sein.«

»Was mich am meisten ärgert, ist, dass mich die Polizei nicht beschützt. Die haben die Hosen voll. Ich hab die schon mehrfach angerufen, doch es passiert nichts.«

»Dann kümmere ich mich jetzt drum, oder?«, kürzte ich die Sache ab. Zögernd stimmte er zu.

Eine halbe Stunde später hatte ich die Fakten zusammen. Wayne machte einige Fotos von Winter und seiner Tochter. Jetzt fehlte nur noch die Stellungnahme der Nachbarn.

Im Nebenhaus schien alles ruhig. Ich drückte die Klingeln von *Al-Tani, Bin Hafa, Omeirat* – nichts. Ich warf meine dienstlichen Visitenkarten in die Briefkastenschlitze mit der Bitte um Telefonkontakt. Betreff: *Es geht um die Parksituation in der Straße.*

»Von denen ruft dich keiner an, Grappa«, prophezeite Wayne.

»Ich muss es wenigstens versuchen, denn wie heißt es so schön? *Audiatur et altera pars.*«

»Jetzt wird es gefährlich«, grinste er. »Grappa kramt in ihrem Latinum. Kennst du noch ein Zitat, mit dem du protzen kannst?«

»*Fames est optimus coquus*«, antwortete ich. »Das heißt: Hunger ist der beste Koch.«

»Kantine oder *Mama Mia*?«

»Der Italiener ist näher«, sagte ich.

»*Carpe diem*, Grappa.«

Nach Penne mit Chili und Knoblauch hatte ich die richtige Wärme im Bauch, mich mit dem rabiaten Parkverhalten der Nachbarn des Ladens *Feiner Wein* zu befassen.

Angerufen hatte niemand für mich, teilte mir Susi mit, als wir wieder in der Redaktion eingetroffen waren.

»Grappa?«

»Ja?«

»Ich hab gestern die Stella besucht«, sagte Susi. »Es geht ihr ganz schlecht. Und sie bereut alles. Mit dir und Simon und so.«

»Schön, das wird ihr vor Gericht sicherlich helfen. Sonst noch was?«

»Kannst du ihr nicht verzeihen?«

»Nein. Sie hat bei einem Mord mitgeholfen, den sie mir in die Schuhe schieben wollte.« Ich ließ Susi stehen.

Überlastete Justiz

»Die Straße gehört uns«: Araber terrorisieren Anwohner

Klaus W. (Foto), Inhaber eines kleinen Ladens (Foto), verkauft seit einem halben Jahr Weine im Kaiserviertel. Seine Geschäfte gehen gut, denn seine Kunden wissen sein Angebot zu schätzen. Eigentlich könnte W. zufrieden sein. Eigentlich – wenn seine Nachbarn nicht wären. Drei Familien mit arabischen Namen haben sich nebenan niedergelassen und seitdem ist nichts mehr, wie es war.

»Abdulkadir O. ist der Anführer«, beklagt der 45-Jährige. »Es begann damit, dass ich ihn aufgesucht und gebeten habe, dass sein Auto und die Autos seiner Kinder und seiner Besucher nicht mehr auf meinem privaten Kundenparkplatz parken. Er lachte nur und bedrohte mich. Er zeigte mir seine Faust und meinte: ›Du hast diese Hand noch nicht zu spüren bekommen. Warte mal ab, bis ich meine Brüder hole. Wir sind noch nicht fertig.‹ Ich erstattete Anzeige wegen Bedrohung und holte die Polizei, als mein Gelände wieder einmal durch diese protzigen Autos blockiert war.«

Die Polizei kam zwar, wurde aber von O. und den anderen Arabern aus dem Nachbarhaus beschimpft und angegriffen – so erzählt Klaus W. weiter. »Sie schrien, dass die Straße ihnen gehören würde.« Die Beamten haben nicht einmal die Personalien der Angreifer aufgenommen.

»Danach wurde alles noch viel schlimmer«, berichtet W. »Meine Frau und meine Tochter wurden sexuell belästigt, ich wurde durch die geöffnete Ladentür mit Reizgas angegriffen. Ich habe wieder Anzeige erstattet, doch die Polizei tut nichts. Die offiziellen Stellen lassen uns im Regen stehen.«

Klaus W. und seine Familie fühlen sich allein gelassen. »Wir werden bedroht. Meine Frau ist psychisch erkrankt und meine Tochter traut sich nicht mehr aus dem Haus.«

Auf Nachfrage des *Tageblattes* bestätigt die Polizei die Existenz von Strafanzeigen gegen die Familie O. und andere Familien in der Straße, doch die Justiz sei derzeit zu überlastet, um jedem einzelnen Vorfall nachzugehen.
Die beschuldigte Familie O. war für eine Stellungnahme nicht zu erreichen.

»Gute Story«, meinte Damm bei der Abnahme. »Wenn sich jetzt noch einer wundert, dass die rechtsradikalen Parteien immer mehr Zulauf bekommen, hat er den Schuss nicht gehört.«

Am Abend überraschte mich Kleist mit der Ankündigung, am nächsten Tag nach Mailand fliegen zu wollen. »Der Notar hat einen Käufer für die *Villa Visconti* gefunden. Ich schaue mir den Interessenten an und mache vielleicht gleich einen Vertrag. Du kannst mein Auto in der Zeit haben. Oder möchtest du mitkommen?«

Ich lehnte ab und berichtete, dass ich inzwischen mit dem Weinhändler geredet hatte.

»Ich habe es im Netz gelesen. Der Krieg an allen Fronten geht also weiter«, seufzte er. »Nazis gegen Juden und Moslems, Moslems gegen Juden und Deutsche, unfähige, feige Politiker und eine untätige Polizei. Wo sind in der Geschichte eigentlich die Guten?«

»Vielleicht der Mann, der nur Wein verkaufen will?«, sagte ich. »Oder Frau Schmitz, die sich von kleinen Kindern beklauen lassen muss?«

Nächtlicher Besuch

Am nächsten Morgen hatten die Luxusschlitten der arabischen Familien viel von ihrem protzigen Charme verloren. Die Scheiben waren eingeschlagen, die Reifen aufgestochen, der Lack durch zahlreiche Kratzer ruiniert und die Stoffdächer zerfetzt.

Klaus Winter hatte mich angerufen, ich informierte Wayne, er holte mich ab und wir düsten los.

Das Leben in der Stadt erwachte erst langsam. Die Sonne war schon aufgegangen und die Vögel quinquilierten. Irgendwo begrüßte ein eifriger Hahn den Morgen, um sich gleich danach mit einem Artgenossen einen Sängerwettstreit zu liefern. Gelassene Morgenstimmung im Pott. Nur nicht für Abdelkadir Omeirat. Der stand vor seiner Schrottkarre, streichelte sie und weinte wie ein kleines Kind. Das enge T-Shirt gab den Bauch frei und die Jogginghose schlabberte um die Hüften. Sein BMW Roadster, der ohnehin schon tief auf der Straße lag, thronte auf gequetschten Reifen. Der Mercedes seines Sohnes war mit SS- und Nazi-Symbolen besprüht und es roch nach Urin.

Wayne machte seine Arbeit und hatte offensichtlich Spaß daran. Nach und nach rückten die Bewohner der umliegenden Häuser an, fotografierten ebenfalls und lobten die nächtlichen Randalierer. Die ersten Bilder wurden auf Facebook gepostet.

Jetzt tauchte sogar die Polizei auf; wenig später kam Klaus Winter. Er blickte gen Himmel. »Auf die Idee hätte ich auch kommen können«, kicherte er. »Selbsthilfe, wenn die Staatsmacht die Hosen voll hat.«

»Isch mach disch platt«, schrie Omeirat und lief auf Winter zu.

Ein Polizist ging dazwischen.

»Hau ab, du!«, bedankte sich der Autobesitzer. »Warum seid ihr nischt in der Nacht gekommen? Isch hab eusch angerufen, ihr Penner.«

»Es war leider zu viel los«, entgegnete der Polizist mit einem kleinen, gemeinen Lächeln. »Da konnten wir uns leider nicht um Ihren Fuhrpark kümmern, Herr Omeirat. Wir retten keine teuren Fahrzeuge, die vermutlich durch Straftaten finanziert wurden. Wir retten keine Autos von einschlägig vorbestraften Zuwanderern, wenn Menschen in wirklicher Not unsere Hilfe brauchen.«

»Isch werd eusch fertigmachen, du Schwanzlutscher.«

Der Beamte drehte Omeirat den Arm auf den Rücken und fesselte ihn mit einem Kabelbinder. »Du bist jetzt ganz ruhig und kommst mit. Eine Anzeige ist dir sicher.«

Zuschauer applaudierten und zückten erneut ihre Handys, als der fluchende Omeirat ins Polizeiauto verfrachtet wurde. Auch Wayne fotografierte.

Zehn Minuten später war die Attacke auf die Autos endgültig zum Happening geworden. Eine Frau im Morgenmantel brachte eine riesige Kanne mit Kaffee, zwei Männer schleppten Campingstühle und einen Klapptisch heran. Ein TV-Reporter mit Kamera erschien: »Prima Stimmung hier«, freute er sich und hielt drauf. Freie Blaulicht-Reporter holten sich Anwohner-O-Töne. Die Fotos der zertrümmerten Autos bei Facebook bekamen Likes in blitzartiger Geschwindigkeit.

»Wer räumt mir den Schrott vom Hof?«, rief Winter einem Polizisten zu.

»Der Abschleppdienst ist schon da«, antwortete der Beamte und deutete auf ein großes Fahrzeug. »Geht gleich los.«

»Wieso abschleppen? Das sind unsere Autos!«, schrie ein junger Mann, der zum Omeirat-Clan zu gehören schien.

»Diese Metallhaufen sind Beweise für eine rechtsradikale Straftat«, wurde er aufgeklärt. »Außerdem stören die Fahrzeuge die öffentliche Ordnung und sind eine Gefahr für spielende Kinder.« Er deutete auf Glassplitter und zerbrochene Spiegel.

Wieder Applaus von den Zuschauern.

»Wir sind nicht alle so«, hörte ich eine Stimme in meinem Rücken. Ein junger Mann in Kaftan und mit Häkelmütze machte ein besorgtes Gesicht. »Wir verstehen uns gut mit den Deutschen. Es gab nie Probleme. Erst die Leute aus dem Libanon, Syrien und Irak machen Ärger.«

»Und woher kommt Ihre Familie?«

»Aus der Türkei. Schreiben Sie bitte, dass wir nicht so sind wie die da.«

Wie sollte ich ihm erklären, dass uns integrierte Zuwanderer journalistisch weniger interessierten als diejenigen, die Stress verursachten?

»Hier geht es um die Naziangriffe auf die Autos«, entgegnete ich.

»Das ist doch eine gute Sache«, meinte er. »Omeirat hat uns auch bedroht und ich bin froh, dass endlich mal jemand was macht gegen den.«

»Die Polizei macht jetzt auch was«, entgegnete ich und deutete auf die Abschleppwagen, auf die gerade die Autotrümmer geladen wurden.

»Ja, jetzt kommt die Polizei. Weil die Autos kaputt sind«, sagte der Mann. »Ich habe vergangene Nacht Lärm gehört und die 110 informiert. Aber niemand ist gekommen.«

»Darf ich Sie zitieren?«

Er wehrte ab. »Ich hab schon genug Ärger mit den Libanesen.«

»Grappa, der Pressefuzzi ist da«, rief mir Wayne zu. »Du kannst dein Interview machen.«

»Ich muss los. Danke, dass Sie mir Ihre Version erzählt haben.« Ich gab ihm meine Karte. »Rufen Sie mich an, wenn Sie wollen. Ich würde gern wissen, wie das hier weitergeht.«

Eine Stadt im Nazi-Notstand

Über neunzig Prozent der Reaktionen auf die Trümmerorgie waren positiv und strotzten vor Schadenfreude. Die Telefonleitungen liefen heiß und die E-Mail-Accounts explodierten. Natürlich gab es auch Spaßbremsen unter den Lesern, die auf Straftaten wie Sachbeschädigung hinwiesen, die unbedingt zu verfolgen seien.

»Geile Sache, Grappa«, jubelte Simon. »Da wäre ich gern dabei gewesen.«

Ich war leider keinen Deut moralischer, sondern spürte

klammheimliche Genugtuung. Die Neonazis hatten Omeirat und seinem Gefolge Grenzen aufgezeigt, was eigentlich die Aufgabe der Polizei gewesen wäre.

Ich schaltete einige Kommentare frei.

Die Reaktion der Neonazis ließ auch nicht auf sich warten. In einer Mail an die Medien teilte der *Sturmbund 18* mit, dass eine Privatpolizei namens *Schutzstaffel 18* in Zukunft anständige Deutsche vor den Belästigungen des arabischen Migrantenpacks schützen werde.

Wir kriegen euch alle. Untermenschen – raus aus unserem Deutschland!

Ich schrieb ein paar Zeilen und ersparte der Leserschaft die exakte Erwähnung der Drohungen. Die gebetsmühlenartigen Slogans der Nazis gingen mir auf die Nerven.

Die Idee einer privaten Polizei war nicht neu. Vor ein paar Jahren war eine Gruppe Islamisten mit Warnwesten durch Wuppertal gezogen. Auf dem Rücken der Westen prangte die Aufschrift *Scharia-Polizei*. So sollten junge Muslime von Spielhallen, Alkohol und Bordellen ferngehalten werden.

Inzwischen lag der Fall beim Bundesgerichtshof, weil die Islamisten gegen ein Urteil des Landgerichts Revision eingelegt hatten. Sie waren wegen Verstoßes gegen das Uniformierungsverbot zu Geldstrafen zwischen dreihundert und tausendachthundert Euro verurteilt worden.

Am Nachmittag rief der Rat der Stadt den ›Nazi-Notstand‹ aus. SPD, Grüne und Linke hatten einen entsprechenden Antrag ins Stadtparlament eingebracht. Das führte zu heftigen Diskussionen zwischen den Parteien. Klar, dass die AfD, die Partei Die Rechte und die NPD dagegen polemisierten. Auch die CDU protestierte.

Bärchen Biber übernahm das Thema. Er hielt den Beschluss für reine Symbolpolitik, was er ja auch war, denn der Begriff ›Nazi-Notstand‹ hatte keine rechtliche Bedeutung. Carsten las die Erklärung laut vor: »*Der Rat setzt den Schwerpunkt seiner Arbeit auf die Stärkung einer demokratischen Alltagskultur, kümmert sich um den Schutz von Minderheiten und Opfern rechter Gewalt und engagiert sich gegen die Ursachen extrem rechter Positionen.*«

»Alles Gelaber«, rief Simon. »Fast genau das Gleiche hat der BVB in einem Aufruf geschrieben. Und ich kann euch jetzt schon sagen: Es wird sich nichts ändern. Mindestens sechzig Prozent der BVB-Fans sind ausländerfeindlich, gegen Zuwanderung und halten Flüchtlinge für kriminelle Absahner, denen der Staat alles in den Hintern schiebt.«

»Sechzig Prozent?«, fragte ich. »Welche dubiose Quelle hast du bemüht?«

»Meinen gesunden Menschenverstand, Grappa«, grinste Harras. »Ich lasse mich von rigiden Gutmenschen-Parolen nicht manipulieren.«

Am Abend meldete sich Kleist aus Mailand. Der Verkauf der *Villa Visconti* sollte am nächsten Tag über die Bühne gehen. »Bist du mit dem Preis zufrieden?«, fragte ich.

»Ich konnte aus drei Interessenten auswählen und habe mich für die Kulturverwaltung entschieden«, erklärte er. »Wenn ich hier fertig bin, fahre ich weiter zum Weingut ins Chianti-Gebiet. Der Pächter will eine Vertragsverlängerung.«

Rückzug zum Jahresende

»Stella lässt euch alle grüßen«, behauptete Susi am nächsten Morgen.

»Darauf kann ich verzichten«, entgegnete ich.

»Dich hat sie auch nicht persönlich erwähnt, Grappa.«

»Gut so.«

Susi blickte in die Runde. Dort saßen Simon – im selben Hemd wie gestern –, Mäggi – mit neu geformten Locken –,

Bärchen Biber – ohne Gel im Haar – und Sarah – vertieft in die Speisekarte der Kantine.

»Stella arbeitet jetzt beim Fernsehen«, machte Susi weiter.

»Als Bachelorette für Scheintote?«, unkte Simon.

»Als Leiche bei *XY ... ungelöst*?«, rätselte Biber.

»Als Küchenschabe im *Dschungelcamp*?«, grübelte Mäggi.

»Meine Güte, was seid ihr böse!«, echauffierte ich mich. »Hat die arme Frau nicht genug Probleme?«

»Stella tritt bei Dieter Bohlen beim *Supertalent* auf«, enthüllte Susi.

»Was kann sie denn?«, fragte Simon völlig verdattert.

»Sie kann jede Melodie auf dem Kamm blasen.«

»Blasen?« Simon lachte sich einen Ast. »Das hätte sie mir mal früher mitteilen sollen.«

Ich verdrehte die Augen nach oben. »Immer die gleichen schlüpfrigen Scherze. Lass dir doch mal was Neues einfallen.«

Damm bat uns eine halbe Stunde früher als gewöhnlich in den Konferenzraum.

»Weißt du, um was es geht?«, fragte Mäggi.

»Keine Ahnung. Vielleicht hat sich wieder jemand beschwert.«

Da lag ich daneben. Der Verleger teilte uns seine Entscheidung mit, das *Tageblatt* zum Jahresende einzustellen.

»Die Menschen informieren sich immer mehr übers Internet oder nutzen die elektronischen Medien. Die Zahl unserer Abonnenten sinkt und sinkt. Ich habe versucht, die Zeitung durch Einsparungen zu retten – zum Beispiel durch Zukauf des Mantelteils bei einem anderen Zeitungsverlag. Dennoch ist das Blatt nicht mehr zu halten.«

Alle schwiegen. Geahnt hatten wir es ja schon lange, aber jetzt hatte Damm einen Termin genannt: Jahresende. Wir hatten also knapp sechs Monate Zeit, eine neue berufliche Perspektive zu finden.

»Um Härten abzufedern, werde ich Ihnen allen eine Abfindung zahlen, die Ihnen helfen soll, sich zu orientieren«, fuhr Damm fort. »Die Abfindung liegt bei drei Monatsgehältern brutto. Bitte lassen Sie uns die restliche Zeit vertrauensvoll zusammenarbeiten. Für Ratschläge stehe ich jederzeit zur Verfügung, meine Tür ist offen für Sie alle.«

»Werden Sie sich ganz aus dem Mediengeschäft zurückziehen?«, fragte ich.

»Das steht in den Sternen, Frau Grappa«, lächelte er. »Ich werde mich erst einmal vom Redaktionsstress erholen, mich sortieren und die Verluste, die das *Tageblatt* eingebracht hat, verkraften müssen.«

Ich hätte ihn gern daran erinnert, dass er laut *Manager Magazin* zu den hundert reichsten Unternehmern im Land gehörte, ließ es aber, weil es sinnlos war.

»Und jetzt zum Tagesgeschäft«, sagte Damm. Er schien froh, die Ankündigung hinter sich gebracht zu haben. Seine Entspannung übertrug sich nicht auf die Kollegen am Konferenztisch. Für die älteren Kollegen war es schlimm, den Arbeitsplatz zu verlieren, denn sie waren in den sozialen Medien und im Internet nicht so fix wie die jüngeren, die mit Handy, Laptop und Tablet aufgewachsen waren.

»Es gibt Ärger im Knast«, beendete Carsten Biber das kollektive Schweigen. »Die muslimischen Strafgefangenen haben sich schon im Mai mit einem Protestschreiben an den Gefängnisbeirat gewandt. Sie fordern auch im Ramadan warmes Essen.«

»Und warum kriegen sie das nicht?«, fragte Damm.

»Weil die Moslems im Ramadan den ganzen Tag fasten und erst was essen dürfen, wenn die Sonne untergegangen ist«, erläuterte Bärchen. »Das Abendessen im Knast ist um neunzehn Uhr und die Sonne geht hier im April und Mai erst gegen einundzwanzig Uhr unter. Dann ist die warme Mahlzeit aber nicht mehr warm.«

»Die sollen froh sein, wenn sie überhaupt drei Mahlzeiten am Tag bekommen«, entgegnete Simon. »Sonst würde ich denen mal einen Urlaub in einem syrischen oder irakischen Knast empfehlen.«

»Das gehört jetzt nicht zum Thema«, wies ihn Damm ärgerlich zurecht. »Die Muslime wollen also ihr warmes Essen erst nach einundzwanzig Uhr in die Zelle gebracht kriegen. Warum geht das nicht?«

»Weil die Schicht in der Gefängnisküche dann zu Ende ist.«

»Was ist mit Mikrowellen?«

Bärchen grinste. »Zu gefährlich. Dann basteln die Jungs an der Mikrowelle rum und der Knast brennt ab. Der Gefängnisbeirat sollte jetzt vermitteln, ist aber auf der Seite der Anstaltsleitung. Es bleibt bei kalten Platten für die Araber. Und fertig.«

»Dann ist doch alles gut«, sagte ich.

»Nein, die Sache geht in die nächste Runde«, erklärte Biber. »Der Zentralrat der Muslime sieht die grundgesetzlich garantierte Religionsfreiheit gefährdet. Denn dazu gehört ein warmes Essen nach einundzwanzig Uhr. Der Zentralrat stellt hier eine Diskriminierung fest und wünscht, dass Glaubensfragen sensibler behandelt werden. Er klagt jetzt wegen Verstoßes gegen die grundgesetzlich garantierte Religionsfreiheit.«

»Amüsante Geschichte«, meinte Damm. »Achtzig Zeilen auf der Zwei.«

Vampir-Lifting

Nach der Konferenz war an Arbeiten nicht zu denken. Wir setzten uns im Großraumbüro zusammen und beratschlagten unsere Situation.

»Ich geh zur *Brigitte* nach Hamburg«, berichtete Mareike. »Da kenn ich jemanden. Erst mal als Freie. Und dann mal gucken. Ich bin ja noch jung.«

Bärchen Biber hatte ein Angebot, in die Öffentlichkeitsarbeit der Stadtsparkasse zu wechseln. »Ich kann immerhin meine Kontoauszüge lesen«, qualifizierte er sich.

»Und du, Mäggi?«, fragte ich.

»Ich kann übernächstes Jahr in den vorgezogenen Ruhestand gehen. Bis dahin muss ich sehen, wie ich über die Runden komme. Und dann wandere ich nach Kenia aus.«

Simon pfiff durch die Zähne und kreiste lasziv die Hüften. Mäggis kurze, aber heftige Affäre mit einem schwarzen Strandboy vor einigen Jahren war uns allen noch in Erinnerung.

»Und du, Simon?«, fragte Mäggi. »Noch Lust zu arbeiten?«

»Ich werde beim Evangelischen Kirchenkreis als Integrationsbeauftragter für Migranten anheuern«, grinste er.

»Da wird aber der Bock zum Gärtner gemacht«, grummelte Mäggi. »Dann kehrt jeder Flüchtling freiwillig in sein jeweiliges Kriegsgebiet zurück.«

»War 'n Scherz, Wurbelchen.«

Wayne räusperte sich. »Jetzt bin ich wohl dran. Die Polizeiverwaltung sucht einen Fotografen. Tatortfotos, Beweisfotos und so weiter. Das wäre was für mich. Ich treibe mich ja sowieso an allen möglichen Tatorten herum. Die Bewerbung ist schon raus.«

»Susi und Sarah?«

Die beiden Redaktionsassistentinnen kicherten. »Wir machen uns selbstständig«, enthüllte Sarah. »Ist zwar ein Abenteuer, aber wir riskieren es.«

Simon schraubte an einer boshaften Bemerkung. Ich stieß ihm den Ellbogen in die Rippen.

»Wir machen an einer Privatschule ab nächsten Monat eine nebenberufliche Ausbildung als medizinische Kosmetikerinnen mit dem Schwerpunkt Dermatologie«, erklärte Susi. »Da lernen wir, wie man Frauen schöner macht. Lippen aufspritzen, Botox gegen Falten, Fruchtsäurepeeling, Vampirlifting und vieles mehr.«

»Vampirlifting?« Bärchen Biber fasste es nicht. »Müsst ihr die Falten eurer Kundinnen etwa aussaugen?«

Sarah verneinte. »Wir unterspritzen das schlaffe Gewebe mit körpereigenem Blut.«

Mäggi schüttelte sich. »Mir wird übel«, bekannte sie.

»Deinem Neger wird das egal sein«, lästerte Simon.

»Halt deine dumme Fresse«, blaffte Wayne.

»Bleibt cool, Jungs«, sagte ich. »Wollt ihr jetzt wissen, was ich machen werde?«

»Du heiratest den ollen Damm und rettest die Zeitung«, startete Mareike einen Versuch.

»Ganz kalt!«

»Du übernimmst die Mandelhörnchen-Bäckerei von Frau Schmitz«, tippte Mäggi.

»Kalt!«

»Sag es uns, Grappa!«, forderte Wayne.

»Ich ziehe nach Italien. Nach Positano an der Amalfiküste. Gegenüber der Insel Capri.«

»Die Mafia hat dir ein Angebot gemacht, das du nicht ablehnen kannst?«, spottete Biber.

»Was hältst du von mir? Mein Lebensabschnittsgefährte hat dort ein Landhaus geerbt. Da werden wir erst mal wohnen, bis wir uns sortiert haben.«

»Wie toll, Grappa! Sonne, Meer, gutes Essen und tollen Wein«, schwärmte Mareike. »Könnt ihr noch eine Haushälterin gebrauchen? Außer Kochen, Putzen und Gartenarbeit kann ich alles.«

»Das passt leider nicht in mein Anforderungsprofil«, sagte ich.

Alles easy? Waren wir wirklich so cool, obwohl es um unsere Existenz ging? Außer Mareike und Wayne waren alle Redaktionsmitglieder über fünfzig. Da wurde es eng auf dem Arbeitsmarkt, besonders für Journalisten. Die Unis spuckten jährlich eine neue Generation von jungen und karrierehungrigen Schreiberlingen aus, die auf der Suche nach einer Festanstellung ausschwärmten – zu einer Zeit, in der immer weniger Menschen Zeitungen abonnierten, Anzeigen schalteten oder Leserbriefe schrieben. Man bediente sich im Internet, bei Facebook, Twitter, Instagram und Co und nutzte Radio und TV. Die Qualitätsdiskussion interessierte kaum noch jemanden, Quellen wurden nicht überprüft, jeder suchte sich das aus, was zum eigenen Denken und zu den eigenen Vorurteilen passte. Bezahlte Influencer manipulierten das Konsumverhalten und Polithetzer jedweder Couleur verseuchten das menschliche Miteinander.

Der Clan-Boss will Frieden

Abdelkadir Omeirat war ein entferntes Mitglied des Mawardi-Clans! Das teilte mir Ali Mawardi am Nachmittag am Telefon mit. »Er ist der Bruder der Frau meines Cousins oder der Cousin der Frau meines Bruders. Mein Vater hat ihn ermahnt und ihm untersagt, die Menschen in seinem Viertel weiter zu tyrannisieren.«

»Und warum erzählen Sie mir das?«, fragte ich.

»Weil mein Vater seine Taktik geändert hat«, antwortete er.

»Inwiefern?«

»Er besinnt sich langsam und merkt, dass er so nicht weitermachen kann. Außerdem hat die deutsche Polizei den Druck auf die Familie erhöht und die Neonazis sind aggressiv wie nie.«

»Soll ich das jetzt bedauern?«

»Nein. Ich wollte Ihnen nur mitteilen, dass mein Vater an einer neuen Strategie arbeitet, die auf Deeskalation setzt.«

»Woher wissen Sie das alles?«

»Er hat es mir selbst erzählt.«

Das war erstaunlich. »Nun geben Sie es doch endlich zu: Sie sind längst in den Schoß der Familie zurückgekehrt.«

»Ich denke darüber nach«, lenkte er ein. »Mein Vater ist schwer erkrankt und will mich zum Oberhaupt der Familie machen. Falls ich zustimme, werde ich dafür sorgen, dass wir uns künftig an Recht und Gesetz halten.«

»Und das zusammengeklaute Millionenvermögen des Mawardi-Clans? Sind Sie wirklich so naiv zu glauben, dass mehrere hundert Familienmitglieder nach Ihrer Pfeife tanzen und auf Straftaten verzichten? Dann müssten die ja arbeiten gehen wie die dummen deutschen Spießer!«

»Warum sind Sie so zynisch?«, fragte er.

»Weil es angebracht ist. Die Familie Mawardi beutet den deutschen Staat aus, macht unsere Justiz lächerlich, bedroht Menschen, beklaut, verletzt und tötet sie.«

»Ich biete Ihnen ein Interview mit meinem Vater an.«

Das war allerdings interessant. Noch nie hatte Mustafa Mawardi mit der Presse gesprochen.

»Das bringt doch nichts«, wehrte ich ab, um Zeit zu gewinnen.

»Ich könnte dabei sein und übersetzen.«

»Auf keinen Fall. Wenn ich mich darauf einlassen sollte, suche ich einen vereidigten Dolmetscher aus, dem ich vertrauen kann.«

»Also vertrauen Sie mir nicht?«

»Sie sind mir zu flatterhaft. Mal schildern Sie Ihren Vater als einen grausamen Patriarchen, dann ist er wieder ein alter Mann, der kaum noch etwas mitbekommt, und jetzt spielt er den reumütigen Familienopa, der seine Verbrechen bereut. Das ist mir alles zu suspekt.«

»Das verstehe ich. Es war nur ein Angebot. Vielleicht überlegen Sie es sich.«

Erfolg im Nazi-Kiez

Susi wedelte mit der Mail. »Pressekonferenz des Generalbundesanwalts in einer Stunde. Ich hab Wayne schon angerufen. Er fährt direkt zum Präsidium.«

Ich nahm das Papier: *Fahndung erfolgreich – Flüchtiger Wigald R. verhaftet.*

Endlich kam wieder Bewegung in den Fall. Die Zeit reichte noch für einen Kaffee.

Die Herren Ermittler wirkten sehr entspannt und hatten offensichtlich gute Laune. Sie schoben sich durch die anwesenden Medienvertreter zur Bühne. Die war vor Jahren extra angeschafft worden, damit die Kameraleute nicht an den Köpfen der Zuhörer vorbeifilmen mussten.

»Heute ist ein guter Tag im Kampf gegen die Bandenkriminalität und den Rechtsextremismus«, eröffnete der Generalbundesanwalt die Veranstaltung. »In der vergangenen Nacht haben wir Wigald Rauh festsetzen können, gegen den mehrere Ermittlungsverfahren eingeleitet wurden – unter anderem besteht ein Haftbefehl wegen zweifachen Mordes.«

Er fasste die Taten an Reimer und Kahl zusammen.

Wayne unterdrückte ein Gähnen.

»Was ist los?«, fragte ich.

»Ernst Pöppelbaum ist ein Schreihals«, raunte er. »Du weißt ja gar nicht, was dir erspart geblieben ist, Grappa. Ich hab die letzte Nacht kein Auge zugemacht.«

»Nach Wigald Rauh wurde international gefahndet«, berichtete der Generalbundesanwalt weiter. »Der Erfolg blieb aus. Am gestrigen Tag nun erhielt ein Bezirksbeamter im Stadtteil Dorstfeld den Hinweis auf einen Mann im Haus Emscherstraße 2. Für die nicht Ortskundigen: Das Haus befindet sich im sogenannten Nazi-Kiez, ist im Besitz eines ehemaligen Steuerberaters, dem noch weitere Immobilien in der Gegend gehören. Diese und andere Häuser sind Rückzugsorte der Verfassungsfeinde. Darin leben führende Funktionäre rechtsradikaler Gruppen. Das Haus Emscherstraße 2 wird außerdem als Gästehaus für auswärtige Gesinnungsgenossen genutzt. Da der flüchtige Rauh bei seiner zweiten Tat Sprengstoff verwendet hat, mussten wir vor dem Zugriff erhebliche Sicherheitsmaßnahmen ergreifen, die ich jetzt nicht im Einzelnen ausführen möchte.«

Er gab an den Polizeipräsidenten weiter. »Der Zugriff erfolgte kurz nach Mitternacht. Die Beamten trafen zwanzig Männer an, die aufgrund ihres Alkoholkonsums nicht mehr in der Lage waren, Widerstand zu leisten. Alle Männer konnten festgenommen werden. Wigald Rauh wurde zweifelsfrei identifiziert, ebenso Edward S., der ja unter dem Namen SS-Eddi traurige Berühmtheit erlangt hat. Gegen einige der anderen Männer bestehen Straf- und Haftbefehle wegen Volksverhetzung, Bedrohung, Körperverletzung, Widerstands gegen Beamte und wegen öffentlicher Aufforderung zu Straftaten.«

»Konnten Sie Rauh schon vernehmen?«, fragte ein Reporter.

»Er schläft seinen Rausch an einem abgesicherten Ort aus. Auch Edward S. kann noch nicht befragt werden. Er leidet zudem unter einer altersbedingten Blasen- und Kreislaufschwäche, sodass er sich in einem Gefängniskrankenhaus aufhält.«

Die Vorstellung, dass der rechtsradikale Schrecken aller Demokraten das Bett vollpisst, führte zu Gelächter und flapsigen Bemerkungen.

»Wir haben das Haus Emscherstraße 2 durchsucht und versiegelt. Es wurden zahlreiche Dokumente beschlagnahmt. Sprengstoff und Waffen wurden nicht gefunden. Die Wohnung von Edward S. haben wir uns ebenfalls angesehen. Dies führte zu einer … sagen wir … anstrengenden Bekanntschaft mit der neunzigjährigen Mutter des Festgenommenen, die die Beamten mit Gegenständen bewarf, sie beschimpfte und anspuckte. Wir mussten die alte Frau ruhigstellen und in eine geriatrische Klinik bringen.«

Nach der Pressekonferenz stellte Wayne fest: »Wir brauchen neue Bilder vom Nazi-Kiez, von dem Nazi-Gästehaus und von SS-Eddis Bude. Kommst du mit?«

»Klar. Dann kann ich gleich ein Stimmungsbild der Dorstfelder Bevölkerung einholen«, antwortete ich. »Irgendwer hat bestimmt was mitbekommen. Ich schreibe nur noch ein paar

Zeilen für die Onlineausgabe und schicke die Meldung ins Büro.«

»Das können wir da drüben machen.« Er deutete auf ein Bistro mit dem Namen *Schönes Leben*.

Wir kehrten ein. Der Laden war gemütlich mit alten Weichholzmöbeln eingerichtet, die Speisekarte eine Mischung aus vegetarischen und weiteren ökologisch korrekten Angeboten. Die Schlagzeilen zur Festnahme von Wigald Rauh waren schnell getippt: *Doppelmörder auf Nazi-Kiez gefasst – Auch SS-Eddi in Haft – 90-jährige Mutter greift Polizisten an.*

Darunter die notwendigen Fakten.

Ich aß mein Baguettebrötchen auf. Wayne kämpfte erfolgreich mit einem veganen Burger. Dann starteten wir zum Nazi-Kiez.

Menschenhaut

»Dat war wie im Fernsehen«, plapperte die Frau. Sie wohnte im selben Haus wie SS-Eddi und seine Mutter. Morgenrock, Lockenwickler, Zigarette im Mundwinkel. Manchmal stimmten die Klischees einfach.

Wayne lichtete die Polizeisiegel an der Eddi-Wohnung ab. Daneben hing ein Schild mit der Aufschrift *Firma Sturmvogel*. An der Tür klebte das Drachen-Logo des *Sturmbundes 18*. Die Fußmatte wünschte auch hier *Carpe Diem*.

»Die Muddi war ja allein inner Bude, der Eddi war Gott weiß wo«, erzählte die Nachbarin. »Die Bullen hatten Waffen und waren ganz in Schwarz – mit Masken und so. Die Alte hat gekeift wie sonst was. Besonders, als die ihr die Bude ausgeräumt haben.«

»Haben die Polizisten die alte Frau hart angefasst?«, fragte ich.

»Nee, eher umgekehrt.« Die Nachbarin kicherte. »Muddi hat die Bullen verkloppt, aber fragense nicht, wie. Als einer die Judenlampe neben dem Fernseher eingepackt hat, ging's erst richtig los.«

»Was ist denn eine Judenlampe?«, fragte ich.

»Dat is der ihre Tischlampe aus Judenhaut.«

Ich traute meinen Ohren nicht. Das musste ein böser Scherz sein.

»Glaubense nicht, was?« Sie zog an der Fluppe, warf sie auf den Boden und trat sie aus. »Muddi hat die sich vom Mund abgespart vonne Rente und dem Eddi zum fünfundsechzigsten Geburtstag geschenkt. Ersteigert bei eBay in England, weil man so wat hier nicht verkaufen darf. Soll aus einem dieser KZs stammen, Buchenwald oder so.«

Ich schaute Wayne an. Er war bleich geworden und auf seiner Stirn stand der Schweiß. Mir ging es nicht viel besser. Meine Knie waren weich und in meinem Magen rumorte es.

»Lass uns raus hier«, krächzte ich.

Vor dem Haus fragte Wayne: »Glaubst du das mit dem Lampenschirm aus Menschenhaut?«

»Ich weiß, dass es so was Furchtbares gegeben haben soll«, antwortete ich. »Die Neonazis bestreiten das natürlich und halten es für gezielte Hetze. Warte mal.«

Ich befragte mein Handy, googelte und wurde fündig. »Hier. Ich lese mal vor: ›Nach der Befreiung von Buchenwald durch die Amerikaner wurde die deutsche Bevölkerung gezwungen, sich das KZ anzusehen. Ein amerikanischer Armeefotograf stellte einige Funde aus der pathologischen Abteilung des KZ zur Besichtigung zusammen – zwei nach Kopfjägermethode auf Faustgröße zusammengeschrumpfte Menschenköpfe, mehrere Stücke gegerbter tätowierter Menschenhaut und eine Tischlampe mit einem Pergamentschirm aus Menschenhaut.‹ Hier das Foto von den Sachen.« Ich hielt Wayne mein Smartphone vor die Nase.

Er sah nicht hin. »Hör auf, Grappa, ich muss kotzen.«

Wir liefen Richtung Emscherstraße, wurden aber fünfzig Meter davor von einer Absperrung gestoppt. Drei Polizeiwagen bewachten das Haus mit der Nummer 2. Immerhin konnten wir Fotos von außen machen. Den Kollegen vom Fernsehen erging es nicht besser. Ein Kameramann protestierte lautstark, weil die Beamten ihm keine Führung durch die »Schaltzentrale des Rechtsterrorismus« anboten, und faselte etwas von einem »Anschlag auf die freie Presse«.

Zurück in der Redaktion rief ich die Pressestelle an. »In der Wohnung von SS-Eddi ist eine Lampe beschlagnahmt worden. Nach Aussagen der Nachbarin soll der Lampenschirm aus Menschenhaut bestehen. Können Sie das bestätigen?«

»Der Zugriff erfolgte erst in der vergangenen Nacht«, entgegnete der Beamte. »Finden Sie nicht, dass Sie etwas zu ungeduldig sind, Frau Grappa?«

»Wir haben die Aussage einer Zeugin und sind natürlich schockiert. Fragen Sie bitte nach. Aber wenn es noch keine Antwort gibt, kann das auch später geklärt werden.«

»Wenn ich mal privat werden darf, Frau Grappa ... ich kann mir so etwas Grauenvolles nicht vorstellen.«

»Immerhin haben Ihre Kollegen die Lampe für so wichtig gehalten, dass sie mitgenommen wurde«, wandte ich ein. »Die Mutter von SS-Eddi wollte das verhindern und ist auf Ihre Kollegen losgegangen.«

»Dann war der Widerstand der Frau vielleicht der Grund für die Beschlagnahme«, sagte der Pressemann. »Ich werde mich darum kümmern.«

Ich stellte den Gedanken an die Lampe vorläufig zurück und beschäftigte mich mit meinem Artikel für die Ausgabe des nächsten Tages.

»Du hast eine ganze Seite«, teilte mir Bärchen mit. Er war fürs Layout zuständig. »Soll ich dir einen Pott Kaffee bringen?«

Das hatte er nicht oft angeboten.

»Pass auf, dass er nichts reintut«, rief Simon Harras, der die Ohren gespitzt hatte.

»Mit viel Milch. Richtig?«, fragte Biber.

Zwei Stunden später war ich zu Hause. Ich öffnete eine Flasche Wein und setzte mich vor den Fernseher. Alle aktuellen Sender informierten über Rauhs Festnahme, feierten den Ermittlungserfolg der Bundesanwaltschaft und die Stärkung der freiheitlichen Demokratie. Wigald Rauhs armselige Vita und SS-Eddis lange Nazi-Karriere wurden beleuchtet. Irgendwann wiederholte sich alles und ich schlief ein.

Schweinehaut

Rauh war mehrere Stunden vernommen worden und hatte schließlich die Morde an Frank Reimer und Ludwig Kahl gestanden – das meldeten Bundesanwaltschaft und Polizei am nächsten Morgen. Ich studierte die lange Mail, die sehr ausführlich war und den Namen des Mörders nicht mehr abkürzte, holte mir einen Pott Kaffee und begann zu schreiben.

»Zecken müssen weg« – Nazi-Terrorist Wigald Rauh gesteht Morde an Polizist Reimer und Neonazi Kahl – Auch SS-Eddi in Haft

Er bezeichnet Demokraten, Juden und Ausländer als Zecken, Volksschädlinge und Dreckspack, das unschädlich gemacht werden muss – und das hat er getan. Wigald Rauh (35) ist stolz darauf, zwei Menschen getötet zu haben. Den Polizisten Frank Reimer († 55) entführte er mithilfe seines späteren Opfers Ludwig Kahl. Der war früher der Feuerwehrchef der Stadt gewesen. Rauh lockte Reimer zu einem Treffpunkt und schoss ihm in den Kopf. Das Motiv: Reimer soll sowohl den Nazis als auch dem arabischen Mawardi-Clan gegen Geld Informationen gegeben haben. »Verräter haben den Tod verdient« – so Rauh gegenüber der Staatsanwaltschaft.

Wenig später fiel sein Nazikamerad Ludwig Kahl († 63) in Ungnade, weil sich Rauh von ihm ebenfalls hintergangen fühlte.

»Er hat die Polizei zu meinem Versteck geführt.« Zur Erklärung: Kahl traf sich mit seinem späteren Mörder in einem ge-
heimen Versteck und war dabei beobachtet worden. Rauh
zwang Kahl, eine Sprengstoffweste anzulegen. Dann schoss
er ihn an und sprengte ihn anschließend in die Luft. Laut
Staatsanwaltschaft wurde die Waffe, die bei Rauh gefunden
wurde, bei beiden Morden benutzt.
Neben Rauh wurde auch der lokal bekannte Nazi
SS-Eddi (67) festgesetzt. Rauh und Eddi verbindet eine
langjährige Freundschaft. Die beiden lernten sich bei einem
Rechtsrock-Konzert vor zwanzig Jahren im ostdeutschen
Eisenach kennen. Wigald Rauh, damals fünfzehn, ging bei
SS-Eddi ›in die Lehre‹. Inwieweit dieser in die beiden Morde
verwickelt ist, wird noch ermittelt.

Wayne und ich suchten die Fotos aus. Wir hatten reichlich
und das war gut so.

Das Telefon klingelte. Die Pressestelle der Polizei: »Hatten
Sie die Frage nach einer Lampe im Haushalt von SS-Eddi gestellt, die wir beschlagnahmt haben?«

»Ja.«

»Ich soll Ihnen von meinem Kollegen etwas ausrichten«,
sagte der Pressepolizist. »Die Spurensicherung hat festgestellt,
dass der Bezug des Lampenschirms aus Schweinehaut besteht.
Ich hoffe, Sie können mit der Information etwas anfangen,
Frau Grappa.«

Ein Schwein. Keine Judenhaut. SS-Mami hatte sich vom
Verkäufer des Teils übern Tisch ziehen lassen und ein Schwein
angebetet. Ich kicherte los und konnte nicht aufhören.

Wayne sah mich erstaunt an. »Was ist, Grappa?«

»SS-Mamis Lampe ist aus Schweinehaut«, erklärte ich. »Die
Polizei hat sie untersuchen lassen. Muddi ist betrogen worden.«

»Trotzdem ekelhaft.« Er schüttelte sich. »Ich hab mir die
Bilder im Netz noch mal angeguckt. Grauenhaft, was in den

Konzentrationslagern nach dem Krieg gefunden worden ist. Schreibst du was zu der Lampe?«

»Nein. Ich habe keine Lust, das Geschäft mit KZ-Erinnerungen noch zu befeuern.«

Flucht in die Bäckerei

Nach der Arbeit verzogen wir uns in Schmitzens Bistro. Die Bäckerin war durch Internet und Radio auf dem neuesten Stand. »Dann ist ja jetzt Ruhe in der Stadt«, meinte sie.

»Ruhe ist erst, wenn das ganze Nazipack im Knast sitzt«, sagte ich.

»Und wenn die Araber dahin abhauen, wo sie hergekommen sind«, nickte Anneliese Schmitz.

»Das fordern die Nazis auch, Frau Schmitz.«

»Das ist mir egal, Frau Grappa«, zürnte sie. »Wenn du miterleben würdest, was sich hier fast jeden Tag abspielt. Gestern hat sich ein junges Mädel in den Laden geflüchtet, weil ihr drei von den Typen nachgestiegen sind und sie beklauen wollten. Und angetatscht habense die auch.«

»Und was hast du gemacht?«

»Die Polizei angerufen. Und dreimal darfst du raten, was passiert ist?«

»Nix?«

»Richtig, Frau Grappa. So sieht es nämlich aus. Keiner stoppt diese miesen Typen!«

»Und wie seid ihr die Kerle losgeworden?«

»Ein Kunde kam rein. Ein echter Kraftmeier. Der hat sich einen der drei gegriffen und ihn ein bisschen stark geschüttelt. Die waren so schnell weg, so schnell kannste gar nicht gucken.«

Sie griff nach einem Zettel. »Hier! Die Werbegemeinschaft will einen Sicherheitsdienst im Viertel patrouillieren lassen. Weil die Bullen nix tun. Wir Geschäftsleute sollen unterschreiben und ein bisschen was bezahlen. Gute Idee, find ich. Was sagst du dazu, Frau Grappa? Soll ich mitmachen?«

»Schwierige Frage«, stellte ich fest. »Aber als Geschäftsfrau würde ich wohl zustimmen.«

»Dann mach ich mit.«

»Gibt's hier Kaffee und Mandelhörnchen?«, änderte ich das Thema.

»Kommt gleich.«

»Die Leute radikalisieren sich«, sagte Wayne, als Frau Schmitz an der Kaffeemaschine stand. »Und mich wundert das nicht. Unsicherheitsgefühl stimuliert die Sehnsucht nach einem starken Führer, der den Gaunern zeigt, wo es langgeht. Das hätte sich unsere Bundeskanzlerin mit ihrem Wir-schaffen-das-Slogan wohl auch nicht träumen lassen.«

»Mir hat das damals sehr gefallen«, entgegnete ich. »Leider haben wir uns vorgegaukelt, dass es sich bei den Flüchtlingen ausschließlich um gut ausgebildete Menschen handelt, die unsere deutsche Spießergesellschaft bereichern können. Ärzte, Krankenschwestern, Ingenieure und so weiter. Inzwischen wissen wir es besser. Meist sind junge Männer gekommen, die gar nicht oder nur wenige Jahre zur Schule gegangen sind und die hier kaum eine Chance auf einen Job haben. Ich hab neulich gelesen, dass achtzig Prozent dieser Flüchtlinge auch nach ein paar Jahren bei uns noch nicht das Sprachniveau B1 erlangt haben, das für einen einfachen Job oder eine Ausbildung vorausgesetzt wird.«

»Auch ungebildete Menschen haben das Recht, in Freiheit und ohne Gewalt zu leben, Grappa«, sagte Wayne. »Wie weit hast du denn deine Flucht nach Italien schon vorbereitet? Hast du einen Job in Aussicht oder ist vor allem Chillen angesagt?«

»Ich habe einige Ideen, die allerdings noch nicht spruchreif sind.«

»Und Kleist?«

»Er geht auf jeden Fall weg. Was soll er noch hier?«

»Bleiben? Wegen dir.«

»Positano ist nicht aus der Welt. Es gibt Flüge nach Neapel und schnelle Autobahnen.«

»Du haust ab, Frau Grappa?«, fragte die Bäckerin, die die Ohren gespitzt hatte.

»Vielleicht. Das *Tageblatt* macht dicht. Und bevor ich in einer Pressestelle versaure, sitze ich lieber in Italien in der Sonne.«

Mein Handy meldete sich. Ich tippte auf Kleist, wurde jedoch enttäuscht. Klaus Winter, der Inhaber von *Feiner Wein*, war dran. »Omeirat hat sich bei mir entschuldigt, den Parkplatz in Ordnung gebracht und Schadenersatz angeboten.«

Ich war verdattert. »Was ist denn in den gefahren?«

»Keine Ahnung. Er will außerdem ein Friedensfest für unser Viertel organisieren. Denken Sie, dass er es ernst meint, oder plant er die nächste Schweinerei?«

Ich dachte an Ali Mawardis Anruf, in dem er die Wandlung seines Vaters von Saulus zum Paulus angekündigt hatte.

»Nehmen Sie es erst mal als Friedensangebot«, schlug ich vor. »Jeder sollte eine Chance bekommen, oder?«

Am Abend rief ich Ali Mawardi an. Er bestätigte, dass der plötzliche Frieden rund um den Weinladen die Idee seines Vaters war.

»Bisschen dick aufgetragen, da noch ein Friedensfest dranzuhängen«, meinte ich.

»Ein Mustafa Mawardi macht keine halben Sachen.«

»Ich möchte auf Ihr Angebot zurückkommen und das Interview mit Ihrem Vater führen.«

Er versprach, Kontakt zu dem alten Mann aufzunehmen, der auf seine alten Tage angeblich Frieden wollte.

Übers Internet holte ich mir aktuelle Infos über die Familienstrukturen arabischer Clans auf den Monitor. Noch nie hatte ein Clan freiwillig seine kriminellen Geschäfte aufgegeben und

Frieden mit dem ›Beutestaat‹ Deutschland geschlossen. Warum auch? Die kriminellen Firmen und Wirtschaftsunternehmen waren gut organisiert. Vor allem sicherte der Besitz von Grundstücken und Häusern den Clans die Existenzgrundlage.

So ganz ungetrübt war diese finanzielle Sicherheit allerdings nicht mehr. Ein neues Gesetz gab dem Staat die Möglichkeit, Vermögenswerte einzuziehen, deren Herkunft nicht nachgewiesen werden konnte. Der Mawardi-Clan hatte dreitausend Familienmitglieder im ganzen Land und in den umliegenden Staaten. Und vor diesem Hintergrund wollte Clan-Chef Mawardi ein rechtschaffener Mensch werden? Daran konnte ich nicht glauben.

Männer, die Frauen zum Lachen bringen

Wochenende. Ich wollte zum Markt, kam jedoch nicht in die Stadt hinein. Das Autoradio lieferte mir die Erklärung: Das *Aktionsbündnis gegen Rechts* blockierte mit einer Demo die Zufahrtsstraße in die City und war dabei mit einigen aggressiven Rechten aneinandergeraten. Die Polizei hatte die Kontrahenten getrennt, beide Gruppen eingekesselt und wartete ab.

Als ich den Yeti endlich im Innenstadtparkhaus untergebracht hatte, ging ich zum Marktplatz. Doch die Händler hatten ihre Waren bereits eingepackt und sich davongemacht.

»Grappa?«, fragte eine Stimme hinter mir.

»Stella?«, fragte ich zurück.

»Ich wollte auch zum Markt. Aber hier ist nichts mehr. Hast du Zeit für einen Kaffee?«

Im Marktcafé an der Ecke gab es keine Mandelhörnchen. Aber die Nussecken schmeckten auch passabel und der Milchkaffee war okay. Mein Gegenüber leider nicht so. Stella schien übernächtigt, ihr Haar war fettig, sie trug eine ausgeleierte Jogginghose und ein verwaschenes Sweatshirt. Von der rotzfrechen und selbstbewussten Frau war nicht mehr viel übrig.

»Wie geht es dir denn?«, fragte ich lahm.

»Blendend, Grappa. Das siehst du doch.«

Da war er wieder, der scharfe Ton, der Versuch, ironisch zu sein, wo Ironie fehl am Platz war.

»Ja, ich sehe es«, entgegnete ich. »Du bist am Ende. Und du weißt, warum das so ist und dass du es verdient hast.«

»Andere machen viel schlimmere Sachen. Ich war nur so dämlich, mich erwischen zu lassen.«

»Mehr hast du nicht daraus gelernt?«

Sie leckte sich den Milchschaum von den Lippen. »Ich wollte einen dummen Scherz mit dir machen. Irgendwann hätte ich sowieso die Wahrheit gesagt.«

Ihre Chuzpe machte mich für einige Sekunden sprachlos.

»Irgendwann?«, fragte ich. »Wenn ich rausgeflogen wäre, weil man mich wegen Beihilfe zum Mord angeklagt hätte? Oder wenn Simon verdächtigt worden wäre, die Mail verschickt zu haben?«

Sie sagte nichts. Gleich perlen die Tränen, dachte ich. Und so kam es auch. Als Schauspielerin war Stella genauso schlecht wie als Redaktionssekretärin. Mit der Serviette tupfte sie die verlogenen Tränen weg.

»Mein Rechtsanwalt hat mir geraten, vor Gericht Reue zu zeigen«, schniefte sie. »Dann käme ich mit einer Geldstrafe davon, meint er. Es würde mir auch helfen, wenn du deine Anzeige wegen falscher Anschuldigung zurücknehmen würdest.«

»Warum sollte ich das tun?«

»Weil wir ja auch mal gute Zeiten hatten.«

Das stimmte sogar. Damals hatte Stella noch vernünftige Ansichten und Pläne für die Zukunft, die sich allerdings aus einem traditionellen Frauenbild speisten: arbeiten nur so lange, bis der möglichst reiche Traumprinz auf dem Schimmel auftaucht und ihr ein Leben in Saus und Braus garantiert. Doch im Laufe der Jahre waren die Schimmel mit den Prinzen im Sattel an Stella vorbeigaloppiert, ohne sie eines Blickes zu würdigen. Bis sie ausgerechnet bei Ludwig Kahl gelandet war, der weder

Geld noch Schimmel besaß – sogar die Feuerwehrautos hatte man ihm weggenommen. Shit happens!

»Wirst du gegen deine Kündigung vorgehen?«, fragte ich.

»Nein. Mein Anwalt sieht keine Chancen. Außerdem wird das *Tageblatt* ja sowieso dichtgemacht.«

»Wovon lebst du?«

»Ich habe Hartz IV beantragt. Zurzeit jobbe ich bei einer Freundin im Friseursalon. Putzen, Haare auffegen, Kaffee für die Kunden kochen und so.«

»Stella, auch bei so einem Job musst du etwas gepflegter auftreten. Und was macht das *Supertalent*? Man sagte mir, dass du recht nett auf dem Kamm blasen kannst.«

»Das hat nicht geklappt. Ich hab die Vorauswahl nicht überstanden. Da waren welche, die konnten länger und kräftiger blasen.«

Mir lag eine schlüpfrige Bemerkung auf der Zunge, doch ich drängte sie zurück. Erstens hieß ich nicht Simon Harras, zweitens hatte ich noch nie unbefangen mit Stella herumgealbert und drittens wollte ich jetzt nicht damit beginnen.

»Du warst dabei, als Lulu getötet wurde. Hatte er Angst?«, fragte sie.

»Ja, hatte er. Der Sprengstoffgürtel um den Bauch war kein Scherz und er wusste, dass sein Kamerad nicht zögern würde, ihn in die Luft zu jagen«, erklärte ich. »Kanntest du seinen Mörder?«

Sie verneinte.

»Du hast Kahl wirklich gemocht, oder?«

»Er war nicht so gemein, wie alle behaupten«, lächelte sie. »Er hat mich immer zum Lachen gebracht.«

Ah ja. Die übliche Antwort auf die Frage: Was muss ein Mann haben, der dir gefällt? Achtzig Prozent der Frauen antworteten: Er muss mich zum Lachen bringen. Lachen, bis der Arzt kommt – oder die Polizei.

»Hat es dich nicht gestört, dass er gegen Ausländer und Juden gehetzt hat?«

»Ich interessiere mich nicht für Politik, das weißt du doch«, versuchte sie, sich zu entschuldigen. »Er war ein guter Mensch und wir hätten vielleicht eine gemeinsame Zukunft gehabt. Er wollte mich sogar seinem Vater vorstellen.«

Ich horchte auf. »Wo wohnt sein Vater denn?«

»Im Altenheim. Lulu hat ihn oft besucht«, berichtete Stella. »Und am Wochenende sollte ich mitkommen. Er hatte noch Unterlagen bei ihm liegen und wollte die abholen.«

»Was für Unterlagen?«

»Irgendwelchen Schriftkram.«

Ich gab es auf. »Ich muss los, mein Freund kommt gleich nach Hause«, log ich. »Er will mich bestimmt mal wieder zum Lachen bringen.«

»Kannst du mich ein Stück mitnehmen?«, fragte sie. »Ich hab kein Auto mehr.«

Ich setzte sie zu Hause ab. »Alles Gute, Stella. Sieh zu, dass du wieder auf die Beine kommst. Ich ziehe meine Anzeige gegen dich zurück.«

In einem Supermarkt kaufte ich ein, war aber nicht bei der Sache. Stellas Bemerkung über »irgendwelchen Schriftkram« spukte in meinem Kopf herum.

Ich informierte die Polizeipressestelle. Die Ermittlungen gegen Kahl ruhten, weil er tot war.

»Ich gebe Ihre Information am Montag sofort weiter«, versprach der Beamte.

Klar, auch Ermittler durften sich ein freies Wochenende gönnen.

Aladins Glück

Das Interview mit Mustafa Mawardi sollte schon am kommenden Sonntagabend im arabischen Restaurant *Aladins Glück* stattfinden. Das war der Vorschlag seines Sohnes Ali auf meiner Mailbox.

Ich rief Ali an, um den Termin zu bestätigen.

»Mein Vater wird Ihnen als erster Vertreterin der Presse mitteilen, dass er seine Geschäfte aufgibt und in den Libanon zurückkehrt. Ich – als sein ältester Sohn – werde alles abwickeln und die Firmen, bei denen es möglich ist, in die Legalität führen.«

»Und Ihre dreitausend Familienmitglieder? Werden die das so einfach hinnehmen?«

»Das werden wir sehen«, sagte der Arzt. »Wäre es Ihnen gegen zwanzig Uhr recht?«

»Gut. Ich werde das Gespräch aber aufzeichnen, damit keine Irritationen entstehen, und einen Zeugen mitbringen. Bitte teilen Sie das Ihrem Vater mit.«

»Ich hatte mit mehr Vertrauen gerechnet«, sagte er.

»Gehört das Restaurant einem Ihrer Verwandten?«

»Ja, meinem Vater. *Aladins Glück* war sein erstes Lokal.«

Am Mittag kehrte Kleist zurück. Er duftete nach Sonne, war leicht gebräunt, fröhlich und entspannt. Wir setzten uns in den Garten. Die Kirschblüten wurden vom Wind durch die Luft gewirbelt und landeten in seinem Haar. Diesem Mann steht aber auch alles, dachte ich.

»Ein schöner Sommer«, schwärmte er. »Fast so wie in Italien. Nur das Meer fehlt.«

»Schau auf den Phoenix-See«, schlug ich vor.

»Ich sehe da kein Wasser, sondern nur würfelartige weiße Einfamilienhäuser«, stellte er fest. »Sie sehen aus wie langweilige Legosteine.«

»Ein Beispiel für gelungene Stadtplanung.«

Ich tischte Kaffee und Snacks auf.

»Erzähl«, bat ich. »Wie weit bist du auf deinem Weg zum Großgrundbesitzer gekommen?«

»Ich habe jetzt Tante Serafinas Erbe angenommen, der Visconti-Palast in Mailand ist verkauft, der Vertrag mit dem Winzer unter Dach und Fach und das Landhaus in Positano ist entrümpelt. Jetzt wird noch der Garten vom Urwald befreit und wir können umziehen. Bis du bereit?«

»Das passt«, sagte ich. »Das *Tageblatt* macht in einem halben Jahr dicht. Ich habe nur ein Problem: Was geschieht mit meinem Haus? Verkaufen? Vermieten? Oder als Zweitwohnsitz behalten?«

»Das findet sich schon.«

»Hoffentlich. Ich muss hier raus. Dieser Krieg, in dem jeder gegen jeden kämpft, nervt.«

»Zu diesem Thema habe ich was für dich.« Er zog sein Handy aus dem Jackett und zeigte mir ein Foto.

Ich erkannte Rotweinflaschen in einem Verkaufsregal. Die Etiketten hatten nicht die sparsame Eleganz von guten Tropfen, sondern zeigten Soldaten im Feld.

Er blätterte weiter. *Ein Volk – ein Reich – ein Führer, Sieg Heil* und *Führerwein*. Dazu ein Konterfei von Hitler. Die nächste Pulle zierte ein Bild von Mussolini. *Duce d'Italia.* Auch Stalin und Karl Marx waren vertreten.

»Das ist der letzte Schrei in Italien«, erklärte Kleist. »Hitlerkult. Das war mir auch neu. Die Weine werden frei gehandelt, im Netz angeboten und nach Deutschland verschickt. Alles legal. Die Flaschen kosten ungefähr neun Euro und sind bei deutschen Touristen sehr beliebt. Stalin und Marx sind Ladenhüter, aber Hitler, Göring und Goebbels sind schnell weg.«

»Mir wird schlecht«, sagte ich.

»Mir war auch ganz mulmig zumute«, gestand Kleist. »Besonders, als ein Deutscher in meinem Beisein hundert Flaschen für eine Weihnachtsfeier mit seinen Parteifreunden bestellt hat. Da lief mir ein Schauer den Rücken hinunter.«

Rote Waldfrüchte

Hier trifft der Orient auf den Okzident. Wir verwöhnen Sie mit herzhaften Speisen aus 1001 Nacht – so wurde *Aladins*

Glück auf der Homepage angepriesen. Kleist hatte zugestimmt, mich zum Mawardi-Interview zu begleiten, als Fotograf und als mein Zeuge.

Ich war gespannt auf den alten Mann, der dreitausend Menschen befehligte, deren liebstes Hobby es war, den Staat auszuplündern. Eine sehr egoistische Verhaltensweise, denn peu à peu nahmen die Aggressionen gegen alle Ausländer zu, auch wenn sie mit kriminellen Geschäften nichts zu tun hatten und ihren Lebensunterhalt auf legale Weise erwirtschafteten.

Aladins Glück lag an der Straße, die den ländlichen Teil der Stadt mit der Autobahn verband, die in noch ländlichere Gefilde führte. Eigentlich kein ›Stammland‹ der libanesischen Clans, die lieber in der nördlichen Innenstadt ihren Geschäften nachgingen. Das Restaurant war einfach eingerichtet; Fotos, welche die Gerichte zeigten, zierten die Wände. Pute, Lamm, Hähnchen und Kalb mit Gemüse, Hummus, Falafel, gegrillte Auberginen und raffinierte Salate. Die Currywurst-Pommes war wohl nur eine Verbeugung vor der Küche des Ruhrgebiets.

Ali und Mustafa Mawardi warteten schon. Ich hätte den alten Mann nicht wiedererkannt, denn er steckte in einem braven Herrenanzug, trug eine Krawatte um den Hals und keinen dieser arabischen Kopfputze.

»Guten Abend«, sagte Kleist.

»Den wünsche ich uns auch«, sagte ich.

Mustafa Mawardi lächelte. Er gab Kleist die Hand, vor mir verbeugte er sich lediglich.

Ali Mawardi schien dies peinlich. Er sah mich an und zuckte die Schultern. »Dürfen wir Sie einladen?«, fragte er.

»Nein, auf keinen Fall.«

»Das Essen ist aber sehr gut«, meldete sich der Clan-Chef zu Wort.

»Wir können unser Essen selbst bezahlen.«

»Mein Vater meinte es nur freundlich«, stellte Ali fest.

»Kommen wir doch zur Sache«, bat Kleist.

Ich holte das Phone aus der Handtasche und stellte den Aufnahmemodus scharf.

Der Kellner brachte eine Platte mit geschmorten Hähnchenbrüsten, gebratenem Gemüse, Kichererbsenpüree und Couscous. Es duftete nach Minze und Knoblauch.

»Was wollen Sie trinken?«, fragte der Kellner.

»Wein. Rot. Trocken«, forderte ich.

»Wir haben einen *Domaine de Sahari* aus Marokko. Ein exzellenter Wein mit Aromen roter Waldfrüchte, Gewürzen und Tabakaromen, kraftvoll.«

»Ich dachte immer, Muslime dürfen keinen Alkohol trinken«, wunderte ich mich.

»Unsere Gäste schon«, sagte Mustafa Mawardi.

»Sie sprechen gut Deutsch, Herr Mawardi«, stellte ich fest.

»Ich lebe seit über dreißig Jahren in Deutschland.«

»Es gibt das Gerücht, dass Sie vor Gericht immer einen Übersetzer brauchen.«

Er lächelte. »Eine Sicherheitsmaßnahme. Die Feinheiten Ihrer Sprache beherrsche ich dann doch noch nicht.«

Er wandte sich seinem Sohn zu und redete auf ihn ein. Leider auf Arabisch. Ali Mawardi konterte. Auch auf Arabisch. Den Gesten nach zu urteilen, passte dem Clan-Boss einiges nicht, denn er deutete auf das Handy vor mir.

»Was wollen Sie uns mitteilen?« Kleist war die Ungeduld anzusehen.

»Mein Vater ist etwas erstaunt über Ihre Vorsichtsmaßnahmen.«

»Das war so vereinbart«, erinnerte ich Ali. »Mit Ihnen. Herr Kleist wird zudem später noch ein Foto von Ihnen machen. Auch das war abgesprochen.«

Mawardi wies seinen Sohn mit kurzen, hart klingenden Worten zurecht. Der reagierte heftig.

Kleist legte die kleine Digitalkamera auf den Tisch. »Weitermachen oder aufhören?«, fragte er.

»Das Essen wird kalt, während unsere Emotionen brennen

wie Shisha-Tabak in der Pfeife«, fabulierte Mustafa Mawardi lächelnd.

So schauen Kobras, bevor sie zuschnappen, dachte ich.

»Mein Sohn Ali hat Ihnen schon einiges erzählt. Ich werde mich aus dem Geschäft zurückziehen und nach Beirut zurückkehren. Meine Geschäfte in Deutschland werden verkauft oder an enge Familienmitglieder verschenkt. Meine steuerlichen Angelegenheiten werden geregelt. Ich übergebe die Abwicklung meinem ältesten Sohn Ali, der mit der deutschen Justiz keine Probleme hat und mir als geeignet erscheint.«

»Was ist der Grund für Ihren Rückzug?«, fragte ich.

»Es ist genug. Im Moment kommen sehr viele junge syrische und irakische Glaubensbrüder in das Land und bemächtigen sich unserer Geschäftsfelder. Das bringt Krieg mit sich. Die rassistischen Deutschen bekämpfen uns und die Politiker tun nichts dagegen.«

»Es gibt eine Polizeistatistik über den Mawardi-Clan«, stellte ich fest. »Zurzeit laufen mehr als zweitausend Ermittlungsverfahren gegen Ihre Familie. Beleidigung, Bedrohung, Geldwäsche, Körperverletzung, Rauschgiftdelikte, Erpressung, Menschenhandel, Sozialbetrug, Schutzgelderpressung und Auftragsmord. Und Sie erwarten, dass die Polizei Ihre Familie vor den Neonazis schützt?« Ich lachte auf. »Eine Polizei, die von Ihren Leuten bei jeder Gelegenheit beleidigt, bespuckt und lächerlich gemacht wird?«

Er hob beide Hände und murmelte eine arabische Beschwichtigungsformel. »Das sind unsere jungen Leute! Manche haben leider keine gute Erziehung genossen. Viele von uns studieren aber auch, werden Ärzte – wie mein Sohn –, Anwälte – wie meine Schwiegertochter – oder sie studieren etwas anderes an einer Universität. Ihre Heimat ist Deutschland.«

»Nein, ihre Heimat ist die eigene Familie, die den Staat als Beute sieht«, widersprach ich. »Aber den schlimmsten Schaden, den organisierte Kriminelle wie Sie anrichten, ist der Angriff auf das Sicherheitsgefühl der Bevölkerung. Sie haben eine Parallelgesellschaft geschaffen. Und jetzt wehrt sich diese Gesellschaft und Sie wollen sich – in allen Ehren – zurückziehen, ohne die Konsequenzen für Ihre Straftaten zu übernehmen? Es besteht ein Haftbefehl gegen Sie! Sie gehören ins Gefängnis!«

Mawardi schaute seinen Sohn an. »Hast du mich hierhergeführt, damit diese Frau mich beleidigen kann? Ich will mich mit Deutschland versöhnen!«

»Nachdem Sie es dreißig Jahre lang ausgebeutet haben?«

Er stieß den Teller mit dem kalten Hähnchen von sich. »Was will diese Frau von mir?«, fragte er anklagend Richtung Ali. »Was sind das für Frauen, die keine Achtung vor alten Menschen haben?«

Ali Mawardi reagierte, griff die Hände seines Vaters, fixierte ihn wütend und feuerte eine Salve arabischer Worte ab.

Kleist lächelte maliziös. Sein Blick war aber nicht auf die beiden Mawardis gerichtet, sondern auf den Parkplatz vor dem Restaurant. In einem unauffälligen silbergrauen Ford saßen zwei Männer, die *Aladins Glück* im Visier hatten.

Kleist presste die Lippen zusammen, das Zeichen für: Klappe halten! Ich verstand.

Mawardi befreite sich aus dem Griff seines Sohnes und erhob sich. Das war es wohl, dachte ich. Kein Interview, keine Fotos, nur ein unbelehrbarer alter Mann.

Kleist winkte dem Kellner und machte die Handbewegung für *Bitte die Rechnung.*

Mit einem gewaltigen Krachen öffnete sich die Restauranttür. Vier vermummte, mit Maschinenpistolen bewaffnete Männer stürzten in den Raum und bauten sich vor uns auf. Die anderen Gäste versuchten, sich in Sicherheit zu bringen, liefen zum Notausgang, gelangten aber nicht ins Freie. Gekreische und Geschimpfe.

»Polizei. Bleiben Sie, wo Sie sind, und heben Sie die Hände hinter den Kopf«, tönte es durch ein Megafon.

»Warst du das?«, fragte ich Kleist.

»Nein, aber ich dachte mir schon, dass die Kollegen kommen würden.«

Ein weiterer Mann betrat das Lokal. Es war Oberstaatsanwalt Kämper. Er steuert direkt auf Mustafa Mawardi zu. »Herr Mustafa Mawardi, gegen Sie liegt ein Haftbefehl des Ermittlungsrichters vom Bundesgerichtshof vor. Ich nehme Sie hiermit in Gewahrsam.«

Widerstandslos ließ Mawardi sich abführen. Sein Sohn rief ihm nach, sich kümmern zu wollen. Doch der alte Mann würdigte ihn keines Blickes mehr.

Ali Mawardi musste sich ausweisen. Er wurde ebenfalls vorläufig festgenommen, vermutlich, weil er den Namen Mawardi trug.

Ein anonymer Tipp

Zu Hause sagte ich: »Du hättest es mir sagen müssen.«

»Ja, aber du wärst dagegen gewesen, dass wir Mawardi stellen.«

»Hast du deinen Kollegen von dem Treffen erzählt?«

»Nein, sie wussten bereits davon«, behauptete Kleist. »Ein anonymer Hinweis. Wir vermuten, dass Ali Mawardi seinen Vater verraten hat, um schneller an sein Vermögen zu kommen und die Macht im Clan zu übernehmen.«

»Wer ist ›wir‹?«

»Die Ermittlungsbehörden, in diesem Fall die Bundesanwaltschaft. Der Haftbefehl ist schon vor einem Jahr erlassen worden. Der Treff heute Abend war eine gute Gelegenheit, ihn endlich zu erwischen.«

»Es war trotzdem ein Vertrauensbruch. Der alte Mann ist von einem ungestörten Treffen ausgegangen.«

»Maria! Was willst du eigentlich? In jedem deiner Artikel forderst du, dass die Exekutive endlich durchgreift und unschuldige Menschen schützt. Genau das haben wir heute

Abend getan. Dieser Mann hat so viel Unheil angerichtet, er hat Familien ins Unglück gestürzt und Existenzen vernichtet.«

»Es war trotzdem nicht richtig.«

»Mawardi bekommt einen fairen Prozess und du deinen Exklusivartikel.« Er reichte mir einen Stick. »Ein Freund saß am Nebentisch und hat die Festnahme aufgezeichnet. Als honorarfreies Privatvideo. Versöhnt dich das ein bisschen?«

»Das überlege ich mir noch.« Ich schaute auf die Uhr – noch keine zehn. Die Festnahme Mawardis war von überregionaler Bedeutung und würde bald in den elektronischen Medien erwähnt werden, allerdings ohne bewegte Bilder.

»Ich geh mal schnell schreiben«, kündigte ich an und verzog mich ins Arbeitszimmer.

»Soll ich dir ein Glas Wein bringen?«, bot Kleist an.

»Das ist ja wohl das Mindeste!«

Themenänderung. Statt *Reumütiger Clan-Chef verlässt Deutschland Richtung Libanon* schrieb ich:

Schlag gegen organisierte Kriminalität: Clan-Chef Mustafa Mawardi (67) endlich verhaftet

Ein Exklusivbericht von Maria Grappa

Seit über einem Jahr besteht ein Haftbefehl gegen den berüchtigten Kriminellen, doch er tauchte immer wieder ab. Die Straftaten, die ihm vorgeworfen werden, reichen von Schutzgelderpressung, Steuerhinterziehung in großem Stil, Sozialbetrug, Erpressung und Menschenhandel bis hin zum Auftragsmord. Im Restaurant *Aladins Glück* (Foto privat) gelang am Abend die Festnahme des mehrfach vorbestraften Chefs des libanesischen Clans mit dreitausend Familienangehörigen. Der schwerreiche Mawardi ließ sich widerstandslos verhaften (Foto: privat). Der Zugriff erfolgte aufgrund eines anonymen Hinweises. Frühere Versuche, das Clan-Oberhaupt festzusetzen, waren immer wieder gescheitert, weil er gewarnt worden war. Vermutet wird eine undichte Stelle in den Polizeibehörden.

Ausführliche Berichterstattung in der Onlineausgabe des *Tageblattes* am Montag.

Das musste zunächst reichen. Die Pressestelle der Polizei berichtete ähnlich knapp. Die Agenturen zogen nach und auch die *Tagesthemen* meldeten die Festnahme – natürlich mit einem längeren O-Ton eines Politikwissenschaftlers, der sich in den Vorfall so lebendig einfühlte, als sei er dabei gewesen.

Neue Fakten zu Hannah

Am Morgen lobten die Medien die Entschlossenheit der Ermittlungsbehörden und den Erfolg der Null-Toleranz-Strategie des Landesinnenministers. Der wiederum dankte den Ermittlern, der Generalbundesanwalt würdigte die professionelle Arbeit der Polizei vor Ort.

Sogar ich wurde gelobt – von Damm, der wissen wollte, wieso ich die Festnahme live miterlebt hatte.

»Ich habe einen anonymen Hinweis bekommen«, log ich.

»Und dann haben Sie die Polizei informiert?«

»Aber nein. Ich hab nicht wirklich daran geglaubt, dass der Clan-Boss auftaucht«, antwortete ich. »Und plötzlich war er da. Die Fotos hab ich mit dem Handy gemacht.«

»Gute Arbeit. Endlich konnten die Behörden diesen Clan-Kriminellen mal Paroli bieten. Nur der Zentralrat der Muslime muss uns mal wieder belehren. Man solle Mawardi ein faires Verfahren garantieren und die nicht kriminellen Elemente seiner Familie verschonen. Na, was denn sonst? Ich wünschte, der Zentralrat würde auch mal den islamischen Extremismus und die Terrorakte geißeln. Haben Sie noch genug Fakten für einen weiteren Bericht, Frau Grappa?«

236

In meinen Mails fand ich eine aktuelle Meldung der Polizeipressestelle. Ali Mawardi befand sich noch immer in Haft. Aber nicht, weil man ihm Beihilfe zu den Straftaten seines Vaters oder Ähnliches vorwarf, sondern wegen des Verdachtes der Anstiftung zum Mord an seiner Ehefrau Hannah Mawardi.

Ich war verblüfft und las weiter:

Bei der Überprüfung des Nachlasses des rechtsextremen Ludwig Kahl (†) wurden Dokumente gefunden, die belegen, dass es zwischen dem Beschuldigten Ali Mawardi und dem verstorbenen Kahl Verhandlungen gab, die die Tötung der Ehefrau des Mawardi zum Ziel hatten. Hannah Mawardi wurde bei einem Aufmarsch von Rechtsradikalen nach einem Prozess vor dem Landgericht auf der Straße erstochen. Die Ermittlungsbehörden vermuteten eine Tat mit politischem Hintergrund, konnten aber keine Belege dafür finden. Der Beschuldigte verweigert die Aussage.

Hatte die Polizei Kahls Vater einen Besuch abgestattet? Die Polizeipressestelle mauerte mal wieder: »Darüber kann ich keine Auskunft geben.«

»Der Tipp kam von mir«, blaffte ich. »Jetzt stellen Sie sich nicht so an.«

»Tut mir leid, ich habe meine Anweisungen.«

Wütend rief ich Oberstaatsanwalt Kämper an. »Ich gebe Ihnen Tipps und dann lässt man mich am langen Arm verhungern!«, schimpfte ich.

»Regen Sie sich nicht auf«, beschwichtigte er mich. »Ja, Kahl hatte beim Papi im Altenheim seine – na, sagen wir – Geschäftspapiere hinterlegt, die Kontoauszüge und eine Art Tagebuch, in dem er seine Treffen mit dem Mawardi-Sohn dokumentierte. Als früherer Beamter im Staatsdienst war Kahl sehr akribisch im Berichteschreiben.«

»Hat er den Mord selbst ausgeführt?«, fragte ich.

»Das wissen wir noch nicht. Sicher ist aber, dass Kahl Hannah Mawardi vom Sehen kannte. Eine merkwürdige Bekanntschaft.«

»Ich weiß. Es gibt sogar Fotos von einem Treffen«, erinnerte ich ihn. »Kahl zusammen mit der Anwältin und Reimer. Ali hatte einen Detektiv auf seine Frau angesetzt, weil er dachte, sie ginge fremd. Aber es war wohl falscher Alarm gewesen – so hat es mir Mawardi erzählt. Wir haben die Fotos im *Tageblatt* veröffentlicht. Wie verhält sich Ali Mawardi?«

»Er schweigt, aber wir grasen seit heute früh das Umfeld ab. Seine Kollegen im Krankenhaus sprechen von Eheproblemen. Aber das sind alles nur unbewiesene Gerüchte«, antwortete der Oberstaatsanwalt. »Die Beweislage ist jedenfalls nicht einfach.«

Bärchen übernahm den Artikel zu Ali Mawardi, ich kümmerte mich um seinen Vater, der einen Schwächeanfall erlitten hatte und in einem Justizvollzugskrankenhaus in der Nähe von Bierstadt untergebracht worden war. Ich hatte diese Klinik schon häufiger besucht, sie galt als die sicherste Einrichtung in Deutschland. Fünf Meter hohe Mauern, an der Außenwand war Widerhaken-Sperrdraht angebracht worden und Kameras schauten überall genau hin. Vierhundert Angestellte kümmerten sich um die medizinische Versorgung von durchschnittlich hundertfünfzig Gefangenen. Fast schon komfortabel. Besser hätte es der alte Mawardi nicht treffen können.

Mafia aufmischen?

In den Tagen danach kehrte scheinbar Ruhe ein. Der Innenminister stufte den *Sturmbund 18* als terroristische Organisation ein und verbot ihn.

»Die rotten sich bald wieder zusammen«, prophezeite Kleist und prompt kam es so.

Die heimatlosen Rechtsradikalen traten dem nagelneuen *Volkssturm 18* bei. Die Ziele ähnelten denen des *Sturmbundes*: den »vom Staat betriebenen Bevölkerungsaustausch« zu verhindern, Migranten davonzujagen und Juden zu verfolgen. Außerdem forderten sie die umgehende Haftentlassung ihres Kameraden SS-Eddi, der natürlich völlig unschuldig im Knast saß.

Da der tägliche *Tageblatt*-Lokalteil um zwei Seiten gekürzt worden war, verfolgte ich die Entwicklung nur mit knappen Artikeln. Der Prozess gegen Wigald Rauh wurde vorbereitet, Ali Mawardi war aus der Untersuchungshaft entlassen worden. Der Haftrichter sah keine Fluchtgefahr. Seine Aussichten, freigesprochen zu werden, waren gut. Es wurde ihm auferlegt, keinen Kontakt mehr zu kriminellen Mitgliedern seiner Familie aufzunehmen.

Damit war der Clan führungslos. Polizei und Staatsanwaltschaft nutzten die gesetzliche Möglichkeit der ›Vermögensabschöpfung‹ und beschlagnahmten den Besitz der Clan-Familie, sofern nicht nachgewiesen wurde, dass Geld und Wertsachen aus legalen Tätigkeiten stammten. Schmuck, Grundstücke, Luxuswohnungen wurden eingezogen, Beteiligungen an Firmen überprüft und Konten eingefroren. Die Finanzbehörde wurde personell aufgestockt; speziell ausgebildete Beamte übernahmen die Aufsicht über die Konten des Familienunternehmens. Der Mawardi-Clan brach in sich zusammen und galt bald als zerschlagen.

In der Redaktion war Trauerstimmung angesagt. Mareike war schon auf und davon, Mäggi machte sich Sorgen um ihre Zukunft – sie hatte sich vor einem halben Jahr eine kleine Eigentumswohnung am Phoenix-See gekauft und dafür einen Kredit aufgenommen. Was aus ihren Afrika-Plänen werden sollte, blieb unklar.

Susi und Sarah waren voll mit ihrer nebenberuflichen Ausbildung als medizinische Kosmetikerinnen mit dem Schwerpunkt Dermatologie beschäftigt. Die Arbeit in der Redaktion nahmen sie nicht mehr ernst.

Schließlich öffnete die Kantine nur noch an drei Tagen in der Woche. Gerüchte über den Verkauf des Verlagshauses machten die Runde. Die kleinen Firmen, die in dem Gebäude Büros gemietet hatten, orientierten sich anderswohin.

Wayne hatte seinen Vertrag als Polizeifotograf in der Tasche und freute sich auf die neue Aufgabe. Bärchen Biber bereitete seinen Wechsel zur Pressestelle der Stadtsparkasse vor und las neuerdings die Wirtschaftsseiten überregionaler Zeitungen. Und Simon? Er hielt sich bedeckt. Dass er Integrationsbeauftragter des Evangelischen Kirchenkreises werden wollte, war ja nur ein Scherz gewesen, das war klar. Wir trafen uns zufällig in der Kaffeeküche und ich fragte erneut, wie sein Leben weitergehen würde.

»Willst du das wirklich wissen, Grappa?«

»Sonst würde ich nicht fragen.«

»Ich kriege drei Monatsgehälter von Damm. Die werde ich für Alkohol, Frauen und schnelle Autos ausgeben, den Rest verprasse ich«, zitierte er den legendären nordirischen Fußballstar George Best.

»Was ist mit dem Job in der Fanabteilung des BVB?«

»Da gibt es noch keine Entscheidung. Die testen noch weitere Bewerber«, antwortete Simon. »Und bei dir? Wirst du demnächst die Mafia aufmischen?«

»Klar. In anderthalb Jahren geben die ihre Auflösung bekannt.«

Positano, der Traumort an der Amalfiküste. Bald würde es so weit sein. Kleist und ich. Ein Leben ohne finanzielle Sorgen in einer Traumlandschaft. Warum freute ich mich nicht darauf? Hatte ich Angst vor dem Alter? Oder vor der Langeweile? Ich sprach kein Italienisch und deshalb war ein neuer Job, der mit Schreiben zu tun hatte, Illusion. Es gab eine deutsche Kolonie an der Küste, doch die organisierte Oktoberfeste und

Karneval und lud einmal im Jahr zu einem Schützenfest ein. Nicht gerade mein Ding.

Vorbereitung aufs Glücklichsein

Es war ein ganz normaler Arbeitstag, kurz vor der Konferenz. »Da ist ein Mann beim Pförtner, der dich sprechen will, Grappa«, rief Sarah.

»Hat er einen Namen?«

»Maxim Becker.«

Becker? Ich hatte lange nicht mehr an ihn gedacht. Hatte er inzwischen überwunden, dass die drei Mawardi-Söhne seine Frau und seine kleine Tochter getötet hatten, weil sie zeigen wollten, was für geile Typen sie waren?

Ich rief den Pförtner an und bat ihn, Becker den Weg in die Kantine zu zeigen. Dort gab es noch eine Kaffeemaschine und einen Getränkeautomaten mit Fächern für verpackten Industriesüßkram.

Der Raum war leer. Ich holte mir einen Milchkaffee und wartete. Was wollte Becker von mir?

Er betrat den Raum, hob die Hand zum Gruß und näherte sich. Er sah erholt aus. Den Vollbart hatte er entfernt, die Haare gekürzt.

»Guten Tag«, lächelte er. Er blickte sich um. »Ziemlich einsam hier. Personalprobleme?«

Ich erklärte ihm, dass es die Zeitung bald nicht mehr geben würde. »Für einen Kaffee reicht es aber noch. Wollen Sie einen?«

»Nein, danke, ich bleibe nicht lange.« Er setzte sich. »Sie fragen sich bestimmt, warum ich zu Ihnen gekommen bin. Ich sage es Ihnen: weil es mir wieder gut geht.«

»Das freut mich sehr.« Ich war erleichtert. »Haben Sie es allein geschafft oder hat Ihnen eine Therapie geholfen?«

»Ich habe es allein geschafft«, erwiderte er. »Es war schwer.

Aber jetzt habe ich aufgehört zu hassen. Und wissen Sie, warum?«

Ich antwortete nicht. In mir kroch ein merkwürdiges Gefühl hoch; eine Mischung aus Spannung und Angst vor dem, was gleich kommen würde.

»Nach dem Prozess war ich so voller Wut und Hass auf diese drei Männer Issam, Kamal und Farid, dass ich kaum atmen konnte. Der Tag des Unfalls verfolgte mich in meinen Tag- und Nachtträumen. Als ich aus der Ohnmacht erwachte, konnte ich mich nicht bewegen. Ich sah meine Frau, wie sie tot neben mir lag. Ihre rechte Gesichtshälfte war zertrümmert, ihr Auge hing zerquetscht auf der Wange, mit dem anderen fixierte sie mich im Tod. Ich bemerkte etwas in meiner Hand und sah nach unten. Simone hatte nach meiner Hand gegriffen, während sie starb. Auf dem Rücksitz lag Franzi. Ich konnte mich nicht nach ihr umdrehen, weil ich eingeklemmt war. Ich schluchzte und schrie, dämmerte vor mich hin. Irgendwann kam Hilfe. Für mich, aber nicht für Simone und Franzi.«

»Das muss schrecklich gewesen sein«, murmelte ich.

»Dann dieser Prozess, den Sie ja selbst verfolgt haben. Issam, Kamal, Farid Mawardi. Jung, frech, kriminell, ohne Empathie. Einer von ihnen saß damals am Steuer, vermutlich angefeuert von seinen Brüdern. Ich fing an, die drei zu beobachten. Ich habe mein Äußeres verändert und die Orte besucht, die sie besuchten. Sie leben in einer luxuriösen Wohnung in der City in einem Haus, das ihrem Vater gehört. Sie feiern ihre Feste mit Nutten, Alkohol und Rauschgift bis zum Morgengrauen.«

»Woher wissen Sie das?«

»Ich habe ein Appartement im Haus gegenüber gemietet und mir ein Fernglas gekauft.«

»Warum tun Sie sich das an?«

»Das war meine Vorbereitung aufs Glücklichsein«, erklärte er. »Ich erzähle Ihnen die Geschichte jetzt zu Ende. Heute waren Issam, Kamal und Farid allein in der Wohnung. Am

Abend vorher hatten die jungen Herren mal wieder gefeiert und waren entsprechend müde. Ich habe meine Tasche gepackt, meine Wohnung verlassen und bin zum Haus gegenüber gegangen. Irgendwann ist jemand aus dem Haus gekommen und ich konnte hinein. Der Aufzug hat mich in die vierte Etage gebracht und ich hab geklingelt. Issam Mawardi hat schlaftrunken geöffnet. Ich habe ihm in den Kopf geschossen. Kamal und Farid lagen in ihren Betten und schliefen ihren Rausch aus. Ich habe auch sie erschossen. Es war ganz einfach. Hier ist das Foto.«

Becker reichte mir ein Bild. Issam, Kamal und Farid Mawardi lagen nebeneinander auf dem Boden, mit Löchern in den Köpfen – angeordnet wie eine Jagdstrecke. Er legte eine Pistole auf den Tisch und schob sie zu mir herüber. »Und jetzt wissen Sie, warum ich wieder glücklich bin, Frau Grappa.«

»Und Sie wissen, dass ich jetzt die Polizei rufen muss?«

Drei Tote, drei Särge

Zwei Stunden später teilten Staatsanwaltschaft und Polizei den Fund von drei männlichen Leichen in einem Loft in der City und die Festnahme des mutmaßlichen Täters offiziell mit. In der Mail war kein Hinweis auf die Identität der Toten und das Motiv.

Ich rief Kämper an und fragte nach den Gründen.

»Wir konnten die Angehörigen der Opfer noch nicht informieren.«

»Wieso das? Mustafa Mawardi befindet sich im Justizkrankenhaus und Ali Mawardi im Gefängnis.«

»Wir wollen verhindern, dass der Clan reagiert oder die Nazis dem Täter gratulieren.«

»Geheimhaltung? Das wird nicht klappen«, sagte ich voraus.

»Bitte halten Sie sich noch eine Weile zurück«, bat er.

Na gut, dachte ich und beschränkte mich auf eine magere Meldung in der Onlinezeitung. Minuten später waren die ersten Fotos von der Polizeiaktion in den sozialen Medien zu sehen, die von zufälligen Zeugen gemacht worden waren: schwer bewaffnete Einsatzkräfte, Notarztwagen und schließlich drei Transportsärge, die in Leichenwagen geschoben wurden. Drei Tote, drei Särge – daraus Rückschlüsse zu ziehen, das bekam jeder hin. Dann ein Blick auf die Klingelschilder mit dem Namen *Mawardi* und schon war klar, wer die Opfer waren. Der naheliegende Schluss: Die Toten waren Opfer eines Krieges zwischen rivalisierenden Clans oder einer Aktion der Neonazis.

Ich schrieb einen weiteren Artikel.

Die Rache des Maxim Becker –
Clan-Brüder mit Kopfschüssen ermordet
Exklusivbericht von Maria Grappa
Issam, Kamal und Farid Mawardi waren verantwortlich für einen schweren Unfall im Frühjahr während eines Hochzeitskorsos auf der Autobahn. Maxim Becker (38) wird schwer verletzt. Seine Frau Simone Becker († 30) und seine Tochter Franziska († 6) kommen ums Leben. Das Landgericht konnte nicht klären, wer von den Brüdern am Steuer saß, und verurteilte sie zu Bewährungsstrafen.
Das ist die Vorgeschichte zu dem brutalen Mord an den jungen Männern, Söhnen des berüchtigten libanesischen Clan-Chefs Mustafa Mawardi, und das Motiv von Maxim Becker, der das milde Urteil nicht verkraftet hat. Wochenlang beobachtet Becker die drei Brüder, merkt sich ihren Tagesablauf und sein Hass wird immer größer. Die Mawardis genießen ihr Leben, feiern Feste und werfen mit Geld um sich.
Becker besorgt sich eine Waffe mit Schalldämpfer und mietet sich ein Appartement gegenüber dem Loft der Brüder. Er wartet auf den richtigen Augenblick. Nach einer durchzechten Nacht kommen Issam, Kamal und Farid Mawardi

nach Hause. Die drei sind allein. Am frühen Morgen verschafft Becker sich Zugang zum Haus, klingelt und schießt dem ersten Bruder in den Kopf. Die beiden anderen tötet er in ihren Betten – ebenfalls mit Schüssen in den Kopf. Becker drapiert die Leichen nebeneinander, fotografiert sie, druckt das Foto aus und fährt in die Redaktion des *Tageblattes*. Er ist entspannt und heiter. Gegenüber der Verfasserin dieses Artikels gesteht er die Morde und behauptet, nun wieder – so wörtlich – glücklich zu sein. Becker lässt sich widerstandslos festnehmen und befindet sich in Untersuchungshaft.

Biber bot an, die Agenturen und Verlautbarungen der Behörden im Blick zu behalten. Ich war erschöpft, hatte weiche Knie und einen hochroten Kopf. Mein Herz pochte und ich konnte kaum atmen. Wechseljahre oder psychische Erschöpfung? Egal. Ich musste hier raus.

Schreiben ohne Druck

Kleist brachte kühle Getränke in den Garten. Ich brauchte nicht viel zu berichten, er war auf dem neuesten Stand.

»Hast du eigentlich schon mal darüber nachgedacht, wer am meisten von den Morden profitiert?«, fragte er.

Ich überlegte, doch mein müdes Hirn funktionierte nicht.

»Ali Mawardi. Er wollte seine Frau loswerden – hat geklappt. Er wollte die Geschäfte seines Vaters übernehmen – und gibt der Polizei den Tipp mit dem Treffen in *Aladins Glück*. Jetzt ist er sogar seine drei Brüder losgeworden, die ihm bei der Geschäftsübernahme sicherlich Probleme gemacht hätten. Er hat Reimer damals in Verruf gebracht, indem er das Foto, das ihn mit Hannah Mawardi und Kahl zeigte, der Presse – also dir – zugespielt und sich so als Saubermann präsentiert hat.«

»Interessante These«, gab ich zu. »Sie zu beweisen, dürfte schwierig sein. Aber das ist nicht mehr unser Problem, oder?«

»Dann ist unser neues Leben in Positano also klar?«, lächelte er.

»Ja, es ist Zeit für einen neuen Lebensabschnitt.«

»Die *Casa Marcella* wartet auf uns.«

Ich nahm einen Schluck Weinschorle. »Hast du auch schon eine Idee, was wir in Positano den ganzen Tag machen sollen?«

»Das Leben genießen?«, fragte er.

»Das reicht dir? Ich werde vor Langeweile sterben.«

»Maria! Kriegst du kalte Füße?«

Wir schwiegen eine Weile. Ein leichter Wind kam vom See herüber.

»Ich kann verstehen, dass du Bedenken hast. Aber auch in Italien gibt es genug ehrenhafte Beschäftigungen.«

»Ich kann doch nichts – außer schreiben.«

»Dann mach das doch«, entgegnete er. »Schreib Krimis oder Thriller. Du hast so viele Spitzbuben in deinem Arbeitsleben getroffen, dass du aus dem Vollen schöpfen kannst. Und ich auch. Wir erfinden einen schlauen Polizisten und eine superschlaue Journalistin, die eine Mordserie an deutschen Touristen in Positano aufklären. Ein Serienkiller wirft seine Opfer von den Klippen ins Meer. Natürlich nur hübsche junge Blondinen mit großer Oberweite.«

»Toller Plot«, murrte ich.

»Das war mein erster Versuch«, grinste er. »Wir besprechen das noch ausführlich. Wie sagte mein Vorfahr Heinrich von Kleist so treffend in seinem Essay *Über die allmähliche Verfertigung der Gedanken beim Reden? Wenn du etwas wissen willst und es durch Meditation nicht finden kannst, so rate ich dir, mit dem nächsten Bekannten darüber zu sprechen. Es braucht nicht eben ein scharfdenkender Kopf zu sein … Der* wenig scharfdenkende Kopf dürfte ich in diesem Fall sein.«

»Die Idee gefällt mir«, gab ich zu. »Schreiben ohne Druck.«

»Also versuchen wir es?«

»Ja. Doch ich behalte mein Haus zunächst – für den Fall, dass wir uns gegenseitig auf die Nerven gehen. Dann kann ich im Notfall zurück.«

»Dein Vertrauen in unsere Beziehung überrascht mich immer wieder«, stellte Kleist fest.

Ich mochte seine Selbstironie und seinen Sarkasmus.

War ein bequemes Leben in einem postkartenschönen Romantikort wirklich das Richtige für mich? Meine Zweifel waren immer noch groß. Meine Beziehungen zu Männern waren bislang eher auf Zeit angelegt gewesen; einen Rückzug aus der trauten Zweisamkeit hatte ich immer von Anfang an eingeplant. Mit Kleist war ich nun schon einige Jahre zusammen – aber auf gesunde Distanz.

Du bist nicht mehr die Jüngste, Grappa, sagte ich mir, und nach zwei Glas Chianti Classico Riserva erschien mir die Vorstellung, mit Kleist einen neuen Lebensabschnitt zu wagen, dann doch wieder attraktiv. Das *Tageblatt* würde bald Geschichte sein, die gesellschaftliche Stimmung in der Stadt, die ich dreißig Jahre lang journalistisch begleitet hatte, war schwierig.

Natürlich würde ich die Kollegen vermissen. Allen voran Wayne. Ich war froh, dass er einen neuen Job gefunden hatte, und wir hatten uns gegenseitig versichert, uns nicht aus den Augen zu verlieren.

Auch Anneliese Schmitz wollte Schluss machen. Sie führte Verkaufsverhandlungen und wollte zu ihrer Schwester in den Schwarzwald ziehen. Aus Solidarität zu ihr nahm ich mir vor, nie wieder Mandelhörnchen zu essen.

Erster Ausklang

Der Sommer war fast zu Ende. In einem Zimmer hatte ich die Dinge zusammengetragen, die ich mit nach Italien nehmen wollte. Der Verlags-Yeti gehörte inzwischen mir – Damm hatte ihn mir für einen guten Preis überlassen. Er hatte das Verlagshaus für einen Top-Preis verkauft und wir mussten früher aufhören als geplant. Gut gelaunt schlug er ein Abschiedsfest vor, doch niemand von uns hatte Lust dazu.

Mäggis berufliche Situation hatte sich gebessert. Sie konnte als freie Mitarbeiterin bei den Städtischen Bühnen anfangen. Ihre Aufgabe: ein Theatermagazin herauszubringen. Harras hatte die Stelle in der Fan-Abteilung beim BVB dann doch noch bekommen. Damm zahlte die Abfindungen pünktlich. Plus die drei Monatsgehälter. Nach der letzten Konferenz räumten wir unsere persönlichen Dinge aus den Büros.

Doch Damm wollte seine Zeitung nicht ganz sang- und klanglos einstellen. Er schlug uns vor, eine letzte Ausgabe des *Tageblattes* zu machen, die als kostenloses Extrablatt erscheinen sollte. Wir wurden gebeten, einen Abschiedsartikel zu schreiben. Den Leitartikel hatte Damm selbst verfasst. Darin ging er auf das Sterben der Printmedien ein und auf die Entwicklung, dass viele gedruckte Tageszeitungen nur noch so aussahen, als seien sie eigenständige Publikationen. In Wahrheit bestünden sie nur noch aus zentral verwalteten Nachrichten – geliefert von den Nachrichtenagenturen. Die Zeitungen seien vor allem dazu da, den Anzeigenkunden Platz für ihre Inseratenwerbung zu bieten.

Ich überlegte lange, ob ich Damms Bitte nachkommen sollte. Schließlich sagte ich mir: Schreib einfach, und wenn du das Ergebnis dann nicht wirklich gut findest, verschwindet der Artikel in der Rundablage.

Als Dokument eines Abschieds würde sich die Form eines Briefes wohl ganz gut eignen. Also begann ich:

Liebe Leserin, lieber Leser!
Auch für mich ist die Zeit gekommen, da ich aufhöre,
Ihnen von den spannenden und zuweilen auch kuriosen
Ereignissen in der Blaulicht-Welt Bierstadts zu berich-

ten. Dreißig Jahre lang habe ich meine Chronistenpflicht erfüllt. Man hat mir erzählt, dass im Büro des Oberbürgermeisters eine Sammlung meiner Artikel gepflegt wird. Und wenn sich hier in Bierstadt von außerhalb ein neuer Verwaltungsbeamter oder Politiker niederlässt, erhält dieser eine Kopie dieser Sammlung mit dem scherzhaften Rat, das alles durchzulesen, damit er wisse, was auf ihn zukommt. Darauf bin ich stolz.

Wir haben in den dreißig Jahren viel erlebt. Von einem Amoklauf in einer Schule, einem Skandal in der Fußballwelt, von dem Ende der Straßenprostitution, von einer verliebten Oma, die einem Pfarrer unsittliche Anträge gemacht hat, bis zuletzt jetzt dem Kampf gegen kriminelle Machenschaften der sogenannten Clans – über all das und viel mehr durfte ich Sie informieren, und ich habe das gern getan. Zugleich mit dem Ende der Zeitung erreiche ich das Rentenalter und so ist es nur richtig, dass ich mich von Ihnen verabschiede und Ihnen und der Stadt alles Gute wünsche. Ich verlasse Bierstadt und gehe mit meinem Lebenspartner nach Italien.

Nun ist es aber so, dass das Rentenalter den Leuten, die wie ich ihr Leben lang geschrieben haben, weiteres Schreiben nicht verbietet. Ein Krimiverlag hat mir angeboten, wenn ich Romane schreiben möchte, diese wohlwollend zu prüfen und vielleicht als Bücher herauszubringen.

Lassen Sie es sich gut gehen!

Ihre Maria Grappa

PS: Der Verleger meint allerdings, mein Name als Journalistin eigne sich nicht recht als Name für eine Schriftstellerin. Grappa – das klinge zu versoffen und würde die Hardliner unter den Antialkoholikern auf die Barrikaden treiben. Ich solle mir ein Pseudonym ausdenken. Das habe ich getan. Wenn Sie also verfolgen möchten,

*was ich weiter schreibe, schauen Sie nach diesem Pseu-
donym aus, das ich Ihnen hier verrate, aber Sie dürfen
es nicht weitersagen. Das ist ein Geheimnis zwischen
uns: Ihnen und mir. Wenn ich demnächst also Bücher
schreiben sollte, wird da nicht* Maria Grappa *als Autorin
draufstehen, sondern das frisch ausgedachte Pseudonym:*
Gabriella Wollenhaupt. *Ich gehe jetzt.*

Zweiter Ausklang:
für die Romantiker unter den Leser*innen

Die liebe Sonne näherte sich dem Horizont. Der Abendhim-
mel war mit Schäfchenwolken überzogen. Eine leichte Brise
bewegte die Wellen des Tyrrhenischen Meeres.

»Das war eine gute Idee von Damm, dieses Extrablatt zum
Ende der Zeitung.« Kleist wirkte fröhlich und aufgeräumt. Der
Erfolg seiner Verhandlungen in Italien hatte ihn durchgewärmt
und er strahlte Seelenfrieden aus.

Wir saßen im Garten der *Casa Marcella* bei Wein, Wasser
und Kerzenlicht und blickten auf die Insel Capri, den Sehn-
suchtsort gestresster Touristen mittleren Alters.

»Ja, das Extrablatt war nötig«, stimmte ich ihm zu. »Immerhin habe ich dreißig Jahre lang die Leser mit kriminellen
Geschichten versorgt. Deshalb musste auch ich mich offiziell
verabschieden. Ich habe sogar ein paar Tränchen verdrückt.«

Plötzlich ein Krächzen. Eine Krähe kreiste über uns. Merkwürdig, dachte ich, eigentlich war es die Zeit der kleinen Fle-
dermäuse, die die Felsspalten der Amalfiküste verließen, um
Insekten zu jagen.

»Die Krähe hat etwas Glitzerndes im Schnabel«, stellte
Kleist fest.

Pling. Der Vogel hatte etwas auf unseren Tisch fallen lassen.
Kleist hob die Kerze und suchte den Tisch ab.

»Das ist ein Ring«, stellte er erstaunt fest. Er nahm ihn und hielt ihn ins Licht: ein schmaler goldener Reif mit einem roten Stein. Schlicht und elegant.

»Wie schön!«, entfuhr es mir.

Kleist nahm meine Hand und streifte mir den Ring über. »Er steht dir gut, Maria«, sagte er zärtlich.

»Krähen sind ja bekannt dafür, dass sie alles klauen, was glitzert. Genau wie Elstern. Beide gehören zu den Rabenvögeln.«

»Ich mag deine Vorträge, aber kannst du mal einen Moment mit der Volkshochschule aufhören?«, fragte er.

»Nur, weil du es bist«, lächelte ich und nahm einen Schluck Chianti.

»Der Vogel hat mich auf eine Idee gebracht.« Kleist erhob sich und kniete sich vor mich. »Möchtest du meine Frau werden, liebste Maria?«

Der Schreck kroch mir in die Knochen. Heiraten? Ich? Ich nahm noch einen großen Schluck Wein, verschluckte mich prompt und bekam einen Hustenanfall. Kleist klopfte auf meinen Rücken und nach einer Weile hatte ich mich beruhigt.

»Also, was ist? Ich hab dir gerade das Leben gerettet.«

Er kniete noch immer. Nicht gut für Beine und Rücken.

»Ja, ich heirate dich«, sagte ich. »Und jetzt komm mal wieder hoch.«

Später am Abend blickten wir versonnen aufs Meer, Hand in Hand. Der stille Mond lächelte.

Jetzt aber wirklich: ENDE

Alle Grappa-Krimis von ...

... Gabriella Wollenhaupt

Grappa und die acht Todsünden
ISBN 978-3-89425-267-0, eISBN 978-3-89425-992-1
13. Fall: Tödliches Festmahl für sieben Männer und Frauen

Grappa im Netz
ISBN 978-3-89425-278-6, eISBN 978-3-89425-993-8
14. Fall: Der OB ist verschollen und untreue Ehemänner werden gemeuchelt

Grappa und der Tod aus Venedig
ISBN 978-3-89425-290-8, eISBN 978-3-89425-994-5
15. Fall: Grappa und ein Mörder auf den Spuren Thomas Manns

Rote Karte für Grappa
ISBN 978-3-89425-318-9, eISBN 978-3-89425-995-2
16. Fall: Wer killte den brasilianischen Stürmerstar Toninho?

Grappa und die Nackenbeißer
eISBN 978-3-89425-996-9
17. Fall: Die Welt der Kitschromane – da bleibt kein Auge trocken!

Es muss nicht immer Grappa sein
eISBN 978-3-89425-845-0
18. Fall: Eine zu früh verstorbene Rentnerin und 35 kg Kaviar

Grappas Gespür für Schnee
ISBN 978-3-89425-359-2, eISBN 978-3-89425-846-7
19. Fall: Wer bezahlt die Kokspartys im Bierstädter Rathaus?

Grappa und die keusche Braut
ISBN 978-3-89425-372-1, eISBN 978-3-89425-812-2
20. Fall: Amokläufer tötet eine ganze Klasse – die Lehrerin überlebt …

Grappa und die Seelenfänger
ISBN 978-3-89425-385-1, eISBN 978-3-89425-850-4
21. Fall: Der Chef einer Castingshow wird erst entführt, dann erleuchtet

Grappa lässt die Puppen tanzen
ISBN 978-3-89425-395-0, eISBN 978-3-89425-861-0
22. Fall: Ein Karussell des Elends – von Plovdiv nach Bierstadt in den Tod

Grappa und die Toten vom See
ISBN 978-3-89425-418-6, eISBN 978-3-89425-886-3
23. Fall: Brauner Sumpf in Bierstadt – alte und neue Nazis

Grappa sieht rosa
ISBN 978-3-89425-436-0, eISBN 978-3-89425-155-0
24. Fall: Ein Coming-out mit fatalen Folgen

grafit

Lust auf weitere Lektüre?

Sunil Mann

Der Schwur

ISBN 978-3-89425-676-0
Auch als eBook erhältlich

Die neue Reihe des Bestsellerautors

Marisa Greco und Bashir Berisha wollen mit einer Detektei durchstarten. Ermittlungserfahrung haben die alleinerziehende Flugbegleiterin und der albanische Türsteher zwar nicht, aber sie sind ein gutes Team – und haben keinen Plan B. Für Nigerianerin Joy sollen sie einen Koffer entwenden. Darin: Joys Ticket in die Freiheit – der Pass, den ihre Zuhälterin einzog. Die Zeit drängt, denn auch Joys kleine Schwester befindet sich auf der beschwerlichen Reise nach Europa. Sie darf auf keinen Fall in die Fänge der Menschenhändler geraten, denen Joy seit Jahren ausgeliefert ist.

»Eine Geschichte, die uns in Herz der Finsternis führt. Es geht um Menschenhandel, Organhandel, Drogenhandel ... Sunil Mann zeigt mit seinem Roman eine neue Seite. Weg vom Vijay-Zynismus hin zu einer neuen Sprache.«
Tagesanzeiger